図解 眠れなくなるほど面白い

三国志

早稲田大学文学学術院教授
渡邉義浩 監修
Watanabe Yoshihiro
澄田夢久 著
Sumita Muku

魏

われら同年同月同日に生まれずとも、
願わくば同年同月同日に共に死なん

呉

蜀

日本文芸社

まえがき

およそ、一八〇〇年前、中国は時代の変革期を迎えていました。前後四〇〇年続いた漢は、黄巾の乱で衰退し、最後の皇帝である献帝を擁立する曹操により、その命脈も尽きようとしていたのです。二〇〇年、曹操は官渡の戦いで、最大のライバルであった袁紹を破り、華北を支配すると、中国の統一を目指します。

曹操の滅ぼそうとする漢を懸命に守った者が、漢の帝室の末裔と称する劉備でした。関羽・張飛・趙雲の三武将に諸葛亮、日本では字《あざな》の孔明で知られますが、諸葛亮が加わり、一介の蓆《むしろ》や草鞋《わらじ》売りであった劉備を蜀の皇帝にまで押し上げます。蜀は、正式な国名を漢、あるいは、季漢といいます。季は末っ子という意味です。劉備の国家は、漢の継承を標榜する国家だったのです。

曹操が中国を統一できなかったのは、孫権の武将である周瑜が、曹操を二〇八年に赤壁の戦いで破ったことによります。こうして、曹操の息子の曹丕が建国する魏、劉備の蜀、孫権の呉という三国が鼎立することになりました。

陳寿《ちんじゅ》が魏を正統として三国時代を記録した『三国志』に対して、蜀を正統とする朱子学が官学であった時代に著された『三国志演義』は、蜀を正統としています。両者の根本的な相違は、正統観にあるのです。

吉川英治の小説『三国志』など、日本で流行した三国志が基本とするものは、『三国志演義』という小説です。元末明初の羅貫中がまとめた『三国志演義』は、三国時代に関する伝説や物語、劇や語り物など多くの虚構を史実に加えた作品です。

清の章学誠《しょうがくせい》により、「七分の実事、三分の虚構」と評された『三国志演義』は、三割の虚構の多くを蜀のために用いています。なかでも、天才軍師の役割を担わされた諸葛亮と、道教の神として篤く信仰されていた関羽には、その表現に数々の工夫が凝らされているのです。

本書も『三国志演義』を基本として、三国志の物語をまとめています。擬古文の名調子にのって、三国志の物語をお楽しみいただければと思います。

「三国志」の魅力は、人の生きざまにあります。現在の日本は、経済・政治の閉塞感・停滞感に覆われ、既成の価値観は大きく揺らいでいます。そうしたとき、先人たちがどのようにして時代を切り開いていったのか、その生き方を「三国志」に学んでみるのも、一つの方法ではないでしょうか。

二〇一九年七月

渡邉義浩

眠れなくなるほど面白い 図解 三国志

もくじ

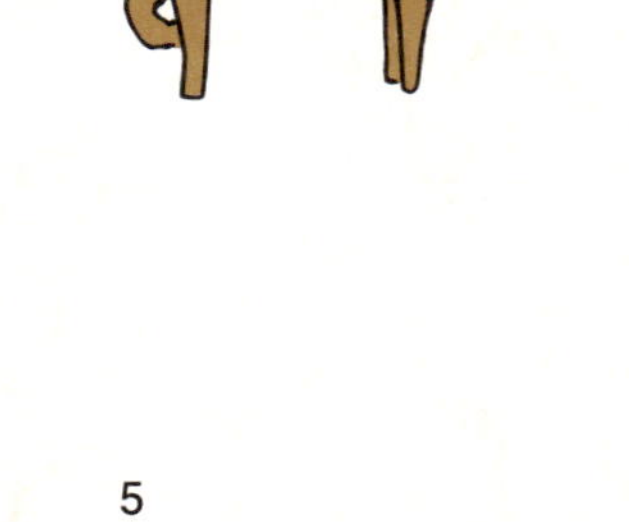

第二部 『三国志』から『三国志演義』へと変貌を遂げる物語

参考資料

伊波律子『三国志演義』（岩波新書　1994年）
今鷹真・伊波律子・小南一郎訳『正史　三国志』1～8（ちくま文庫　1994年）
伊波律子訳『三国志演義』1～7（ちくま文庫　2002～2003年）
渡邉義浩『諸葛亮孔明伝　その虚と実』（新人物往来社　1998年）
渡邉義浩『図解雑学　三国志』（ナツメ社　2003年）
渡邉義浩『三国志』（中公新書　2011年）
渡邉義浩『三国志　運命の十二大決戦』（祥伝社新書　2016年）
渡邉義浩『始皇帝　中華統一の思想「キングダム」で解く中国大陸の謎』（集英社新書　2019年）
渡邉義浩『漢帝国──400年の興亡』（中公新書　2019年）
柿沼陽平『劉備と諸葛亮　カネ勘定の「三国志」』（文春新書　2018年）
高島俊男『三国志　きらめく群像』（ちくま文庫　2000年）
陳舜臣『ものがたり史記』（朝日文芸文庫　1983年）
陳舜臣『諸葛孔明』上下（中央公論社　1991年）
陳舜臣『小説十八史略』三・四（講談社文庫　1992年）
阿部幸夫監修・神保龍太『面白いほどよくわかる三国志』（日本文芸社　2001年）

第一部

『三国志演義』の物語

一

後漢腐敗から「黄巾の乱」勃発　大慌ての朝廷は義兵を募る

時は後漢末、冀州《きしゅう》鉅鹿郡《きょろくぐん》に住む、**張角**《ちょうかく》・張宝《ちょうほう》・張梁《ちょうりょう》の三兄弟が不遇をかこっていた。

長兄の張角は秀才（科挙の雅名）に落ち、鬱々として山に入り、薬草を摘《つ》んで口に糊《のり》する日々。そんなある日、手に藜杖《れいじょう》を持った南華老仙《なんかろうせん》と名乗る老人が現われ、「張角よ、おまえに与えるのは『太平要術』という書物じゃ。この書物を得た者は天にかわって徳のある政《まつりごと》をおこない、民をあまねく救わねばならぬ。天の意思に背《そむ》けば必ず報いを受けようぞ」と告げ、一陣の風となって消え去った。

張角はこれを神来《しんらい》として、朝夕、修行に励み、風を呼び、嵐を呼ぶ力を得、「太平道人」と自称した。新たな宗教「太平道」の始まりである。

中平元年（184）正月、「大賢良師」と名乗った張角は、疫病の猖獗《しょうけつ》に苦しむ庶民に広くお札や霊水を与えて治療にあたり、五百人を超える弟子を各地に配して布教にあたらせた。張宝、張梁はもとより弟子たちも呪文を唱え、お札を配って信者を増やし続けた。張角は増大する信者を三十六の方《ほう》とし、大きな方は一万人ほど、小さな方は六、七千人に分け、それぞれのリーダーに「将軍」を名乗らせた。

張角の「**蒼天已《そうてんすで》に死す　黄天当《まさ》に立つべし**」との掲言《ことあげ》は、青州《せいしゅう》・幽州《ゆうしゅう》・徐州《じょしゅう》・冀州《きしゅう》・荊州《けいしゅう》・揚《よう》州《しゅう》・兗州《えんしゅう》・豫州《よしゅう》の八州に流れわたり、信者を魅了した。

「蒼天」とは儒教国家後漢の天のことであり、「黄天」とは太平道の天のこと。張角は、掲言によって「後漢を打ち倒せ！　太平道が天下を奪取して民の泰平を実現せよ！」と檄《げき》を飛ばしたのだ。

かくして中平元年二月、「**黄巾《こうきん》の乱**」が勃発し、『三国志演義』の幕が開く。後漢十二代霊帝《れいてい》の御

代だった。

「黄巾の乱」を引き起こした張角は「天公将軍」と称し、張宝を「地公将軍」、張梁を「人公将軍」として、黄巾軍を指揮させた。シンボルカラー黄色の布で頭を包んだ黄巾軍の勢いは凄《すさ》まじい。出兵した官軍は恐れをなして逃げ惑う。

これに慌てた後漢の大将軍・**何進**《かしん》は、「各地の防御を固め、黄巾賊を討伐して軍功を立てよ」との詔《みことのり》をすみやかに下知《げち》されるよう霊帝に上奏。その一方で、**盧植**《ろしょく》、**皇甫嵩**《こうほすう》、**朱儁**《しゅしゅん》を中郎将に任命し、三方から精鋭部隊をもって黄巾軍討滅に出軍させた。だが、五十万にものぼる黄巾軍も分散して各州へ進軍する。

幽州太守の劉焉《りゅうえん》のもとに、張角の一軍が幽州の境界を侵犯したとの一報が届く。賊軍の多勢を知らされた劉焉は、味方の無勢を補わんと、ただちに立て札を立てて義軍を募った。立て札は涿《たく》県にも張り出された。

この立て札こそが、**劉備**、**関羽**、**張飛**の邂逅《かいこう》のお膳立てをするのである。

黄色の頭巾を旗印にした黄巾軍

×印は、黄巾軍の主な蜂起地域

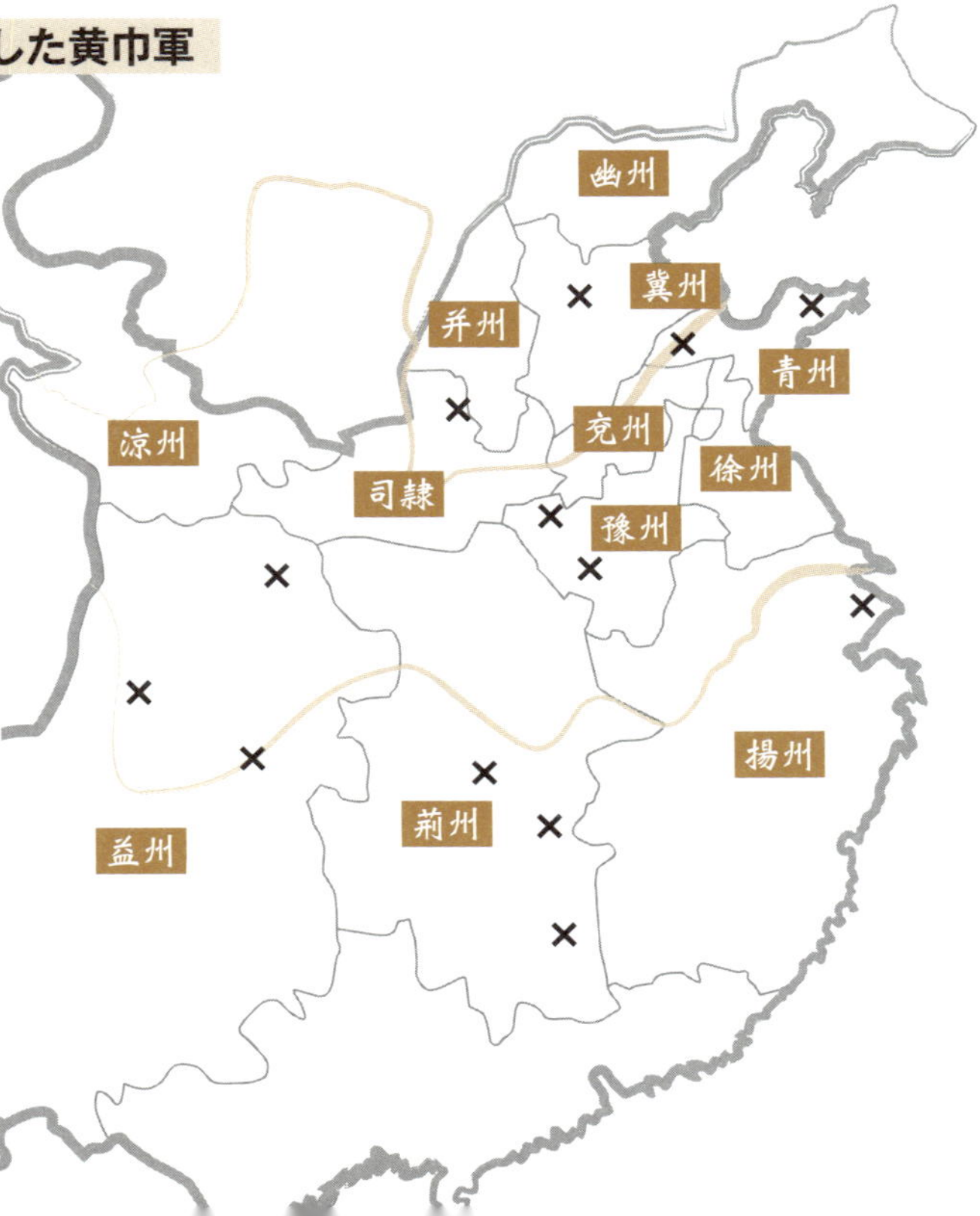

黄巾賊の首領・張角

黄巾の乱

太平道の開祖・張角が、信者や農民を糾合して後漢の支配体制を打ち壊し、新たな国を創建しようとして「黄巾の乱」を起こす。

二

劉備、関羽、張飛が登場　桃園で義兄弟の契りを結ぶ

立て札をじっと見つめていた一人の男。身の丈七尺五寸（中国の一尺は二三センチ）、肩まで垂れた両耳に両手が膝下まで届き、顔白く、紅をさしたような唇、まさに異体異貌の人であった。**姓は劉《りゅう》**、**名は備《び》**、**字《あざな》は玄徳《げんとく》**。彼は前漢の中山靖《ちゅうざんせい》王劉勝の後裔で、景帝の玄孫だったが、このときの境遇は涿《たく》郡涿県でのしがない草鞋《わらじ》売り。

その草鞋売りが、立て札を食い入るように見つめて溜息をついた。

と、背後から破れ鐘のような大音声。「国家存亡の一大事に、溜息をつくとは何事か！」。声の持ち主は、身の丈八尺、頭は彪《ひょう》のごとくに真ん丸い目ん玉、顎《あご》には虎ヒゲをたくわえた偉丈夫だ。名をたずねると、**姓は張《ちょう》**、**名は飛《ひ》**、**字は翼徳《よくとく》**。祖先代々、涿郡に住み、田地田畑を持ち、商いをしながら天下の豪傑と交わりを結んでいるという。

劉備も出自を述べ、「黄巾賊が国を荒らしまわっているというのに、民を救うべき力がない。それで溜息をついていたのだ」と嘆くと、張飛は「多少の財ならある。それで近隣の暴れ者を集めて、共に黄巾討伐の旗揚げをしようではないか！」と怪気炎で応じる。劉備も得たりや応、だ。

一瞬の呼吸が二人を惹《ひ》きつけ合い、さっそく居酒屋で前祝いの酒盛りが始まる。そこに現れたのが、身の丈九尺、顎ヒゲの長さ二尺、熟した棗《なつめ》のような赤ら顔に紅唇、鳳凰《ほうおう》の目《まなこ》に蚕《かいこ》が引っ付いたような眉《まゆ》、態度は威風凛々《いふうりんりん》、まさに豪傑そのもの、雲を突く巨漢だ。

劉備は巨漢を招いて名を問うと、**姓は関《かん》**、**名は羽《う》**、**字は雲長《うんちょう》**、河東《かとう》郡解良《かいりょう》県の出だが、ここには義勇軍に加わるためにやってきたという。

劉備も張飛との思いを打ち明けると、志が一つ

桃園の誓い

われら
同年同月
同日に
生まれずとも、
願わくば
同年同月
同日に
共に死なん

「われら同年同月同日に生まれずとも、願わくば同年同月同日に共に死なん」と皇天后土の神に誓い、三人は乱世に飛び出していく。
ただし、「桃園の誓い」は、『三国志演義』の虚構である。といっても、こうした印象的な場面を設定するほど三人の結びつきは強烈だったとも言えよう。関羽、張飛のように、劉備と臣下の厚い関係は、趙雲《ちょううん》にも見られる草創期の特徴だ。劉備には強力な一族がいないため、臣下との強い信頼関係で結びつくことで、一種の一族代替作用を構築したと見られる。

に重なった三人は大いに感奮し、「わが家の裏には桃園《とうえん》がある。いまが満開だ。明日、そこで天地の神々を祀《まつ》って、われら三人、義兄弟の契《ちぎ》りを結ぼうではないか！」と、張飛は熱血を滾《たぎ》らすのである。

　劉備や関羽に異存があろうはずはない。三人はさっそく翌日、桃園に供え物をととのえ、香を焚きくゆらせて天地神に再拝九拝、誓いの言葉を音《おん》吐朗々《とろうろう》と唱和した。

「われら劉備、関羽、張飛は、姓を異にするとはいえ、ここに義兄弟の契りを結んだ。以後、三人は一心にて合力し、虐《しいた》げられし者を救い、危機に瀕した者を助け、上は国家に奉仕し、下は民に安寧を与えたい。**われらは同年同月同日に生まれずといえども、共に同年同月同日に命を全《まっと》うすることを願う。**天神地祇《てんしんちぎ》の神々よ、われらが思いを御覧あれ……」

　誓い終えると三人は、劉備を長兄、関羽を次兄、張飛を末弟と定めて痛飲し、機鋒《きほう》を黄巾賊に向けて酔い痴れたのだった。

三

劉備が黄巾賊討伐で初手柄
仇敵・曹操が颯爽と現れる

劉備、関羽、張飛の「**桃園の誓い**」は、のちに蜀漢を建国する命の一滴であった。

といって、このときに誰がそれを知ろう。劉備未だ二十八歳、いま耳朶《じだ》を響《どよ》もすのは、後漢を揺さぶる黄巾賊の軍鼓なのだ。

劉備らの義兵の呼びかけに近村の荒くれ者五百人が参集した。武器・甲冑《かっちゅう》は調達できたものの、馬を手に入れる金がない。が、運も味方だ。偶然出会った旅の商人が後漢を救わんとする劉備らの志に感銘、扶翼《ふよく》するのである。

商人は、馬五十頭、金銀五百両、鋼《はがね》一千斤《きん》を寄贈し、劉備らの本懐を祈った。その金と鋼で劉備は二本の剣、関羽は重さ八十二斤の「**青龍偃月刀**《せいりゅうえんげつとう》」、張飛は長さ一丈八尺の「**蛇矛**《だぼう》」を鍛造、荒くれ者の武器も鍛冶《たんや》できた。

ようやく軍陣がととのった劉備軍は、幽州太守の**劉焉**《りゅうえん》のもとに馳せ参じ、傘下の一軍となった。

このとき、五百の兵を率いた劉備は、青州を荒らす黄巾賊五万と矛《ほこ》を合わせたが、多勢に無勢もものかは、副将の鄧茂《とうぼう》は張飛の蛇矛が、主将の程遠《ていえん》志《し》を関羽の偃月刀が一刀のもとに斬り捨てた。将を失った黄巾賊は算を乱して逃げ散り、逃げ遅れて投降する賊も数知れぬほどだった。

劉備、初陣にして大手柄。勝利の美酒に酔ったあと、次に出向いたのは若き日に師事した**盧植**のもと、冀州広宗県《きしゅうこうそう》であった。中郎将を拝命していた盧植が、黄巾賊の首領・張角と戦火を交えているとの報を受けたからだ。

劉備に再会した盧植は、「劉備よ、わしはここで張角十五万の軍を、五万の軍で包囲しておる。だが、張角の弟・張梁と張宝が豫州《よしゅう》の潁川《えいせん》郡で皇《こう》甫嵩《ほすう》と朱儁《しゅしゅん》と対峙しているところだ。おぬしに手

勢一千を与えるから潁川に向かえ」と命じた。

劉備は、盧植の下知に従い、兵を率いて日に夜を継いで潁川に急行した。だが、皇甫嵩と朱儁はすでに張角の二弟を打ち破ったあと。張梁、張宝は血路を開いて逃走していたのであった。

さて、このとき、敗走の黄巾賊をさらに蹴散らす軍を展開する指揮官、『三国志演義』のもう一方の主役が登場する。

身の丈七尺、目は細く切れ上がり、長髯《ちょうぜん》をなびかせる馬上の人物。豫州沛《はい》国譙《しょう》県の人で、騎都尉を拝命し、**姓は曹《そう》、名は操《そう》、字は孟徳《もうとく》**。父の曹嵩《そうすう》は、夏侯《かこう》姓だったが、宦官《かんがん》の中常侍・曹騰《そうとう》の養子となって曹を名乗る。その子が**曹操**であった。

曹操は、人物鑑定の大家許劭《きょしょう》に、「おまえは**治世の能臣、乱世の奸雄《かんゆう》**だ」と評されて大いに喜んだという人物だ。奸雄と言われて喜ぶ男など、まずいない。それを喜ぶ曹操は、人倫の外に身を置ける、一種の傑物と言っていい。

ともあれ、曹操に蹴散らされた張兄弟は逃げるしかなかったのである。

曹操の一族と宗族

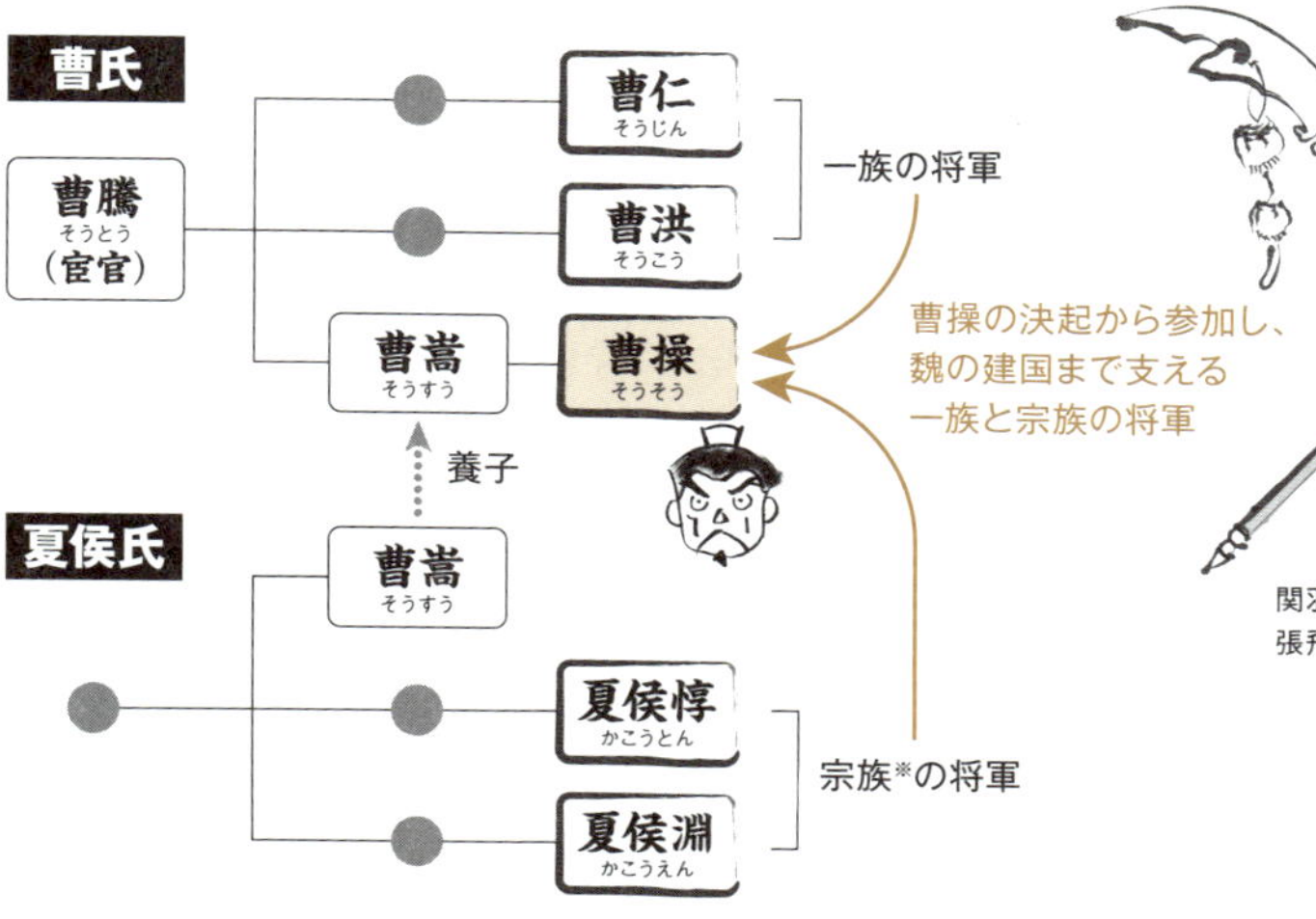

※宗族とは、父方に共通の祖先を持つ一族。父兄同族集団のこと

関羽愛用の「青龍偃月刀」（左）と
張飛愛用の「蛇矛」

四

「黄巾の乱」は鎮圧へ
朝廷混迷が群雄台頭のお膳立て

　さしもの威勢を誇った黄巾賊ではあったが、首領の張角が病死し、張梁は皇甫嵩に討たれた。張宝も朱儁に押しまくられ、命惜しさの賊将の一人に刺殺された。こうして中平元年（184）二月に蜂起した「黄巾の乱」も、その年の末に叛旗を下ろしたのだった。

　といって、反乱が完全に収束したのではなかった。黄巾賊の残党や群雄が各地で反乱の狼煙《のろし》を上げ、跳梁《ちょうりょう》し始めたのだ。

　黄巾賊の生き残りで略奪を働く白波《はくは》、呼応して張燕《ちょうえん》率いる群盗黒山《こくざん》、涼州《りょうしゅう》で反乱を起こした群雄の馬騰《ばとう》や韓遂《かんすい》などが跋扈《ばっこ》し、後漢の衰勢に歯止めはかからなかった。そのため、地方の平和は乱れ、治世は無きに等しいものとなっていたのだ。

　では、なぜ「黄巾の乱」が起きたのか？

　最大の原因は、**後漢王朝**の腐敗にあった。光武帝（劉秀《りゅうしゅう》）が漢王朝を再興し、豪族を支配階層に取り込んだ「寛《かん》」の治世も、四代和帝《わてい》の時代から崩壊の兆しを見せていた。政《まつりごと》に**外戚**と**宦官**が関わり始めたからである。

　外戚とは皇帝の母方の一族、宦官とは常に皇帝のそばに侍《はべ》る者。和帝以降、短命な皇帝が多くなったことで幼帝が即位するようになり、外戚が政務を執《と》った。だが、幼帝も長ずると外戚が疎《うと》ましくなる。名ばかりの皇帝では腹立たしい。外戚から権力を奪い返さねばならぬ。そこで暗躍するのが宦官だった。こうした権力闘争の繰り返しで、後漢朝廷の政権は、幼帝時代には外戚が、幼帝が成長すると宦官が権力を掌握という歪《ゆが》んだ政治がおこなわれるようになったのだ。

　外戚や宦官の多くは、政治を私物化し私腹を肥やす。いきおい政権は腐敗していった。郷挙里選《きょうきょりせん》

（官僚登用制度）によって地方から中央に推挙された、儒教の徳目を身につけている官僚たちは、外戚や宦官の私物化に激しく抵抗したが、ことごとく皇帝の権力を笠に着る宦官らの勝利に終わる。しかも、外戚や宦官は、郷挙里選においても自分たちの一族や息のかかった人物を推挙するように仕向けていく。

腐敗政権の皺《しわ》寄せは、当然のごとく農民へ向かう。搾取に疲弊した農民たちは、「漢の天下は終わった」と説く張角の「太平道」信仰へと吸い込まれていく。「黄巾の乱」は、そうした朝廷政治の堕落に、農民が叛旗を翻《ひるがえ》した戦いでもあったのだ。

その黄巾賊も霧散。だが、歴史は次のステージを用意する。中国史上、類例を見ない天下簒奪《さんだつ》レースが始まるのである。諸侯の群雄化であった。**董卓**《とうたく》、**袁紹**《えんしょう》、**袁術**《えんじゅつ》、**曹操**《そうそう》、**公孫瓚**《こうそんさん》、**馬騰**《ばとう》、**韓遂**《かんすい》、**孫堅**《そんけん》、**呂布**《りょふ》、**劉焉**《りゅうえん》、**劉表**《りゅうひょう》……そして**劉備**。

『三国志演義』は、彼ら群雄の虚々実々の腹の探り合いと討滅戦を物語っていくことになる。

後漢皇帝14代の即位年と没年

初代	光武帝	25〜57年	即位31歳	62歳没
第2代	明帝	57〜75年	即位30歳	48歳没
第3代	章帝	75〜88年	即位19歳	32歳没
第4代	和帝	88〜105年	即位10歳	27歳没
第5代	殤帝	105〜106年	即位生後100日	1歳没
第6代	安帝	106〜125年	即位13歳	32歳没
第7代	少帝	125年	在位200日で没	皇帝否認
第8代	順帝	125〜144年	即位11歳	30歳没
第9代	沖帝	144〜145年	即位2歳	3歳没
第10代	質帝	145〜146年	即位8歳	9歳没
第11代	桓帝	146〜167年	即位15歳	37歳没
第12代	霊帝	168〜189年	即位12歳	34歳没
第13代	少帝	189年	即位16歳	18歳没
第14代	献帝	189〜220年	即位9歳	54歳没

献帝　霊帝　少帝

後漢王朝は第４代和帝以後、若年の皇帝即位と早世（早逝）が多くなり、外戚や宦官の政権壟断が頻繁に起こり始めた。おおむね幼帝時代は外戚が、成長してからは側近の宦官が実権を握る。そして、霊帝の時代にその弊害が甚だしくなる。霊帝は、宦官の「張譲はわが父、趙忠はわが母」と尊愛するほどの愚帝だった。

五

張飛が督郵を鞭打ち、劉備ら出奔 後漢は宦官の専横で衰亡一途

黄巾賊の鎮圧後、忘れられた憾《うら》みのあった劉備にも、ようやく冀州《きしゅう》中山国《ちゅうざんこく》安喜《あんき》県の尉《い》に任命の沙汰が下った。**劉備は、関羽、張飛ほか二十名ほどの兵士を引き連れて安喜県に赴任**する。このときの劉備の治世は、庶民をまっとうに遇するものであったため大いに喜ばれた。

赴任後、四か月ほど経つと、督郵《とくゆう》が巡察として到着した。督郵とは郡太守の属官で視察官のこと。その督郵は紛《まぎ》れもなく腐敗官僚だった。横柄な態度で劉備の出自に難癖をつけ、賄賂《わいろ》を要求する素振り。劉備が出さぬと知ると、県役人に劉備を悪人に仕立てる調書の作成を強要する。

これを知った張飛は、怒り心頭に発し、督郵を宿舎から引きずり出して杭に縛りつけて、折り取った柳の枝で打つことの凄まじさ。劉備が駆けつけると、張飛は「こんな民を害する悪党など、死ぬまで殴らずにおくものか」と息巻くばかり。現れ出た関羽も「こんな督郵ごときに侮《あなど》られるのであれば、ここは兄貴のような鳳凰《ほうおう》の住む場所ではない。こいつを殺して官位を捨て、よそで大計を立てたほうがましだ」と言う。

督郵はもう必死の命乞い。劉備は苦笑して、そこは仁愛の人、「本来ならば殺してしまうところだが、一命は助けてやる」と、皇帝から授かった官吏を証明する印綬を督郵の首に引っ掛け、関羽、張飛とともに安喜県を出奔《しゅっぽん》するのである。

時も時、そんな地方の瑣末な出来事など記録にも止めぬような激震が後漢朝廷を襲っていた。

霊帝側近で専権を振るっていた十二人の宦官、称して**十常侍《じゅうじょうじ》**が、黄巾賊討伐で勲功多い将兵に賄賂を要求し、拒否する者を放逐するという無道振り。皇甫嵩と朱儁も無体に肯《がえ》んじなかったため、

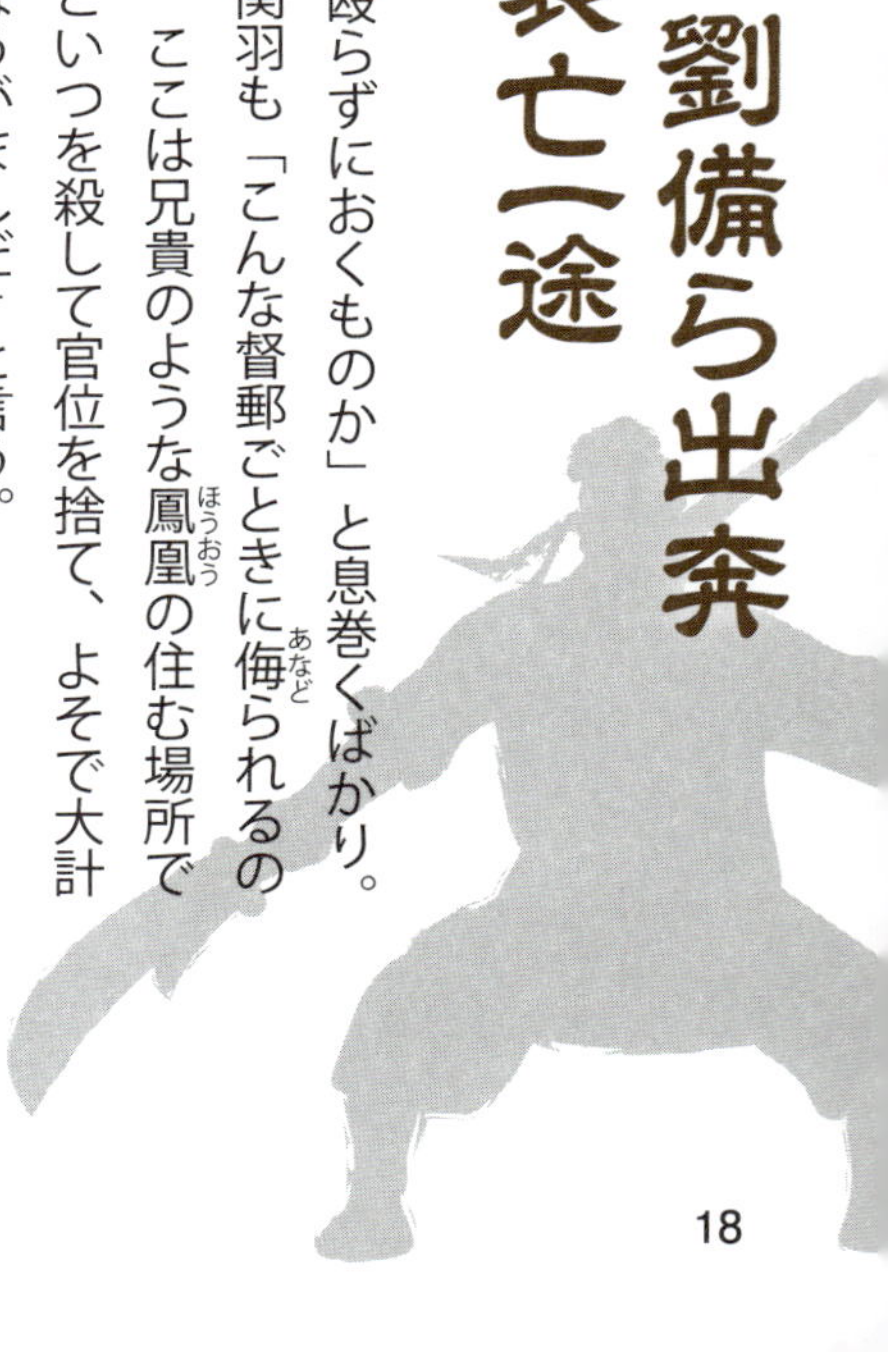

宦官が霊帝に上奏して罷免《ひめん》するのである。思うに、後漢末期、霊帝と先の桓帝《かんてい》は宦官を重用し、後漢を衰亡に追いやった愚か者と言うしかない。

さて、朝廷の汚濁《おじょく》は見るも無残な様相を呈していたが、その悪気は民心の恨みを滾らせ、危うい黒雲をたなびかせた。危惧は的中し、南方の藩国長沙《ちょうさ》の盗賊区星《おうせい》が反乱、さらに幽州漁陽《ぎょよう》郡の元中山太守張純《ちょうじゅん》と烏丸《うがん》族（北方の異民族）の丘力居《きゅうりききょ》が共闘して兵を挙げる。

一大事の上奏文は頻々《ひんぴん》と朝廷に届けられたが、ことごとく十常侍は握りつぶす。霊帝は一人蚊帳《かや》の外で酒宴に遊ぶ始末。見兼ねた清廉の官僚が諫《いさ》めると、宦官の肩を持つ霊帝に処刑されるという愚挙に遭う。

幸い、区星の反乱は、宦官の偽りの詔で長沙太守に任じられた**孫堅**《そんけん》が平定。張純・丘力居の反乱は、幽州牧《ぼく》の**劉虞**《りゅうぐ》が討滅に向かう。ここで流浪の劉備が劉虞に引見され、麾下《きか》として掃討に参陣。功を立てたために督郵打擲《ちょうちゃく》の罪が許され、青州平原県の県令代行に任じられるのである。

寸話休題

十常侍とは何者か

十常侍とは、後漢末の霊帝時代に専横を極めた宦官の集団。張譲《ちょうじょう》、趙忠《ちょうちゅう》をリーダーとして、夏惲《かうん》、郭勝《かくしょう》、孫璋《そんしょう》、畢嵐《ひつらん》、栗嵩《りっすう》、段珪《だんけい》、高望《こうぼう》、張恭《ちょうきょう》、韓悝《かんかい》、宋典《そうてん》の十二人の中常侍を概数によって十常侍と呼んだ。

中常侍は、内朝の少府に属す宦官だが、常に皇帝のそばに侍って取次をおこなうため、絶大な権力を有した。宦官の官職としては、皇后府を取り仕切る大長秋《だいちょうしゅう》の次の位となる。

宦官は、男の機能を失っているため女性への欲望を持てなくなっており、その代替欲望として権力と財物を強烈に欲した。

ただし、すべての宦官が利欲のために朝廷に仕えていたわけではない。蔡倫《さいりん》は後漢初期の和帝時代に中常侍に登用された宦官だが、文字が木簡や竹簡などに書かれていた時代に製紙法を改良し、紙の実用化を図って製造普及に大きな貢献をしたことで知られる。といっても、大部分の宦官は国政の私物化に奔走したのはまぎれもない事実であった。

六

宦官の騙し討ちに何進死す 政変は董卓の出番を用意する

愚昧《ぐまい》な**霊帝**も、中平六年（１８９）、死の床に就く。やれ一安心かと思えば然《さ》にあらず。**何進**《かしん》と宦官の死を賭した攻防が顕《あら》わになるのだ。

食肉業出身の何進は、妹が霊帝の長男**辨**《べん》を生んで皇后（何后）になったため、外戚として大将軍に栄進した成り上がりである。ところが、霊帝には、ほかに寵愛《ちょうあい》した王美人に**協**《きょう》が生まれていた。何后は嫉妬のあまり王美人を毒殺する。古代中国では前漢の高祖劉邦の皇后（呂雉《りょち》）を始めとして、嫉妬から相手を殺す無残な事件が多い。

さておき、辨が皇帝になると外戚の何進が一手に権力を握る。宦官にとっては由々しき事態だ。そこで謀《はか》ったのは何進を誅殺することだった。霊帝は辨よりも協を愛していた。重体の枕元で中常侍の**蹇碩**《けんせき》が囁く。

「協さまを皇帝に立てたいと思し召しであれば、後顧の憂いを除くために何進を亡き者にすることです」

霊帝は頷き、やがて崩御した。蹇碩は十常侍と密に打ち合わせ、霊帝の喪を秘匿して何進を呼び、その場で殺害する謀《はかりごと》を練った。が、何進も、司馬の潘隠《はんいん》の注進によって宦官らの悪心、また霊帝の死も知る。何進は朝廷に巣食う害虫・宦官を皆殺しにすべしと、主だった武将を自邸に呼び寄せた。そこへ宮中から使者が到着する。

使者の伝令は、「皇帝が崩じられたあとの後事を定めたい。参内されたし」だった。その場に居合わせた曹操は、「まず天子の位を正すことが大事です。辨さまが皇帝とならなければ長子相続の範が壊れます。それを明らかにし、不平を述べる逆臣宦官を退治するがよろしいのではないか」と具申した。

後漢末、天下を狙う諸侯・外戚

大きく頷いた何進は、「わしとともに参内し、宦官を討つ者はおらんか」と周りの諸将を睨《ね》め回す。そこに名乗り出たのが、**姓は袁《えん》、名は紹《しょう》、字は本初《ほんしょ》**。**袁紹**は、四世三公（四代にわたって後漢朝廷の三公）の家柄を誇る。

「五千の精鋭をお貸しくだされ。さすれば宮中に切り込み宦官を根絶やしにし、辨さまを新帝に立てて天下を安んじさせましょう」

蹇碩らの何進殺害の謀計は成功せず、辨は即位して**少帝**となる。蹇碩は首を刎《は》ねられ、次は宦官の番だったが、宦官もしたたかだ。黙って斬られはしない。何太后（霊帝崩御で太后）に泣きつき、何進に一度は宦官誅滅を思いとどまらせることに成功する。それが何進の命取りとなった。宮中に呼び込まれ、安心しきっていたところを宦官張譲《ちょうじょう》らに惨殺されたのだ。

英雄の資質を持たない何進は、しょせんは小物である。いや、小物以上に愚かだった。宦官退治の後ろ盾に諸侯を呼び寄せていたのだ。ようやく梟雄《きょうゆう》**董卓**《とうたく》の出番がやってきたのである。

七

董卓が皇帝廃立の暴挙
呂布が方天画戟を手に威圧する

董卓は、**姓が董**、**名は卓**、**字を仲頴**《ちゅうえい》と言う。前将軍で西涼刺史《しし》だが、黄巾賊討伐で戦功がなかったため、いわば不作為の咎《とが》めを受けかねない。それを恐れて十常侍に賄賂を贈り、朝廷からの処分を免れていた。

　にもかかわらず董卓は、今度は、掌中にある西涼の大軍二十万をもって、謀反を起こさんと朝廷の隙をうかがい始めたのだ。そんなところに、詔で洛陽へ進撃する大義名分を得たのである。

　一方、「何進死す」の報に接した袁紹、袁術、曹操らは兵を率いて宮中に突入し、宦官と見るや誰彼かまわず斬り殺して回った。

　少帝、陳留王（協）は張譲らに連れ出され、夜通し逃げ惑うことになる。やがて張譲は、逃げられぬと悟って川に身を投げて死す。

　頼る者とてなくした少帝と陳留王、まだ十六歳と九歳の若年二人は彷徨《さまよ》った。幸運なことに先の朝廷の司徒・崔烈《さいれつ》の弟に助けられ、無事に都に帰還できたが、このときに遭遇したのが董卓だった。誰何《すいか》する董卓に少帝は怯えて声も出ず、代わりに陳留王が見事に応じたことで、董卓は愚昧な少帝を廃し、陳留王を皇帝に就けんと決意したのである。

　董卓は麾下の軍を城外に駐屯させ、自らは完全武装の騎馬隊を率いて入城。少帝を脅して太尉に就き、その専横は辺りを払って、袁紹ほかの武将に睨《にら》みを利かせていた。董卓は、盛大な宴席を設けて皇帝の廃立を宣言した。盧植が異議を唱え、并州《へいしゅう》刺史の**丁原**《ていげん》も真っ向から反対すると、董卓は剣を引き抜き脅しにかかる。と、丁原の後ろに**方**《ほう》**天画戟**《てんがげき》を手にした堂々たる美丈夫が目を怒らせている。**姓は呂**《りょ》、**名は布**《ふ》、**字は奉先**《ほうせん》、呂布の初見え

であった。

その迫力に董卓も剣を収めざるを得ない。収拾のつかなくなった宴席だったが、司徒の**王允**《おういん》が、「廃立の大事は酒席で議論すべきではない」と諫めたことで、ようやく散会となったのである。

さて、呂布を目の当たりにした董卓は、「あ奴はただ者ではない。呂布をわが陣営に組み入れたら怖いものなしになるのだが……」と垂涎《すいぜん》する。と、虎賁《こほん》中郎将の李粛《りしゅく》が、「私にお任せあれ。呂布は私の同郷でありますが、勇敢であっても智謀に欠け、義よりも利を上に置く男です。餌《えさ》を見せれば飛びつきます」と言う。董卓が、「どんな手立てがあるのか」と問うと、「将軍がお持ちの、一日千里を走る名馬**赤兎**《せきと》と黄金や真珠をもって奴を誘えば、まず丁原を裏切り、董卓どのの手下となりましょう」との策であった。

結果は李粛の言う通り、呂布は丁原を斬り捨てて董卓の元に参じ、義父義息の約定を交わすことになる。だが、これが呂布の裏切り人生の始まりとなったのだった。

後漢帝室の系図

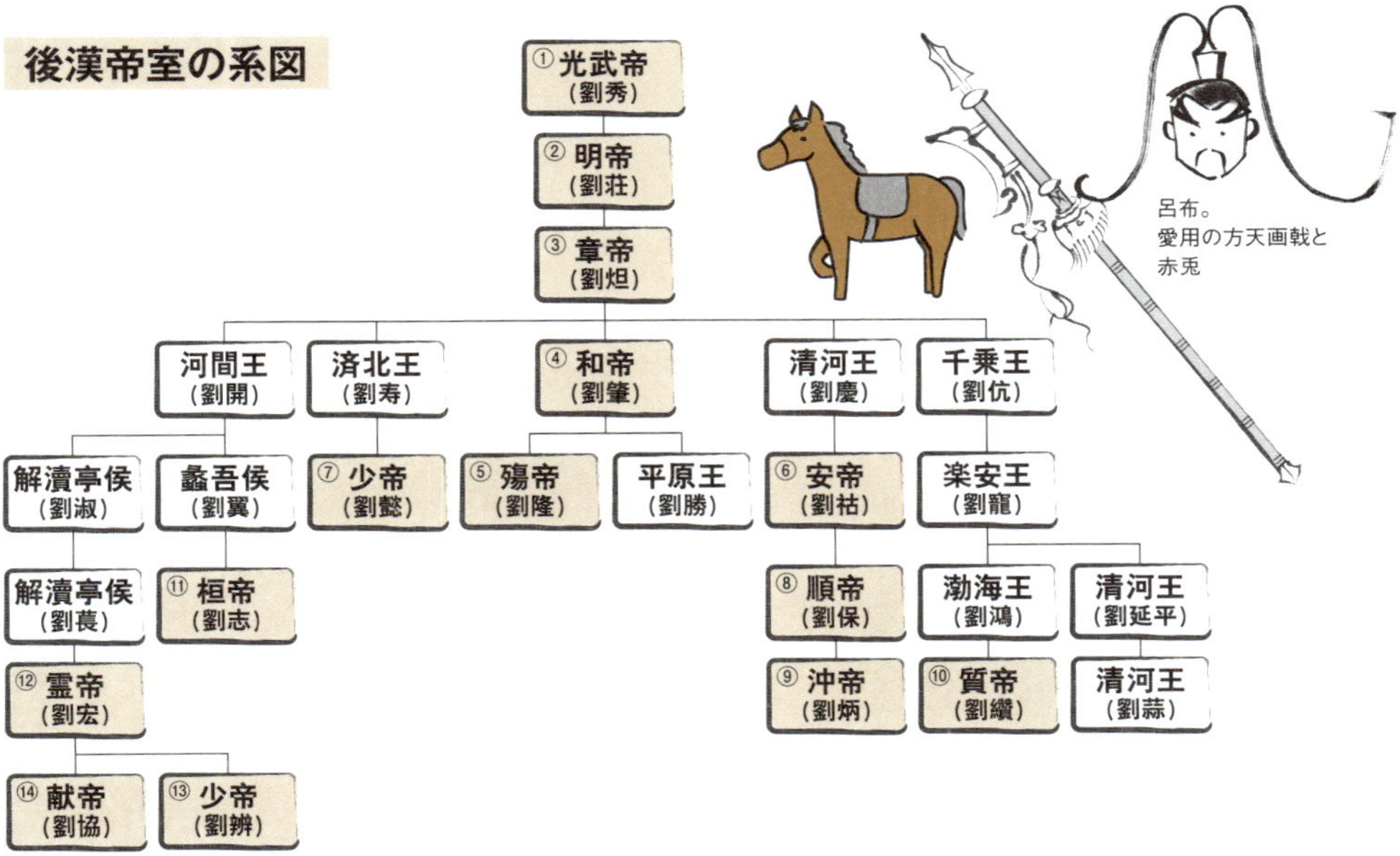

呂布。愛用の方天画戟と赤兎

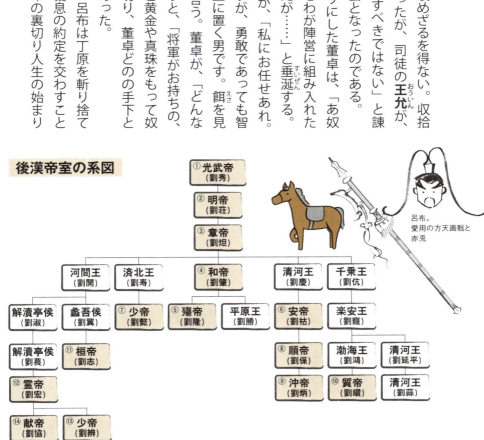

八

董卓の暴政、とどまるところを知らず 諸侯は「反董卓連合」を結成す

董卓の専横に、袁紹はとっくに逃亡していた。ある日、袁紹は、董卓に「不徳を犯しておらぬ皇帝を廃し、庶出の陳留王を立てるなど、謀反以外のなにものでもない」と怒気鋭く迫った。董卓は剣を抜き、袁紹も剣を抜く。一触即発の間合いだったが、董卓の謀臣李儒《りじゅ》が止めに入ったため、大事には至らなかった。袁紹は、この事件をきっかけに冀州《きしゅう》へ逃げていたのである。

勝手放題の董卓は、少帝を皇帝から引きずり下ろし、陳留王を**献帝**として即位させた。中平六年(189)九月のこと。少帝は弘農《こうのう》王として臣下に落とされたが、それだけでは済まず、実母の何太后ともども李儒の手によって弑逆《しいぎゃく》されたのだ。

献帝は名ばかりの皇帝、すべての権力は董卓の手の中にあった。董卓は肥大漢だったが、その巨体のごとくの暴政はかくやあらん。内通したとみられる官僚を鞭《むち》で撃ち殺し、縁談を断った未亡人を棒で叩き殺す。投降した兵の舌をえぐり抜き、手足を切断する。まさに非道そのものであった。

司徒の王允らは、ただ嘆くばかり。そんな悲嘆の中で曹操は、「私が董卓にへりくだって仕えていたのは、隙を見て奴を討ち取る所存だったからです。司徒どのには一振りの七宝刀があるとお聞きする。その剣で董卓を刺し殺す。なにとぞお貸し願いたい」と言う。王允は、曹操の志を了とし、七宝刀を貸し与え、義挙の成功を願うのである。

董卓は三公の太尉では飽き足らず、すでに**丞相**《じょうしょう》に就いていた。曹操は丞相府を訪れ、一刺しのもとに董卓を殺さんとしたが果たせず、咎められて言い訳に七宝刀を献呈する始末。曹操は董卓に疑われたことを悟って、故郷の豫州沛国譙《しょう》県に逃げ帰るというていたらくだった。

寸話休題

董卓とは

董卓

董卓は、涼州隴西郡に生まれた。生年は不明である。『三国志演義』では肥大漢として描かれているが、巨体のイメージにはそぐわないほど武芸には秀でていた。若いころは涼州にて北方西方の胡《こ》や反乱した羌《きょう》族などを討滅するなどの功績を上げ、并州刺史や河東太守を歴任した。

だが、「黄巾の乱」では中郎将に就いて黄巾賊の討伐に出るも敗退し、免官されている。黄巾の乱平定後、涼州で辺章、韓遂らの反乱が起き、董卓は再び中郎将に返り咲いて追討に向かい、このときは大勝する。

霊帝没後、何進の宦官一掃計画で董卓らの地方の諸将に召集がかかる。何進は逆に宦官に討たれ、宮廷騒乱時に少帝と陳留王が連れ出されて彷徨中、董卓が偶然救出したことから権限が高まる。

董卓は、何進の残兵を吸収し、反対勢力の丁原を、丁原配下の呂布に誅殺させ、呂布を義息と為す。丁原の残兵も吸収して洛陽随一の軍事力を把握。袁紹らを追いやり、自ら司空に就く。

少帝を廃立、献帝を立て、弘農王とした少帝と実母の何太后を殺害する。

董卓の専横に、初平元年（190）、曹操、袁紹らは「反董卓連合」を結び、ついに「虎牢関の戦い」へと物語は展開していく。

だが、譙県に帰郷した曹操は、手を拱《こまね》いていたわけではない。近隣の資産家に資金を投じてもらい、皇帝の名を騙《かた》って矯詔《きょうしょう》をつくり、義兵を糾合すべく各地へ使者を走らせた。その効果は絶大で、参じてきた者、数知れぬほど。また、曹氏の宗族、夏侯《かこう》氏の**夏侯惇**《かこうとん》（字は元譲《げんじょう》）、**夏侯淵**《かこうえん》（字は妙才《みょうさい》）、曹氏一族の**曹仁**《そうじん》（字は子孝《しこう》）、**曹洪**《そうこう》（字は子廉《しれん》）が参陣し、以後、曹操の強力な武力となっていく。

袁紹も、矯詔を受け取ると三万の軍勢を率いて冀州勃海《ぼっかい》郡を出立、曹操と会見して同盟を結ぶ。

また、曹操は檄文を諸侯に送ると、南陽太守の**袁術**、冀州刺史の韓馥《かんふく》、豫州刺史の孔伷《こうちゅう》、兗州《えんしゅう》刺史の劉岱《りゅうたい》、河内《かだい》太守の王匡《おうきょう》、陳留太守の張邈《ちょうばく》、東郡太守の橋瑁《きょうぼう》、山陽太守の袁遺《えんい》、済北《せいほく》国相の鮑信《ほうしん》、北海太守の孔融《こうゆう》、広陵太守の張超《ちょうちょう》、徐州刺史の**陶**《とう》**謙**《けん》、西涼太守の馬騰《ばとう》、北平《ほくへい》太守の**公孫瓚**《こうそんさん》、上党《じょうとう》太守の張楊《ちょうよう》、長沙太守の**孫堅**が挙兵したのであった。

諸侯は洛陽へと行軍したが、その途中、公孫瓚は、共に盧植に師事した劉備と再会、同道を許し、曹操が迎え入れるという椿事もあったのだった。

九

反董卓連合は袁紹が盟主に 汜水関で関羽が華雄を斬り捨てる

初平二年（191）、諸侯たちは続々と所定の場所に到着。連合軍の陣営は二百里以上になった（後漢当時の一里は四〇〇メートル強）。

曹操は諸侯を集めて、進撃の計を談合すると、河内太守の王匡が、「大義を奉ずるにおいては盟主が必要だ。そのうえで盟約を交わし、進軍すべきであろう」と言う。曹操が「もっともだ。袁本初の家は四世三公の名門である。本初どのを盟主にすべきだ」と返すと、諸侯も賛同する。

固辞した袁紹も、最後には承諾し、「わが弟の**袁術**には軍糧と秣《まぐさ》を諸侯に遺漏なきように手配してもらおう。それと誰か一人、汜水関《しすいかん》に先行して董卓軍と立ち向かってもらいたい。諸侯はおのおのの陣地にあって援護を願う」と述べると、進み出たのが袁術配下となった勇猛で聞こえた長沙太守の**孫堅**。袁紹も諸侯も否やはない。かくして孫堅は自軍の兵を率いて汜水関に攻め寄せていく。

汜水関の守備隊は、慌てて早馬で丞相府に急を告げた。酒宴に浸る董卓だったが、報を受けるや急ぎ諸将を呼び寄せた。呂布が、自分が迎え撃つと身を乗り出すと、身の丈九尺、虎のような体つきの**華雄**《かゆう》が、「温侯（呂布）が出るまでもない。私で十分だ」と名乗り出た。その気概に董卓は華雄に五万の兵を預けて汜水関に向かわせた。

汜水関に到着した華雄は、済北国相の鮑信の弟鮑忠《ほうちゅう》軍を撃破。だが、副将胡軫《こしん》が孫堅に討ち取られる。孫堅は、袁紹に勝利の報告と袁術に軍糧を要請するが、袁術は孫堅一人が手柄を立てることを恐れ、軍糧と秣の補給を怠《おこた》った。ここに反董卓連合軍が一枚岩でないことが露呈するのである。

軍糧不足の孫堅が華雄の奇襲で一敗したことを知らされると、袁紹ら諸侯は声を失った。劉備、

後ろに控える関羽、張飛はそんな諸侯らの狼狽《ろうばい》を冷ややかに見ていた。そこに斥候が息を切らしながら、「華雄が、われに挑戦するものはいないか」とおらんでおりますと報ずる。

かくてはならじと、兪渉《ゆしょう》が飛び出すが、あえなく返り討ち。ならばと潘鳳《はんほう》が立ち向かうが、やっぱり返り討ち。そこで名乗りを上げたのが関羽。だが、関羽は馬弓手《ばきゅうしゅ》に過ぎない。袁術は「弓手《ゆんで》の分際で何を言うか」と怒鳴るが、曹操が割って入って収め、熱い酒を注がせて「まずは一杯飲んでから行くがよろしかろう」と勧める。関羽は、悠揚《ゆうよう》迫らざる物腰で、「酒はそのままにしておいていただきたい。すぐに戻ってまいりますので」と言うや、馬に跨《またが》り出陣。鬨《とき》の声が上がり、天は砕け地は崩れんばかりの轟音が響《どよ》めく。

やがて鈴の音とともに馬が本陣に駆け込んでくると、**関羽が華雄の首を地面に放り投げた。**酒はまだ冷めていなかった。

曹操は、以後、何かと関羽に好意を寄せるが、ただいまの、この瞬間に惚《ほ》れたのだ。

す話休題

虎牢関の戦い

汜水関は虎牢関と同地だが、『三国志演義』では別としている。洛陽の東、首都防衛の要所であるため、古くから戦いの場となった。また、「関」とは要塞を意味したようだ。

渭水《いすい》の西、二〇〇メートルほどの距離に虎牢関は位置しており、両側から山が迫っている地形だ。その地形が防衛には最適だったため、城壁をめぐらし、堀を掘って道を遮断する関（要塞）を設置した。

虎牢関では連合軍の曹操や鮑信、張邈が袁紹の煮え切らない態度に業を煮やして攻撃するが、董卓軍の徐栄に完敗。河内太守の王匡も、呂布の奇襲であっさりと敗退するなど意気が上がらない。そこで『三国志演義』は、史実にはない関羽の「華雄斬り捨て」を虚構し、溜飲を下げるのだ。

一方、孫堅は、配下の讒言《ざんげん》を信じて軍糧の輸送を怠った袁術を責め、「わが身を投げ出すのは、上は国家のため、下は将軍（袁術）の家門の仇を報じるため。なのに将軍は誣告《ぶこく》を信じて、この孫堅を疑うのか」と袁術に詰め寄った。慌てた袁術は孫堅に軍糧を送る。勢いを回復した孫堅が董卓軍を打ち破ったことで、董卓は戦局を不利と見て、長安へ向かう。

孫堅は洛陽へ一番乗りをし、偶然に「伝国の玉璽」を発見することになるのである。

孫堅

十

董卓と反董卓連合が激突す「虎牢関の戦い」はいかが相成るや

　華雄を討ち取られたことを知った董卓は、二十万の軍勢を二手に分けて進軍した。**李傕**《りかく》、**郭汜**《かくし》に一手を任せ、五万の軍勢で汜水関を固めさせた。董卓自身は十五万の軍兵を率い、李儒、呂布、樊稠《はんちゅう》、張済《ちょうせい》らと**虎牢関**に向かった。虎牢関は**洛陽**から五十里の道程である。

　虎牢関に入ると、董卓は呂布に三万の軍勢を預け、関の前に戦陣を構築させた。

　ついに呂布が姿を現した。髪を三つに束ねて兜を載せ、紅錦の百花袍《ほう》を身にまとい、獣面呑頭鎧《じゅうめんのんとうがい》の上に玲瓏獅蛮《れいろうしばん》の腰帯を締め、弓矢を箙《えびら》に差し込み、手には方天画戟を持って、嘶《いなな》く赤兎馬に跨る。伝えて曰く、「**人中に呂布あり、馬中に赤兎あり**」。まさに一幅の絵姿そのもので、連合軍が繰り出す諸将をなぎ倒し、まるで無人の野を駆けるが如し。

　呂布を食い止めた者は、一丈八尺の蛇矛を手に手綱を操る張飛。二人は五十合も打ち合うが勝負がつかない。これを見た関羽が八十二斤の青龍偃月刀を馬上に舞わせて、呂布を挟み撃ちにする。呂布は右に左に、張飛と関羽の蛇矛と偃月刀を打ち払う。劉備も二本の剣を右手《めて》左手《ゆんで》に馬を走らせ切り込んでいく。さすがの呂布も敵わぬとみて赤兎馬の馬首を返し、虎牢関に逃げ込んだ。劉備らは呂布を追ったものの、関から矢や石が打ち込まれ、投げ込まれたためやむなく引くのである。

　だが、呂布が敗れたことで、董卓陣営は意気が上がらない。このままでは大敗するやも知れぬ。そこで李儒は、**洛陽を捨てて前漢の都であった長安へ遷都すべき**と進言する。董卓は李儒の言に愁眉を開き、翌日には軍勢を率いて洛陽に撤退した。

　ところが、長安へ移るに際して、洛陽の分限者を捕縛して斬殺、財産を奪い取るという暴挙に出

る。さらに、洛陽の諸門に火をかけ、市井の家を焼き払い、漢皇室の宗廟《そうびょう》や南北の両宮殿にも火を放った。代々の皇帝や皇后の御陵をあばき、埋葬の宝物の略奪さえ命じた。兵士たちも官吏や庶民の墓を暴いて目につく値打ち物を根こそぎ強奪した。洛陽はさながら廃墟と化す有様だった。

董卓は、手にした財物を数千台もの車に載せ、わずか十歳の献帝を脅しつけながら洛陽を後にし、長安を目指したのである。

連合軍は、虎牢関がもぬけの殻と知ると兵を洛陽に進めたが、洛陽は火炎で空を焦がし、黒煙が異臭を放っている。これを見た諸侯は、兵を駐屯させて動く気配がない。此は如何なることか。

袁紹に面して曹操は、「逆賊は西に向かったようだ。なぜ追撃されぬのか」と詰問するも、「兵は疲れ切っている。追撃しても無駄であろう」と応じるのみ。諸侯も「軽率に動くべきではあるまい」と口を揃えるばかり。曹操は歯噛みしながら、**「孺子《じゅし》共に謀《はか》るに足らず」**と扼腕《やくわん》したのであった。

「虎牢関の戦い」のときの諸侯勢力図

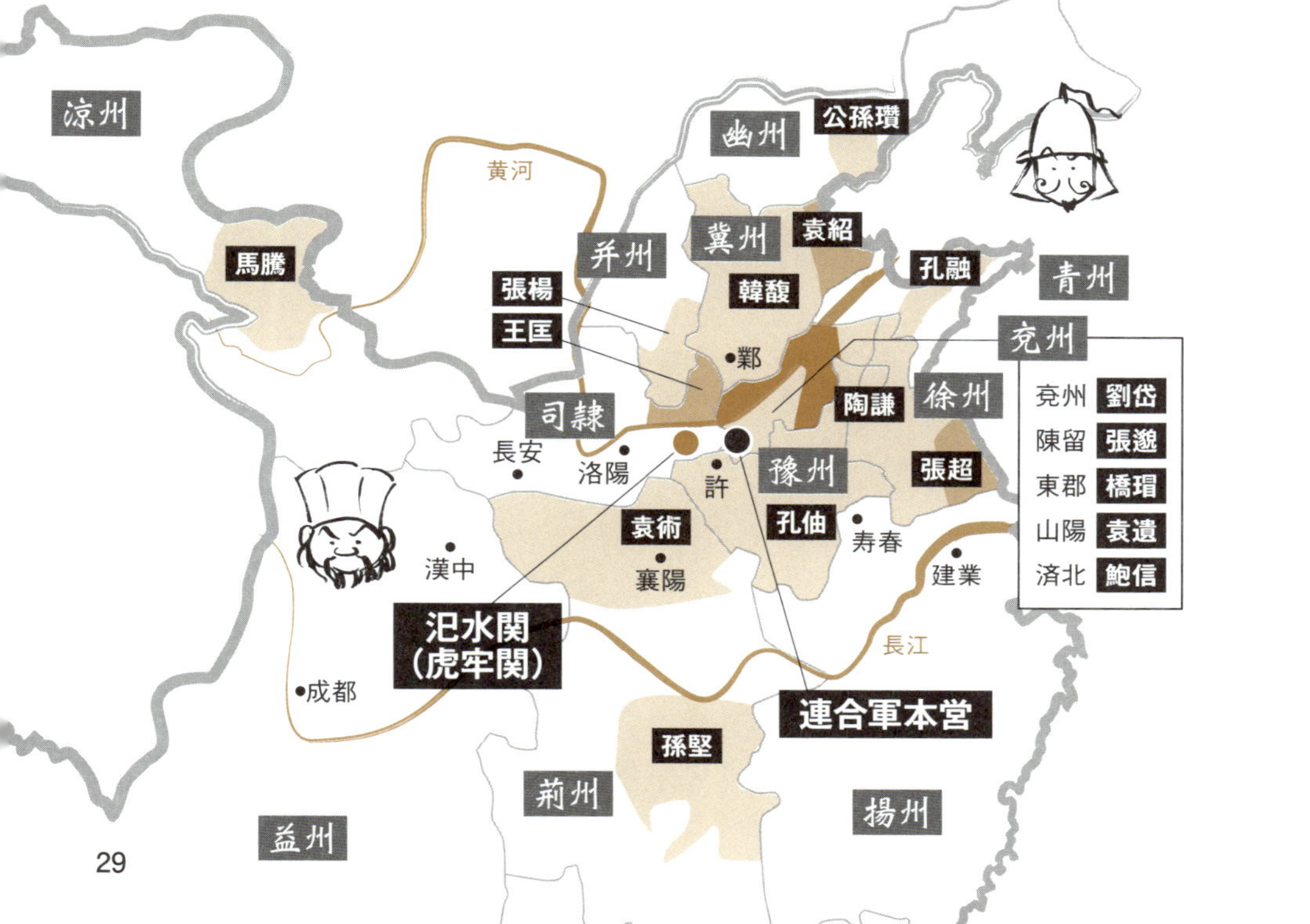

十二

反董卓連合は霧散して敵対する孫堅は単騎駆けの油断で命を落とす

諸侯が頼りにならぬと唾棄《だき》した曹操は、一万余の自軍のみにてその夜のうちに董卓追撃を開始した。だが、血気にはやって策を用いず突進したため、呂布に後方を固められて散々に打ち破られてしまう。曹操は「これはいかぬ」と逃げ戻ろうとするが、徐栄《じょえい》の放った矢で肩を射られ、もはやこれまでかと天を仰いだ。そこへ駆けつけてきたのが、夏侯惇と夏侯淵。徐栄を刺し殺し、曹操の危機をかろうじて救ったのである。

そのころ、諸侯の本陣では皇帝に代々受け継がれてきた「**伝国《でんこく》の玉璽《ぎょくじ》**」をめぐって騒動が起きていた。**洛陽一番乗りを果たした孫堅が、古井戸の中から玉璽を発見**し、密かに所持して長沙に引き上げようとしていた。それを密告で知った袁紹に咎められたのだ。しらばくれる孫堅、言い逃れはさせぬと袁紹。互いに刀に手をかけるほどの緊迫は、諸侯たちの肝煎《きもい》りでようやく矛を収めたが、たちまち孫堅は陣を引き払い洛陽から去っていく。腹の虫が治まらぬ袁紹は、荊州の**劉表**へ書状をしたため、孫堅が荊州を通るときに玉璽を奪い取るよう懇請したのだった。

曹操は矢傷をいたわりながら本陣に戻り、宴席で袁紹らへ恨み言を述べ、董卓を打ち滅ぼしての事の成就は叶わぬと慨嘆。諸侯と袂《たもと》を分かち自軍を率いて揚州に引き上げて行く。**公孫瓚**も「袁紹には覇気がない。長居をすれば異変が起ころう。われらもひとまず引き上げることにしよう」と劉備らと北を目指す。その途次、このころ青州に属していた平原に至るや、劉備を平原の国相に任じて、自らは本拠地の幽州へ戻るのである。

なおかつ、連合内では兗州刺史の劉岱が食糧をめぐって東郡太守の橋瑁を殺すという出来事が起

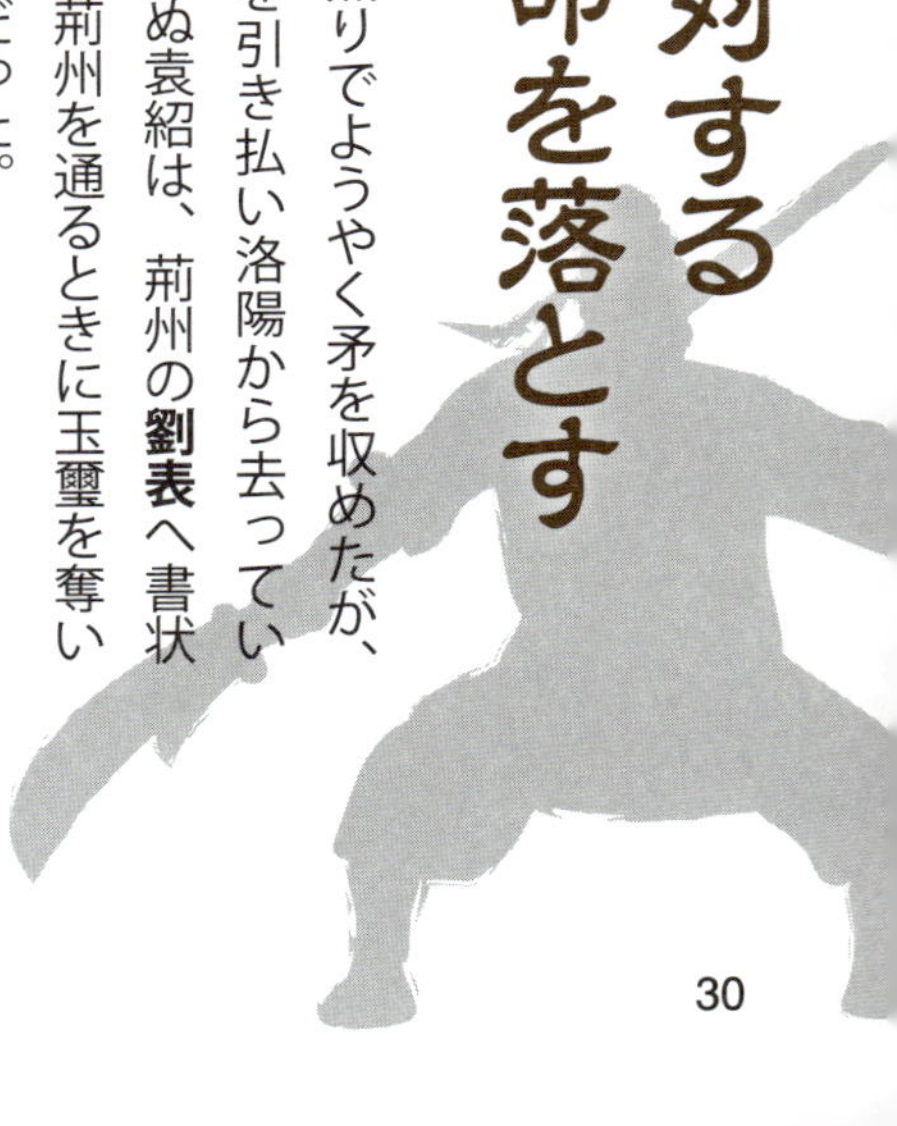

寸話休題

伝国《でんごく》の玉璽《ぎょくじ》

伝国の玉璽（伝国璽）とは、中国の歴代王朝、もしくは代々の皇帝に受け継がれてきた皇帝用の印章のこと。これを「玉璽」と言う。

始皇帝以前に帝権を表す象徴は、夏の時代に鋳造された三本足の青銅器「九鼎《きゅうてい》」で、夏・殷・周に受け継がれてきたが、秦の天下統一の際に、泗水の底に沈んでしまったという。そこで始皇帝は、九鼎に代わる帝権の象徴として「玉璽」を造らせた。玉璽は、朝廷が前漢・新・後漢と交代しても受け継がれてきたが、董卓の乱により失われた。

『三国志演義』では、その失われた「伝国の玉璽」を孫堅が洛陽の古井戸から拾うものの、孫堅が戦死したことで嫡子の孫策が所持することになる。だが、孫策が袁術から兵を借りるに当たって玉璽を形にしたため、袁術の手元にわたり、のちに袁術が皇帝を僭称する典拠とした。

史実では、徐璆《じょきゅう》が袁術の所持していた玉璽を見つけ、献帝に返上したとされるが、演義では曹操に献上したことになっている。

孫策

殷末期の鼎

伝国の玉璽

こる。連合軍は統率が取れなくなり、袁紹さえも陣営を率いて関東へ退却していくのだ。**反董卓連合の崩壊**であった。

さて、劉表は袁紹の書状を読むとただちに出陣し、孫堅詰問に出向く。二人の「玉璽を出せ」「知らぬ」の問答はついに刃を合わせるところとなる。孫堅は危うく難を逃れて長沙へ戻ったが、以後、劉表とは仇敵となる。ところが、袁紹と仲違いした袁術が劉表とも行き違い、孫堅を使嗾《しそう》して劉表討伐への兵を挙げさせる。孫堅は劉表軍を打ち破ったものの、勢い余って単騎駆けしたため黄《こう》祖《そ》の伏兵に射殺《いころ》されてしまう（**襄陽《じょうよう》の戦い**）。

一方、献帝、三公九卿を引き連れて長安に覇を唱えていた董卓は、「孫堅死す」の報で溜飲を下げ、驕慢さらに深まり、世に言う「酒池肉林」に溺れる日々。かたや司徒の王允は、後漢の獅子身中の虫、董卓を殺害《せつがい》できぬものかと鬱々の日々。はたと浮かんだ一計は、**貂蝉《ちょうせん》**を使って董卓と呂布を争わせること。貂蝉は屋敷の歌妓、器量は他を寄せ付けぬ。はてさて、首尾はどうなることか。

十二

貂蝉が董卓と呂布の中を裂く 董卓を誅殺するが、王允も討たれる

王允の策略を知らされた**貂蝉**は、「旦那さまの憂いのご様子に心を痛めておりました。わたくしでお役に立つことがあらば、万死も厭《いと》いませぬ」と言う健気さ。王允は貂蝉の手を取り、「すまぬ」と一声、感涙に咽《むせ》ぶのである。

王允の巧みな手管で貂蝉は、呂布を虜《とりこ》にし、董卓を籠絡《ろうらく》する。 董卓は、貂蝉を日も夜も離さず、政務など顧《かえり》みぬていたらく。貂蝉は、呂布に董卓の愛撫を苦しみとして、ハラハラと涙をこぼして見せる。嫉妬は何よりもの力の原泉か。時は至れり。王允は呂布に、「漢王朝に力を貸せば温侯（呂布）は忠臣、董卓に力を貸せば逆臣」と唆《そそのか》し、ついにその日がやってくる。

「献帝が董太師に帝位を譲りたいので参内されたし」との詔を信じた董卓が入朝するや、百人もの近衛兵が討ちかかってくるではないか。逃げる董卓は「奉先《ほうせん》（呂布の字）はいずこぞ！」と助けを呼ぶ。呂布は姿を現すが、「丞相は逆賊だ。詔をもって賊を成敗する！」と一声発するや、方天画戟は董卓の喉を刺し貫いた。董卓の腰巾着、李儒も当然のごとく処刑だ。董卓配下の李傕、郭汜、張済、樊稠は「董卓、誅殺」の報に接すると、ただちに軍を率いて拠点の涼州を目指して遁走する。初平三年（192）四月のことだった。

王允は、董卓の首と胴体を長安の街に晒《さら》したが、番卒の兵が董卓の臍《へそ》に灯芯を差して火を灯すと、翌日まで消えない。脂肪《あぶら》さえも地面に流れ出た。董卓の肥満ぶりが偲ばれよう。

呂布は貂蝉をわがものとして満足の限り。王允はその呂布と皇甫嵩に命じて董卓一族を皆殺しにする。中国では首領が討たれると、一族も皆殺しにされる。なかなか酷薄な始末となるのである。

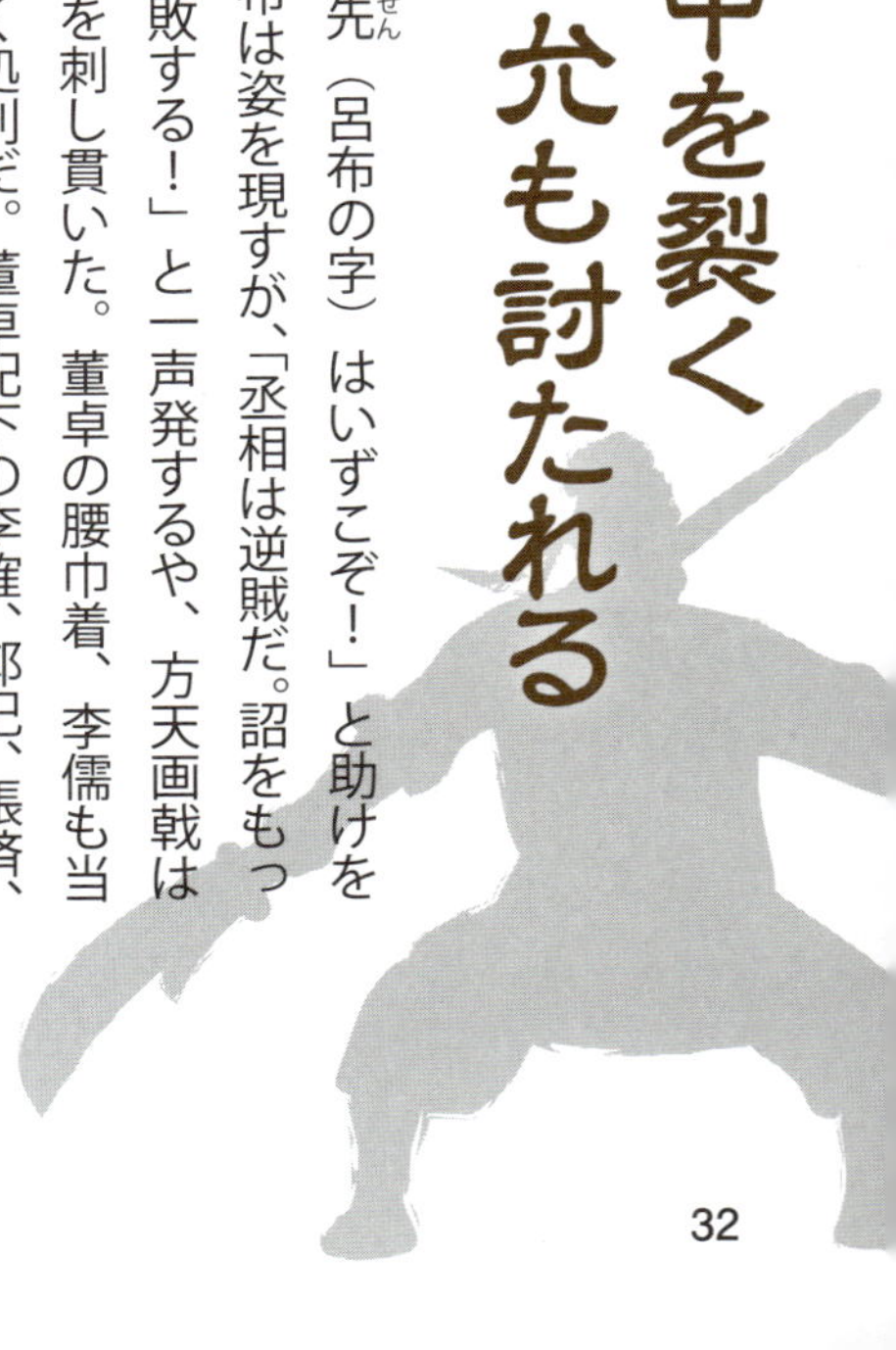

哀れなのは、大学者の**蔡邕**《さいよう》だった。董卓が蔡邕の高名を尊び、招聘《しょうへい》して厚く遇した。蔡邕は、董卓の死につい慟哭する。それをもって王允は、「逆賊董卓の死を悲しむとは、お前も逆賊か」と咎め、「董卓の非道は憎んでいるが、いっとき知遇を得たので死に涙した」との蔡邕の弁明も聞かず、捕らえて獄死させたのである。

だが、王允の絶頂もいっときの事。逃亡した李傕、郭汜らが長安に上表し、恩赦を求めたが、王允は、「これらの者は董卓を助けて朝廷をないがしろにした。いま天下に大赦令が発布されたが、この四人だけは許すわけにはいかぬ」と一蹴する。

それを知った謀士の**賈詡**《かく》が、「許されぬなら長安に攻め込んで、董卓どのの仇討ちをするべきだ」と言う。賈詡の建言を諾した李傕、郭汜、張済、樊稠は一転、長安に攻め寄せる。呂布が奮闘するも敵わず、敗残の兵、百騎余りを率いて飛ぶように南陽郡の袁術のもとに逃げ込んだ。

だが、王允は逃げるのを善しとせず、とどまって討たれるのである。

寸話休題

貂蝉《ちょうせん》とは何者か

貂蝉

董卓を籠絡し、呂布を虜にした貂蝉。幼少時に人買い市で売られていた孤児で、王允が哀れに思って手に入れる。王允は貂蝉を実の娘のように愛し、学問や書芸を学ばせた。貂蝉はまことに素直な娘だったが、容姿も飛び抜けていた。

王允は、後漢朝廷が董卓に蹂躙されていることに義憤を募らせ、芳紀十六歳の貂蝉を用いて除くことを謀る。董卓と呂布の間に貂蝉を置く「美人計《びじんけい》」だ。美人計は、兵法三十六計の第三十一計に示された戦術で、二人の間の妬心を煽って仲違いさせる「離間計《りかんけい》」のこと。この一連の謀《はかりごと》を「連環計《れんかんけい》」と言うそうだが、連関計が功を奏して、董卓は呂布に殺されてしまうのである。

ところで、貂蝉は架空の女性だ。正史『三国志』では呂布の相手は董卓の侍女。呂布がこの侍女と密通したことで、董卓の顔色が気になる。そこを王允につけ込まれ、董卓殺害に協力したことになっている。

貂蝉のその後は諸説ある。呂布の死後、貂蝉をめぐって曹操と関羽が争い、関羽に譲られるとか、関羽に貂蝉が斬られたとか、董卓殺害の計が成就したあと貂蝉が自害するとかだ。

ちなみに貂蝉は、楊貴妃、西施、王昭君と並んで、古代の「中国四大美人」の一人に数えられている。

十三

曹操が青州兵を自軍に組み込む 袁紹は河北四州を手に入れる

初平三年（192）は、王允が討たれ、孫堅が死に、曹操は兗州で黄巾賊の残党を平定して青州兵を組織した。また、袁紹が「**界橋《かいきょう》の戦い**」で公孫瓚を破った。

やがて、群雄レースは、けざやかに袁紹と曹操に収斂《しゅうれん》していき、建安五年（200）、両雄並び立たず「白馬の戦い」、「官渡の戦い」で雌雄を決することになる。わが国で言えば、さしずめ「関ヶ原の戦い」といったところか。

それまでの八年の動きを見ていこう。

孫堅が討たれたとき、長子**孫策《そんさく》**は十七歳。孫策は父の死後、袁術に身を預けていたが、袁術は孫策から「伝国の玉璽」を騙し取る奸佞《かんねい》ぶり。曹操はそんな袁術を評して、「**家中《ちょうちゅう》の枯骨**（墓の中の枯れた骨）」と嘲笑う。

袁術は、字を公路《こうろ》と言い、司空の袁逢《えんほう》の嫡子。同じ父を持つ袁紹は庶出だが、声望は袁術の比ではない。そんな袁紹に対して強烈な妬心を抱く袁術は、たびたび袁紹の出自の低さを俎上《そじょう》に上げる狭量さ。ゆえに袁術と袁紹は不和となっていた。

その袁術は、初平四年（193）、曹操との「**匡亭《きょうてい》の戦い**」で大敗。拠点の南陽郡を捨て、揚州へと逃げ去るのである。

このころの曹操陣営の充実ぶりを見てみよう。まず、袁紹に見切りをつけた名士の**荀彧《じゅんいく》**（字は文《ぶん》若《じゃく》）、甥の**荀攸《じゅんゆう》**（字は公達《こうたつ》）が曹操のもとへ身を寄せ、荀彧の推挽などで**程昱《ていいく》**（字は仲徳《ちゅうとく》）、**郭嘉《かくか》**（字は奉孝《ほうこう》）、**劉曄《りゅうよう》**（字は子陽《しよう》）らの名士が仕えることになる。武将もしかり。**于禁《うきん》**、**典韋《てんい》**、遅れて**許褚《きょちょ》**らが参集し、曹操の傘下には智臣、猛将が名を連ね、威勢は山東地方を圧したのである。

だが、曹嵩《そうすう》が、曹操の招きで徐州を通り過ぎる

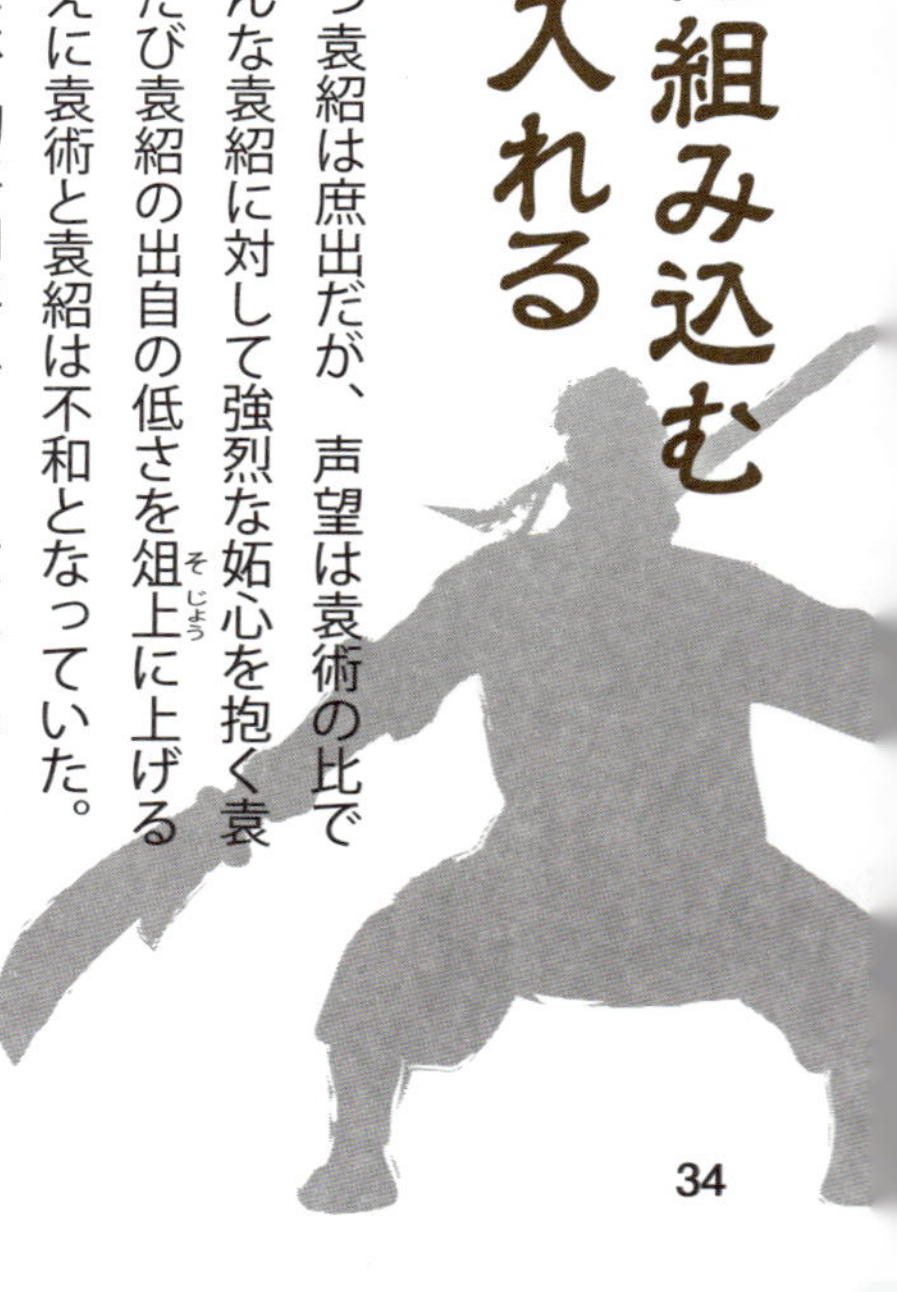

とき、州牧の**陶謙**から護衛を命じられた張闓《ちょうがい》に殺されるという不慮の事件が起こった。

曹嵩は曹操の実父、曹操は復讐に燃え、陶謙を討たんと出兵し、陶謙が支配する徐州に進軍する。軍勢で到底敵わぬ陶謙は、青州刺史の**孔融**に援軍を乞う。孔融（字は文挙《ぶんきょ》）は、孔子二十世、文才高く、のちの「**建安の七子**」の一人だ。

孔融は、陶謙との交流があったことで援軍を承諾し、そのうえで青州平原の国相・劉備にも助軍を要請。劉備らは三千の兵を引き連れて孔融陣営に参陣、徐州へ赴いて陶謙軍の防備を厚くする。

曹操は、徐州の民を殺戮し尽くした。恨みに感情の歯止めが利かなくなっていたのだ。そんな折に、兗州名士の**陳宮**《ちんきゅう》が張邈《ちょうばく》を焚きつけ、張邈に身を寄せていた呂布を引き入れて、曹操打倒の旗を揚げさせる。呂布は長安を脱けたのち、袁術、袁紹、張楊《ちょうよう》を頼り、このときは張邈に身を預けていたのである。

これに慌てた曹操がとって返し対決するも敗退。しかも曹操の命運、懸崖《けんがい》に迫ったのだ。

才話休題

袁紹が河北四州を手に入れた「界橋の戦い」

幽州の公孫瓚の弟公孫越が、袁紹と袁術の兄弟争いの戦いで袁術側に与し、袁紹側の流矢で命を失った。それを袁紹に殺されたと逆恨みした公孫瓚が、袁紹と戦いの火蓋を切る。

このとき平原の国相に任じられていた劉備が駆けつけ、「袁紹は連合軍の盟主だった人物だ。攻撃するには大義名分がいるのではないか」と諌めたが、公孫瓚は「いまは乱世だ。力のあるものが天下を取るのだ」と耳も傾けない。説得を諦めた劉備だったが、ここで生涯の部下となる趙雲と出会う。それはともかく……のちに袁紹は公孫瓚を「界橋の戦い」で破り、河北四州を手に入れる。

河北四州とは、幽州、并州、冀州、青州のこと。この四州を自領としたことで、群雄では袁紹に太刀打ちできる者はいなかった。四世三公の家柄と強大な領土を治める袁紹には、誰しも一目置いていたのである。

袁紹

十四

劉備が徐州を陶謙から譲られ 曹操は献帝を擁して許に遷都する

曹操危うし！　だが、敵役《かたきやく》はそう簡単に死なぬ。曹操の急を知った**典韋**が二本の大鉄戟を振り回し、曹操を救出。夏侯惇の一隊も救援に駆けつけ、曹操はようやく窮地を脱したのである。

年がまわり、興平元年（194）、劉備は、陶謙から再三にわたって徐州の統治を懇願されていたが、横奪の汚名を嫌って固辞し、徐州小沛城《しょうはいじょう》の守備についていた。だが、**陶謙の死去によって、止むを得ず徐州を譲り受ける**ことになる。

これを兗州鄄城《けんじょう》で知った曹操は、「劉備は手を汚さず徐州を手に入れおった。真っ先にあやつを殺し、陶謙の墓も暴いて死体を切り刻み、父の恨みを晴らしてくれん！」と瞋恚《しんい》するが、これを諫めたのが荀彧。「先の戦いで奪われた濮陽《ぼくよう》を、まず呂布から取り返すべき」と諫言したのだ。

興安二年（195）、曹操は、兗州濮陽の奪還に向かう。典韋、許褚を先鋒とした曹操軍は、勇猛のみで策のない呂布から濮陽を奪い返し、**定陶の戦い**で呂布を敗走させる。行き場を失った呂布は、此度《こたび》は劉備の徐州に逃げ込むしかなかった。

長安にも異変が起きていた。同年三月、李傕と郭汜が争い、李傕が献帝を拉致する。が、献帝は隙をついて長安を脱出、安邑《あんゆう》へ移ったのち洛陽を目指した。献帝が洛陽に入ったのは、建安元年（196）七月、丸一年の逃避行であった。

曹操は、献帝の洛陽帰着を知ると同時に、李傕・郭汜軍進撃の報を聞く。荀彧は、「天子を奉じて民の漢王朝復興の願いに添い、明公（曹操）の軍を義兵とすることこそ非常時の戦略でありましょう。諸侯に先を越されてはならない」と鼓舞する。

曹操は、ただちに夏侯惇を指揮官として洛陽へ向かわせた。戦いは夏侯惇が勝利し、さらに曹操

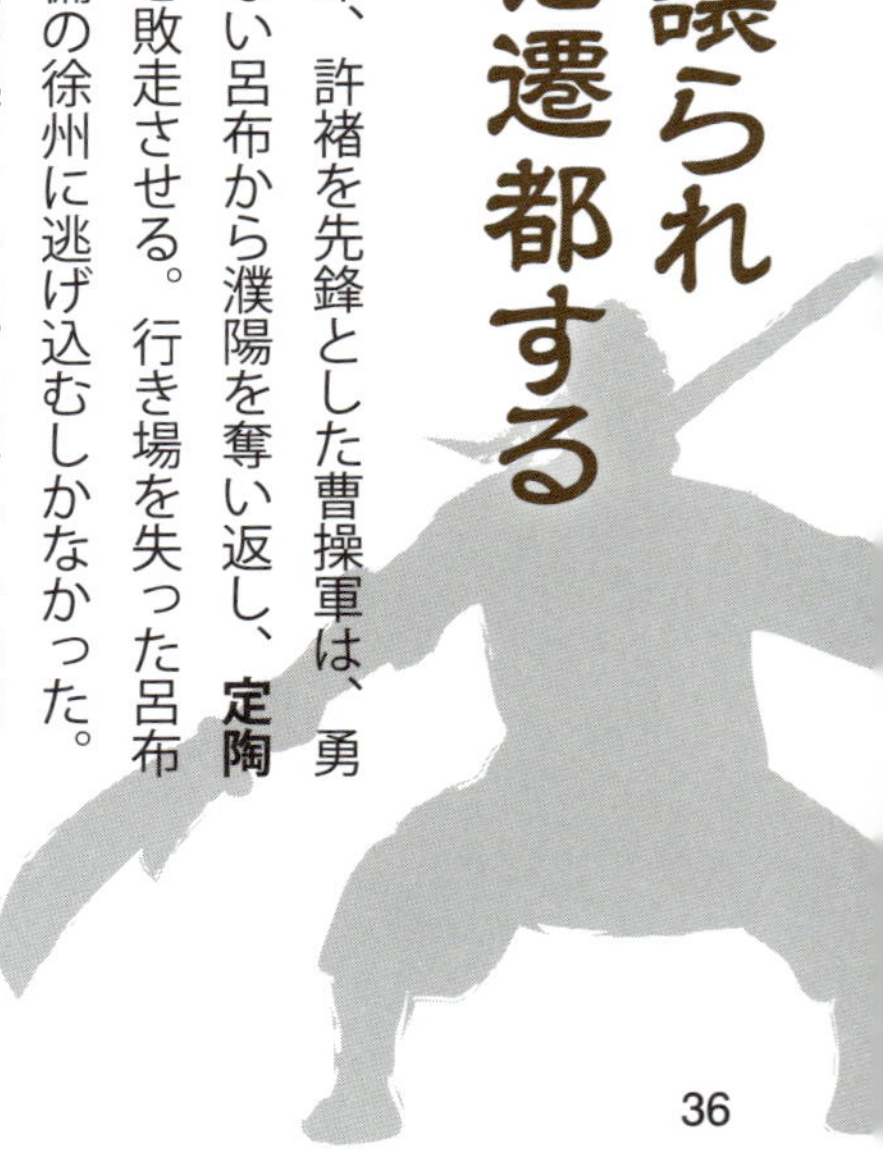

寸話休題

曹操の「屯田制」

曹操が始めるまでの屯田制は、軍糧を確保するためのものだった。戦いの合間に軍卒が駐屯地で耕作する農業方式で、「軍屯」と呼ばれたが、曹操は、軍屯に加えて、農民にも土地を与えて「民屯」をおこなわせた。曹操の屯田制の方式は、南北朝時代の北魏から唐代にかけて、農民に田畑や荒地を貸与し、収穫の一部を国に収めさせる均田制の源流となったのである。

土地の所有を大土地所有者（豪族・名士）に独占させるのではなく、農民にも分け与えて均等にしようとする考えは、周の「井田《せいでん》制」から始まった。前漢哀帝の限田制、新の王莽の王田制は、これを手本とする。だが、そのためには豪族の土地を取り上げて分配しなければならない。もちろん、豪族は黙って従わないので治世が乱れやすい。後漢を再興した光武帝も、初めは豪族の土地を取り上げる政策だったが、うまくいかなかった。そこで豪族を中央官僚に取り込んで、彼らに地方を統治させたことで好転したのだ。

曹操も、大土地には手をつけず、戦いで荒れ果てたまま放置されている土地を整備し、逃げ散った流民を呼び戻して耕作させた。種もみや農耕牛を貸し与え、収穫の六割を徴税する制度にした。屯田制は成功し、軍糧は豊富に蓄蔵された。それが来るべき袁紹との「官渡の戦い」で財力基盤となるのである。

曹操

本隊が戦闘に入ると、賊軍は壊滅。李傕、郭汜は大慌てで逃げ去り、もはや軍の再起もままならぬと山賊になってしまったというから可笑しい。

曹操は司隷校尉に任命され、尚書の政務を執ることになるが、灰燼《かいじん》となった洛陽の復興は難しいとみて遷都を断行、豫州の許《きょ》に献帝を動座する。

拠点を豫州に移した曹操は、農民支配を確立して権力基盤を盤石のものとするため、許都の周辺で「**屯田制**」を開始する。

その一方で、「劉備と呂布が手を組んで攻め寄せてくると手強い。阻止する手立てはないか」と荀彧に策を問う。**荀彧**は、「**二虎競食《にこきょうしょく》の計**」を建言。これは劉備と呂布を仲違いさせる計略だ。だが、これは劉備に見抜かれ失敗。次の手は「**駆虎《くこ》呑狼《どんろう》の計**」。袁術に、劉備が上奏して淮南《わいなん》に攻め寄せるとの虚報を流して出兵させ、劉備には詔を下して袁術を討伐させる。呂布はその隙に乗じて劉備を裏切るに違いない、というものだった。

劉備は、これも曹操の奸計と見抜くが、勅命には背けないと兵を起こすのである。

十五

呂布が劉備治世の徐州を奪い劉備は逃れて曹操の庇護を求める

袁術は、劉備が上奏し、自領の揚州淮南に攻め寄せてくるとの曹操の偽報を信じ、返り討ちにせんと紀霊《きれい》に十万の兵を与えて徐州へ進撃させた。

ところが、案の定、呂布はその隙を狙って徐州の下邳《かひ》城を奪ってしまう。袁術は、その報を得るや呂布に使者を遣わし、食糧や馬、金銀などを与えるので劉備を挟み撃ちにしようぞ、とけしかけた。呂布は袁術の誘いに乗った。

だが、やはり奸佞の袁術だ。約束は空約束。呂布は、ならばと劉備に徐州に戻るように使者を送る。結局、劉備は徐州を呂布に明け渡し、自分は呂布に与えていた小沛城に入るしかなかった。

袁術は、劉備を討ち滅ぼせなかったものの満足満足の大宴会。そこに**孫策**（**字は伯符《はくふ》**）が、叔父の呉景が揚州刺史の劉繇《りゅうよう》に攻められている。ついては「伝国の玉璽」を形に、数千の兵を借り受けたいと申し入れてきたのである。

袁術はほくそ笑み、玉璽を手にして孫策に兵を貸し与えた。孫策は、袁術の腹黒さを知らず、満面謝辞。軍卒を率い、朱治《しゅち》、呂範《りょはん》、亡父孫堅の旧将、程普《ていふ》、黄蓋《こうがい》、韓当《かんとう》らを引き連れて出撃。幸運にも進軍中に、同齢で義兄弟の契りを結んでいた、**姓は周《しゅう》、名は瑜《ゆ》、字は公瑾《こうきん》**と出会う。**周瑜**は「兄者の旗揚げだ。一緒に行かずにどうするのか」と参陣する。加えて「**江東の二張**」と敬されていた徐州出身の名士、**張昭《ちょうしょう》**（字は子布《しふ》）、広陵出身の**張紘《ちょうこう》**（字は子綱《しこう》）を招聘させたのである。

劉繇との一戦は、張昭の策が当たり、孫策の大勝に終わった。破竹の勢いの孫策は、一連の戦いによって長江下流域の江東地方を手に入れていくことになる。

孫策は、各所に部将を配置して要害を守らせ、

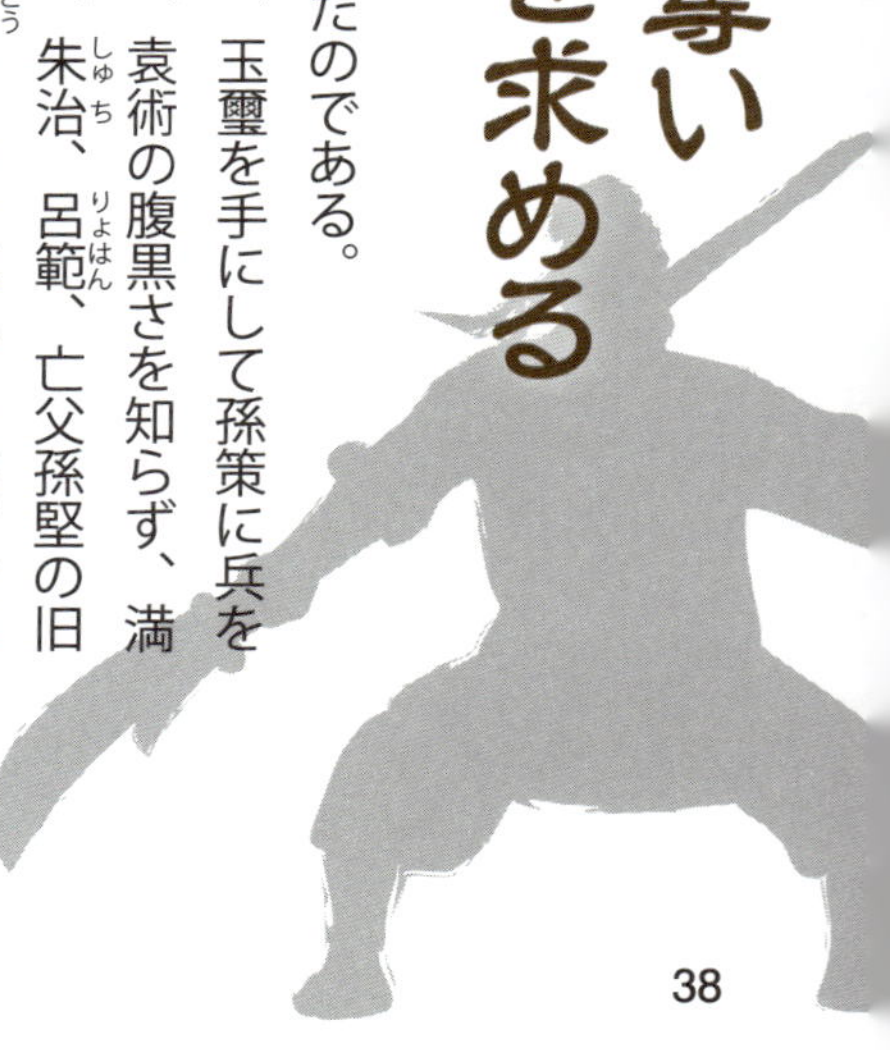

許都の朝廷へ上申して曹操と誼《よし》みを結ぶ。袁術には復命して玉璽の返却を要請したが、袁術は無視。

袁術は、劉備を屠《ほふ》るために呂布に援軍させるべく、今回は呂布に食糧や財物を送った。呂布は参謀となっていた陳宮の慧眼《けいがん》もあって袁術の策に乗らず、一度は劉備と袁術軍紀霊との和解を為さしめた。だが、張飛との諍いが契機となり、呂布は小沛城を攻撃するのである。

劉備は、呂布に抗すべくもなく、一路、曹操を頼って許都に逃げ込んでいく。果たして、劉備を討たんとしていた曹操は、受け入れるのか。

昨日の敵は今日の友、今日の友は明日の敵、利する価値あれば、ただいまは懐《ふところ》深く、窮鳥を籠《かご》に囲い餌を与えるのである。曹操は、その意味においては紛れもなく思慮深く、果断でもあり、「胆は大ならんことを欲し、心は小ならんことを欲す」という、いわゆる「胆大心小《たんだいしんしょう》」の英雄であった。曹操は、その通りに「いまは英雄を用いるときだ」として、劉備を豫州牧に任命して赴任させ、次いで呂布に攻め込まれた小沛に進駐させた。

後漢末の群雄割拠図

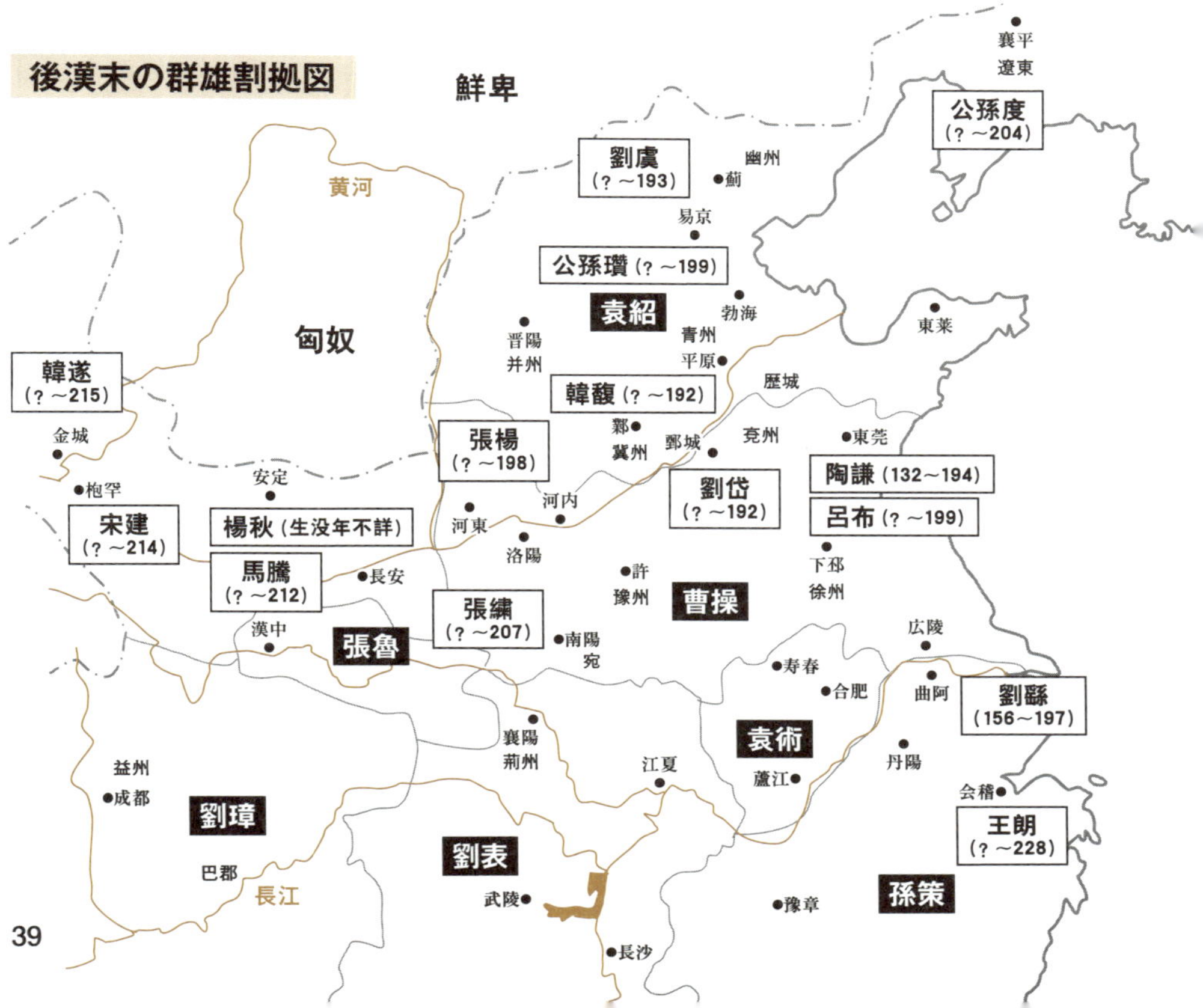

十六

袁術が皇帝を勝手に名乗る
曹操が呂布を捕らえて縊り殺す

年が改まった建安二年（197）、玉璽を有している袁術は、それをよいことに後漢献帝を無視して、皇帝を僭称《せんしょう》した。

勢力を増さんとした袁術は、太子に立てた嫡子の妃に呂布の娘を娶《めと》ろうとしたが失敗。腹立ちから呂布の徐州を攻撃するが、これも失敗。淮南に逃げ帰った袁術は、それでは、と江東の孫策に呂布討伐を命じるが、孫策は玉璽を横取りし、勝手に皇帝を名乗った袁術を後漢王朝への逆臣として絶縁する。

踏んだり蹴ったりの袁術に、さらなる苦難が訪れる。九月、曹操が袁術討滅の兵を挙げ、劉備も参陣して袁術を攻撃し、壊滅させたのだ。

袁術はその二年後、病に倒れ、命尽きることになる。食糧は払底し、夏の暑さのため蜂蜜入りの飲み物を所望するも、その一滴さえない。がっくりと寝台に座した袁術は、「袁術ともあろう者が、ここまで落ちぶれてしまうとは！」と呻き、一斗余りの血を吐いて事切れた、という。

袁術が横領した玉璽はそののち徐璆《じょきゅう》が奪い取り、曹操に献上している。

建安三年（198）九月、呂布は、曹操が劉備を引き入れ、自分を討たんとしているとの密書を手に入れ、「先んずれば勝つ」とばかりに小沛の劉備を攻撃。**小沛城**は落ち、劉備は、またも曹操を頼る。曹操は、劉備から一部始終を聞くと、行軍を急がせて小沛城を奪還。返す刀で**下邳城**に攻め寄せ、ついに呂布を捕らえるのである。

城楼から呂布を見下ろす曹操。呂布が叫んだ。

「お前の悩みの種だった呂布が、こうして捕らえられた。曹操が歩兵を率い、この呂布が騎兵を率いれば天下は易々と手に入る。いかがか」

曹操は、劉備を振り返り、「さて、どうかな?」と問う。劉備は、一片の情けもかけずに、「呂布は、最初の養父丁原を斬り、次の養父董卓も斬っております」と冷厳に応じたのである。

「大耳野郎、こいつこそ一番信用できんのだぞ!」

これが呂布の最期の言葉となり、陳宮らとともに曹操に縊《くび》り殺され、晒し首となった。

ところで、このとき呂布配下の**張遼**《ちょうりょう》（**字は文遠**《ぶんえん》）が、「呂布よ、みっともないぞ。死ぬときは死ぬときだ。恐れることがあろうか」と罵《ののし》った。張遼は、丁原、董卓、呂布に仕えたが、忠義は人に優る者であった。それを知る劉備と関羽が曹操に命乞いをしたことで許され、張遼は曹操の部将となって活躍することになる。

その曹操は、後漢朝廷での権力は絶大で、献帝をもないがしろにする専横ぶりを見せるようになっていた。これを危惧した献帝の叔父**董承**《とうしょう》が、涼州の**馬騰**《ばとう》（**字は寿成**《じゅせい》）、劉備を引き入れ、打倒曹操を密かに謀る。だが、董承の企みは漏れ、曹操は劉備叛逆の密報を得るのである。

呂布物語

『三国志』でも、『三国志演義』においても、最強とされたのは呂布である。呂布伝は次のように書く。

呂布は騎射を得意とし、膂力《りょりょく》が抜群であった。号して「飛将《ひしょう》」と言った

（『三国志』巻七　呂布伝）

飛将とは、「飛将軍」と称された前漢の名将李広《りこう》のこと。呂布はその李広に比肩された。ゆえに敵役の中でも人気がある。

丁原・董卓殺しは鮮烈で、裏切っても自責のないのが凄い。しかも、群雄きっての豪勇。呂布の「悪の美学」は強烈なインパクトを与え、京劇などでは美男子として登場する。実際の呂布もかなりのイケメンだったとすれば、凄惨さはなお際立つ。

伝承では、呂布の愛刀「方天画戟」は龍の化身だし、生れ落ちた瞬間に山が崩壊したが、呂布は、自ら臍《へそ》の緒を切り、スックと立つ。目は炯々《けいけい》として光り輝いていた、となっているらしい。傑物には、荒唐無稽な伝説が誕生するのだ。

実際の呂布は、弓術や馬術、剣戟に飛び抜けた才を持っていたし、指揮官としても優れていた。惜しむらくは、深い思慮や洞察力に欠けていたことか。

だが、呂布は、自分の気持ちに正直な人物。強烈な自信家で、良く言えば少年のような行動規範を持つ男だった。呂布は、やはり人を惹きつけて止《や》まない。

呂布

十七

劉備は袁紹のもとへ逃げ込む 関羽は二夫人を護って曹操に降る

さて、建安四年（199）末の群雄はどんな消長を呈していたのであろうか。

すでに表舞台から姿を消していたのは、劉虞、公孫瓚、韓馥、張楊、劉岱、陶謙、呂布、袁術、劉繇だった。公孫瓚は、袁紹としばしば軍陣を合わせていたが、建安四年に大敗。自刎《じふん》している。

残った群雄は、**袁紹**、**曹操**、涼州の**馬騰**、荊州の**劉表**、益州漢中の**張魯**、益州の**劉璋**、揚州の**孫策**、領土を持たない**劉備**ぐらいである。その中で強大なのは、公孫瓚を滅ぼして、冀州、青州、幽州、并州の河北を手中に収めた袁紹。徐州、兗州、豫州を手にした曹操だった。

といっても、軍事力の差は歴然と袁紹が随一を誇っていた。建安四年の段階では、袁紹は曹操を圧倒していたのだ。

時に劉備は、二年前に曹操に敗れた袁術が、建安四年に冀州の袁紹を頼って逃れんとしたとき、曹操の命によって徐州で阻止した。袁術は失意のうちに病死。劉備は徐州にとどまったが、曹操に、叛逆を知られたため攻撃されることを懸念。窮余の一策で、救援を乞う書状を袁紹へ送った。

袁紹は、「劉備は弟袁術に仇《あだ》を為《な》した奴だ。本来なら書状など破り捨てておけばいいが、曹操が朝廷を壟断《ろうだん》しているのは見過ごせない。ここは劉備を助けるに如《し》くはあるまい」と、記室（書記）の陳琳《ちんりん》に命じて、曹操弾劾の檄文をつくらせた。陳琳の「曹操は悪辣非道、譎詐《けっさ》に満ち溢れている」と誇張、末文での「天子が曹操に拘禁の憂き目に遭っている」との内容に袁紹は大いに満足。いたるところで掲示するよう指示し、官渡に出兵していった。

曹操は、この檄文を読むや、文章の見事さに感

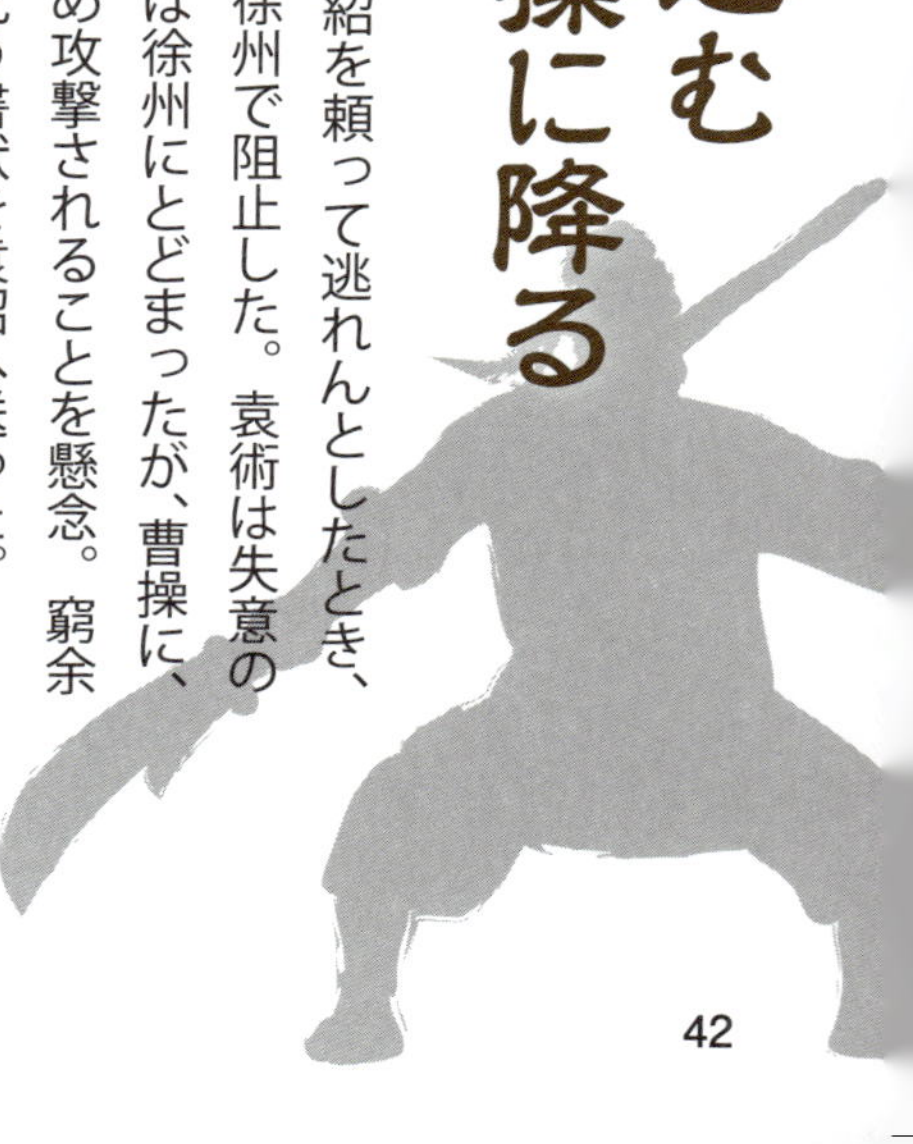

嘆する。曹操の広量さだが、それはそれとして、曹操自ら二十万の大軍を率いて徐州へ出陣する。曹操不在に官渡から許都をうかがうかもしれぬ袁紹が不安だったが、**郭嘉**《かくか》の「袁紹はグズで、参謀もいがみ合っているので、心配は杞憂《きゆう》」との分析で、劉備討伐を決意したのである。

曹操に攻撃された劉備は、敵《かな》うわけもなく、散々に撃ち破られ、張飛や部下とも離散して劉備は単騎、袁紹のもとへ逃げ込んだ。

この戦いでは、関羽が下邳城に劉備の二夫人（**甘夫人**、**糜**《び》**夫人**）を護《まも》って死守していた。曹操は、関羽の武勇と義にことのほか思い入れがある。なんとか降伏させられないかと諸臣に諮った。以前に関羽の命乞いで助命された張遼が説得を任され、下邳城へ出向く。

関羽は、張遼の説得に「自分は曹操ではなく、漢の皇帝に降伏する。義姉《あね》上がたを丁重に扱って欲しい。義兄《あに》の行方がわかりしだい辞去する」の三つを降伏条件にする。これを受け入れた曹操の度量は大したものだった。

名軍師　荀彧と郭嘉に「曹操と袁紹」について聞いてみた

[性格]は?

袁紹は儀礼や礼法を好まれてるようですが、曹操様は自然に委ねてらっしゃいますね。

[人徳]は?

曹操様は真心で人を遇すのに対して、袁紹の名誉欲は尋常じゃないです!

[仁愛]は?

袁紹が優遇するのは近親者ばかり。曹操様は周到に配慮されてますよ。

[正義]は?

袁紹は天子に逆らってるのに対して、曹操様は天子に従って統率されてます。

[度量]は?

袁紹は鷹揚に見えるけど猜疑心がねぇ…。曹操様は見事なほど適材適所に人を配置されておられますね。

[謀略]は?

袁紹は優柔不断で、何度謀略の機会を逸失したことか。その点、曹操様は良策と見れば即断。チャンスを逃しません!

[武略]は?

袁紹の軍令は粗雑で兵力のムダ使い。呆れますねぇ。曹操様は信賞必罰。そりゃあ兵士は必死で戦いますよ。

[徳行]は?

袁紹は名門自慢・教養主義・評判懸念。対して曹操様は質素な素行、成果主義といえますね。

[軍略]は?

曹操様は少数でも多数に勝利される程ですが、袁紹は見えっぱりだし軍略の要点に疎いし…。

[治世]は?

袁紹はルーズな「寛治世」ですが、曹操様は賞罰併用主義です。

[聡明]は?

袁紹は讒言に心を乱されてるようですが、曹操様はそのようなものに惑わされたりしませんよ。

十六

曹操と袁紹がついに決戦へ「白馬の戦い」で戦端が開く

さて、いよいよ曹操と袁紹は、「官渡」で激突することになる。前哨戦は「**白馬**」である。

建安四年（199）、曹操は、**袁紹**が拠点の冀州**鄴**《ぎょう》を十万の軍兵を率いて進撃を開始したとの報を得た。先制攻撃を仕掛けるべきと決断した**曹操**は、八月、黄河の北、黎陽《れいよう》に進軍して攻撃する。また、東方の青州に兵を差遣し、**于禁**《うきん》には黄河を渡河させて、袁紹の動きを牽制。そのうえでさらに一軍をもって官渡の守衛に当たらせた。

十一月、建安二年（197）に曹操の息子の曹《そう》昂《こう》、親衛隊長の典韋を奇襲で討ち取っていた**張繡**が、董卓や李傕に仕え、曹操に鞍替えした謀士**賈**《か》**詡**《く》から曹操に降るように説得され恭順する。これで側面の憂いがなくなった曹操は、自ら官渡に兵を進め、決戦に備えるのである。

一方、袁紹は、建安五年（200）二月、大軍を黎陽に進軍させ、**顔良**《がんりょう》に白馬を守る劉延への攻撃を命じた。曹操は、参謀**荀攸**《じゅんゆう》の策で、黄河をわたり顔良の背後を突くと見せかけ、敵が気を取られている間に軽騎で白馬を叩く戦術を採った。

袁紹は、荀攸の策略に乗せられて軍を二分し、本軍を曹操軍の渡河に相対させた。それを予期していた曹操は、関羽と張遼を白馬へ急行させ、怒涛の攻撃を命じるのである。

このとき、関羽が騎乗していたのは「**赤兎馬**」である。曹操が呂布を縊り殺したとき、関羽に下賜していたのだ。

関羽は、巨体ながらも軽やかに赤兎に飛び乗り、青龍偃月刀を逆手に躊躇なく敵陣へ突っ込んでいく。その勢いに恐れをなした袁紹軍は二つに割れ、関羽は誰遮《さえぎ》るものもない戦場を疾駆し、顔良へ肉薄していった。

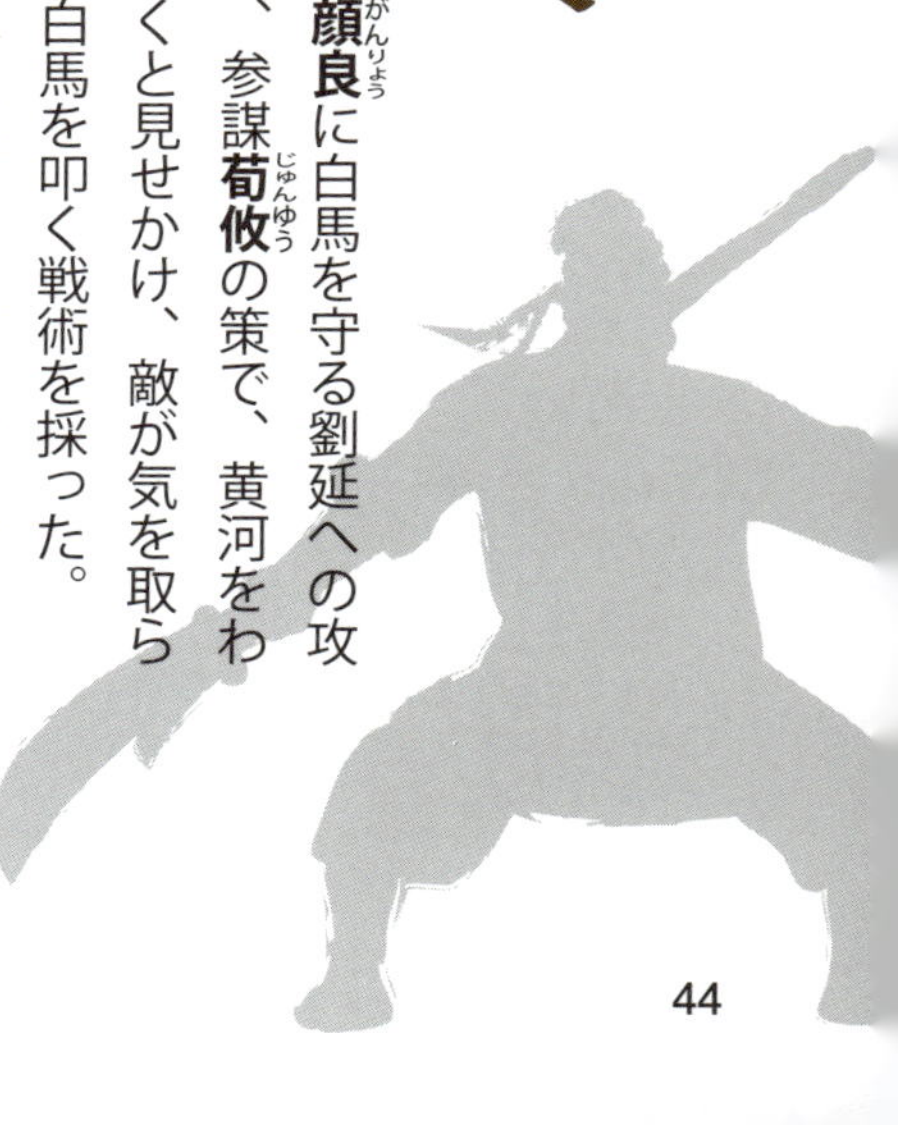

顔良は、信じがたいものを見たような驚愕に囚われ、「はっ！」と我に帰る間もなく偃月刀に血潮を濡らしたのである。

関羽は、下馬するや顔良の首を掻き切り、赤兎に跨って敵陣を駆け抜ける。敵軍はただ驚き恐れるだけで遮る兵さえいない。関羽は、さながら無人の荒野を疾駆するがごとくだ。

曹操軍は混乱の袁紹軍に畳み掛けるように攻撃し、蹴散らした。**「白馬の戦い」**は、こうして曹操の勝利に終わったが、これはまだ小手調べの局地戦。本番は、これからやってくるのである。

「顔良、斬られる」の報は、少なからず袁紹を消沈させたが、その沈鬱な空気を引き裂くように、「顔良と自分は兄弟同然だった。この恨みを晴らさせていただきたい」との大音声が轟く。身の丈八尺、猛牛の顔つき、河北の猛将**文醜**《ぶんしゅう》であった。

参謀の**沮授**《そじゅ》は、軽々の出撃を窘《たしな》めたが、袁紹は聞き入れず、文醜に七万の兵を与え、同道を申し入れた劉備には三万の兵を貸し与えて、後詰を命じたのである。

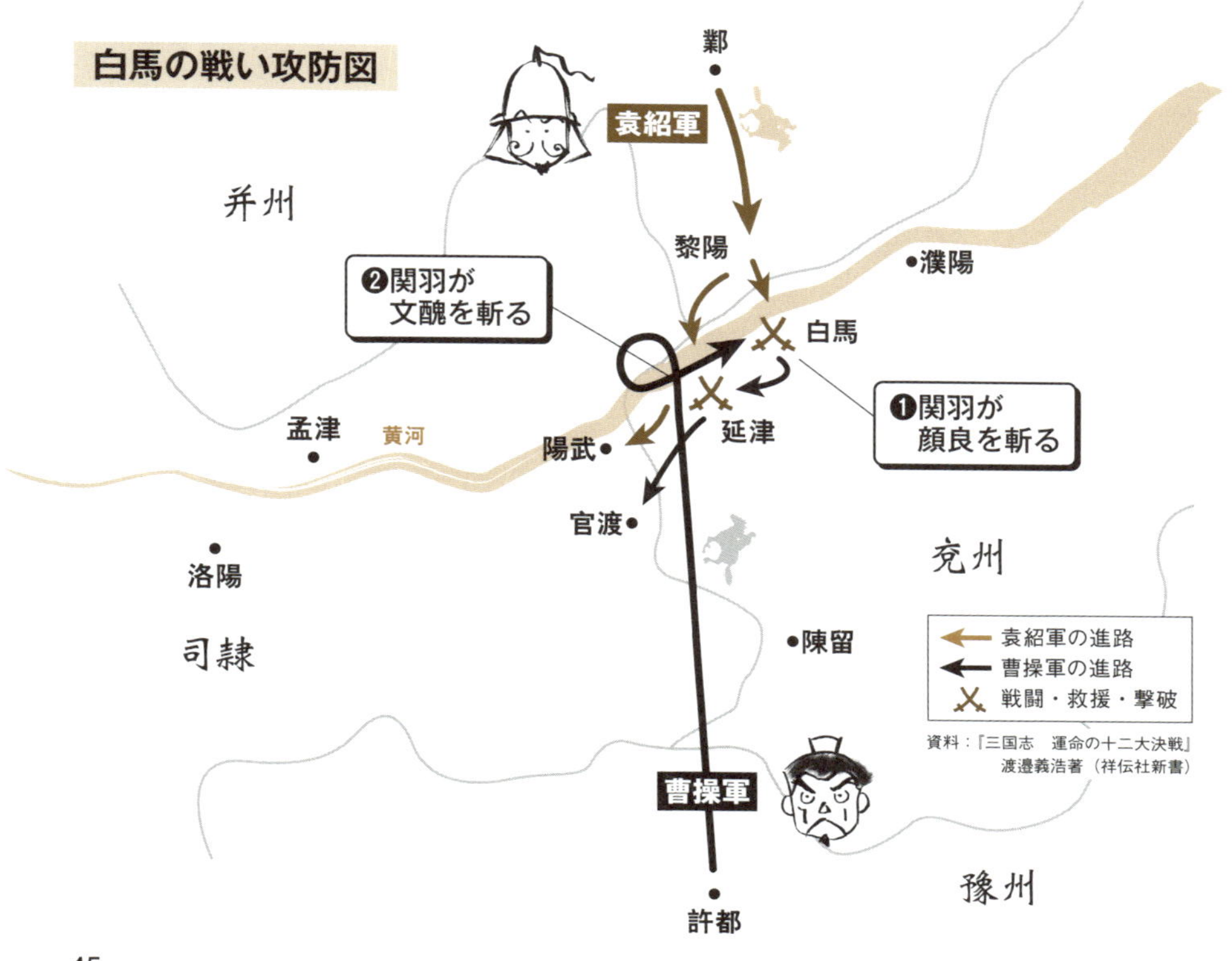

資料：『三国志　運命の十二大決戦』渡邉義浩著（祥伝社新書）

白馬の戦い

曹操のもと、関羽が獅子奮迅の活躍。赤兎馬に跨がり、袁紹軍の敵将を一刀両断

寸話休題

赤兎馬の話

「赤兎馬」は一日千里を走るという、とんでもない馬である。『三国志演義』では、西方との交易で入手した汗血馬《かんけつば》で、文字通り「血の汗を流して走る」名馬という。

「人中に呂布あり、馬中に赤兎あり」と形容されたほど、呂布と赤兎馬は人馬一対の存在だった。といっても、最初の持ち主は董卓で、丁原を裏切らせるために呂布に贈られたのである。

曹操に呂布が捕らえられたとき、赤兎馬は曹操の手にわたったが、赤兎馬は悍馬《かんば》で誰も乗りこなせない。そこで、関羽に与えたところ、見事に乗りこなすという話になっている。

曹操は、関羽を自分の配下にしたくて数多の贈与をしていたが、一向に関心を示さない。ところが、赤兎馬には心底喜んだ。関羽が言うには「これで義兄（劉備）の居所が知れたら、一日で会うことができましょう」と謝辞を述べる。思惑外れの曹操は後悔したとことになっている。

それにしても赤兎馬は稀代の豪傑と馬が合ったのだろう。のちに関羽が呉の呂蒙に討ち取られると、赤兎馬は断食して命を絶つ。悍馬の恩愛、極まれり、といったところか。

十九 文醜が罠にはまって関羽に斬られ劉備の書状で関羽が滂沱の涙

曹操は、文醜が攻め寄せてくるのを望見すると、囮《おとり》の糧秣や軍馬を捨て置いた。文醜には、曹操の策を見抜く力はない。兵らは糧秣を掻き集めることに没頭するのみ。そこに曹操軍が討ちかかったのだから、逃げ惑うばかりである。

一散に逃げる文醜を追ったのは、**張遼**と**徐晃**《じょこう》だ。だが、さすがに剛勇の文醜、二人を迎え撃つ。たじたじとなった張遼と徐晃は馬を返すが、そこに疾風のように飛び込んできたのが**関羽**だった。

文醜は、関羽の偉容に戦意を挫《くじ》かれ、逃げんとするが、赤兎の脚は見る間に追いつき、背後から関羽の一刀を浴びて落馬、絶命するのである。

その好機を曹操が見逃すはずもなく、人馬を駆り立て、一気に文醜軍に襲いかかって黄河に追い落とした。

袁紹軍は、顔良、文醜と名の聞こえた部将が斬り死にしたことで意気阻喪、陽武まで兵を引く。

曹操は、官渡を固めて許都に凱旋した。緒戦は曹操の大勝利に終わったのである。その後も関羽はしばしば出兵して敵を討ち破るが、心中に去来するのはいつに劉備の安否であった。

ある日、袁紹に属する陳震《ちんしん》が関羽の知人を装い訪《おとな》ってきた。人払いをして何用かを問うと、なんと劉備の手紙を持参したのだという。見ればまさしく劉備の筆跡だ。

「桃園にて共に死のうと誓った足下だが、いま何ゆえに道が二つに分かれたのか。雲長（関羽）が真から功名を得たいと望むなら、この玄徳の首を献じよう。書簡では意を尽くせぬゆえ、死を賭してきみの返事を待とう」とのあらましである。

関羽の両眼から滂沱《ぼうだ》と流れ落ちた涙。呻《うめ》きながら「誓いに背いたりするものか」、腹は決まった。

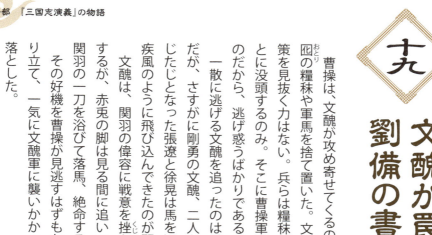

寸話休題

直情径行、張飛大暴れ

曹操の徐州攻撃時、張飛は八方から攻められた。剛力をもって遁走したが、下邳や小沛に戻ろうにも守兵が散開している。そこで、やむなく徐州沛県の芒碭山《ぼうとうざん》へと落ち、やがて関羽と再会、劉備とも合流する。

ところで、張飛は直情径行で迷惑男として描かれがちだが、『三国志演義』以前に成立した『三国志平話』では、迷惑男どころか破天荒な活躍ぶりで、庶民からは絶大な喝采、人気を獲得していた。次の如くである。

曹操に追われた張飛は、屈託もなく山賊となり、「無姓大王《むせいだいおう》」と名乗って、古城の近辺に造営した屋形を「黄鍾宮《こうしょうきゅう》」と名付けて住む。年号を「快活」と定めたのは、暮らしが快活だからか。王名が無姓で、年号が駄洒落とは張飛のぶっ飛び具合がよくわかる。

また、「長坂《ちょうはん》の戦い」では、逃げる劉備を護るため殿軍《しんがり》を買って出る。張飛が、押し寄せてきた曹操軍を長坂橋で待ち受け、「俺は燕人《えんひと》張翼徳だ。俺と勝負する奴はおらんか！」と雷鳴のような咆哮を発する、と……あぁら不思議、橋が真っ二つに割れ、曹操軍はドドドドっと三十里も後退するのである。

『平話』での張飛は超人なのだ。単純にして真っ直ぐで、裏表がない。人が何を思おうとも気にせず突っ走る。呂布とも相似たキャラクターだが、その上をいく破茶滅茶漢《おとこ》なのである。

張飛

関羽は、曹操へ感謝と別れの手紙をしたため、賜った褒美の金銀に封印をして**漢寿亭侯**《かんじゅていこう》の印を掛け、二夫人を伴って従者らとともに去っていく。

曹操はその知らせに愕然とするが、「漢寿亭侯の印を掛けて去ったのは、金銀財宝はおろか爵禄さえも、旧主を思う心を変えることができないということだ。孟徳はかような人物ゆえに心から敬愛する」と述べ、自ら出向いて関羽に追いつき、戦袍《ひたたれ》を餞別として見送るのである。

関羽の脱出行には、曹操の指示の伝達が遅れたことで、**五関を守る将六人を漸次斬り捨てる**という椿事が起きる。が、ここは関羽の見せ場でもある。ようよう関羽一行は黄河の渡船場に参着。そこへ劉備配下の**孫乾**《そんけん》が現れ、「袁紹陣営は参謀や部将の確執で混乱の中にある。劉備は難を逃れて鄴を離れ、汝南へ向かっている。関羽もそちらへ向かってほしい」との言付けだった。

やがて徐州の古城に差し掛かると、なんと県城を占拠しているのは張飛だった。張飛も劉備と離れ、ここを拠点に劉備を探していたのだ。

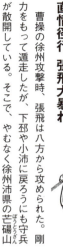

二十

曹操と袁紹が新兵器を駆使して激突
天下を制する「官渡の戦い」如何に

劉備は、関羽、張飛と再会を果たす。しかも、公孫瓚滅亡後、浪々していた**趙雲**《ちょううん》と偶然にも再会し、趙雲を傘下とする。これで劉備陣営の部将は、関羽、張飛、趙雲（字は子龍《しりゅう》）、**孫乾**（字は公祐《こうゆう》）、**糜竺**《びじく》（字は子仲《しちゅう》）、**糜芳**《びほう》（字は子方《しほう》）、**簡雍**《かんよう》（字は憲和《けんか》）、**周倉**《しゅうそう》（字は不詳）、**廖化**《りょうか》（字は元倹《げんけん》）、**関**《かん》**平**《ぺい》（字は不詳。関羽の養子）と厚みを増してきたのである。

さて、それはともかく、官渡での曹操と袁紹の戦いはどうなっていたのか。

緒戦に勝利した曹操だったが、彼我の兵力の差は歴然であった。白馬では勝ったといえども迂闊《うかつ》に総力戦を展開できない。

かたや袁紹は気が逸《はや》り、**田豊**《でんぽう》の「いまは大軍を動かすべからず。時の利を待つべし」との策を用いず進軍。官渡の手前、陽武で七十万の軍勢を東西南北に展開し、陣を構築した。

その報を受けた曹操は、荀彧を許都に残して守備を任せ、官渡に陣を張る。といっても、曹操の兵力は袁紹の十分の一ほどしかない。攻めようにも攻められないのだ。

両軍の睨み合いは続いた。本格的な陣地戦である。先に動いたのは袁紹だった。官渡に迫って陣を敷き、軍師**審配**《しんぱい》の工夫で五十余りの土山を築いてその上に櫓《やぐら》を組み、射手が弓や弩《いしゆみ》で櫓から雨あられのごとく矢を射かけた。

曹操は、**劉曄**《りゅうよう》の発案で、土山を築いて移動式の投石車を置き、袁紹側から矢が発射されるや投石車から石弾を撃ち込んで対抗した。その威力は確かで、袁紹軍は「**霹靂**《へきれき》**車**」と呼んで恐れた。

すると袁紹軍は、またも審配が地下道を曹操軍の陣地下まで掘り進める「**地突**《ちとつ》」を考案する。か

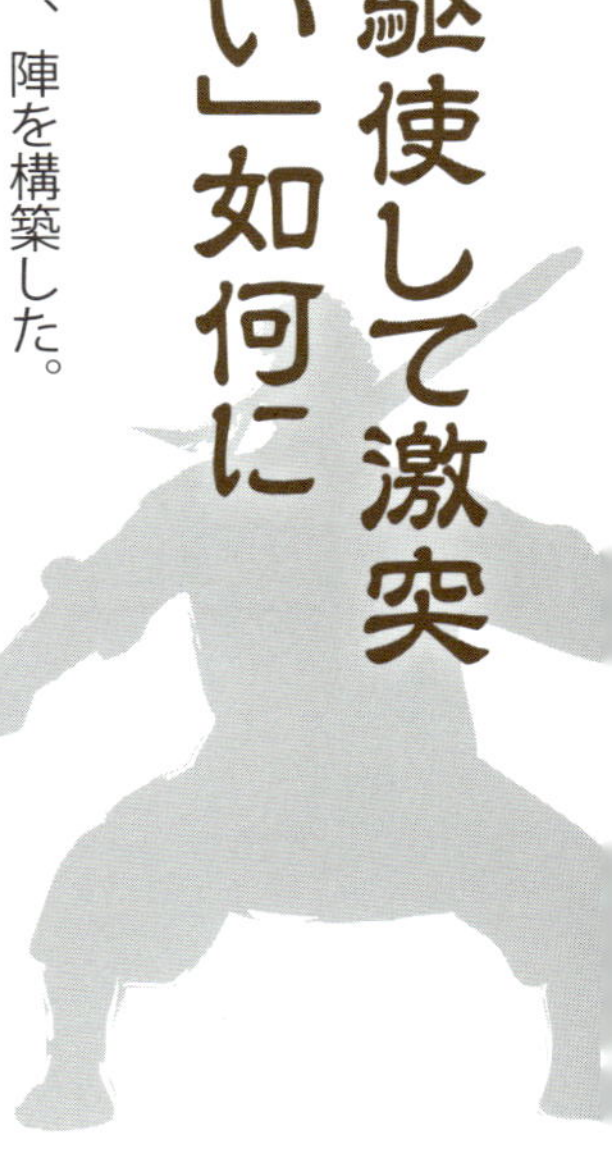

たや曹操軍も劉曄が深い塹壕《ざんごう》をいくえにも掘り、地突を無力化する、という持久戦が展開されたのである。

戦いの長期化で軍糧輸送が滞《とどこお》り始め、弱気になった曹操は、許都の荀彧に撤兵すべきか否かを諮った。かつて仕えていた袁紹の優柔不断さを熟知していた荀彧は、名士間の情報も照らし合わせて、曹操の勝ちを確信していた。大いに励まされて我慢を重ねることとした曹操に、幸運が飛び込んできた。袁紹に献策をことごとく弁駁《べんばく》され、取り上げられなかった**許攸**《きょゆう》が帰順したのである。

許攸は、「袁紹は**烏巣**《うそう》に大きな軍糧貯蔵庫を設置している。守備するのは**淳于瓊**《じゅんうけい》だ。ここを焼き払えば袁紹軍は戦いの継続ができない」との朗報をもたらした。

曹操は、自ら精鋭を率いて烏巣に進撃し、淳于瓊を破って軍糧を焼き払った。曹操不在の官渡を攻撃した**張部**《ちょうこう》と**高覧**《こうらん》は、烏巣灰塵の報に接し、降伏。袁紹軍は総崩れし、「**官渡の戦い**」は曹操に凱歌が上がったのである。

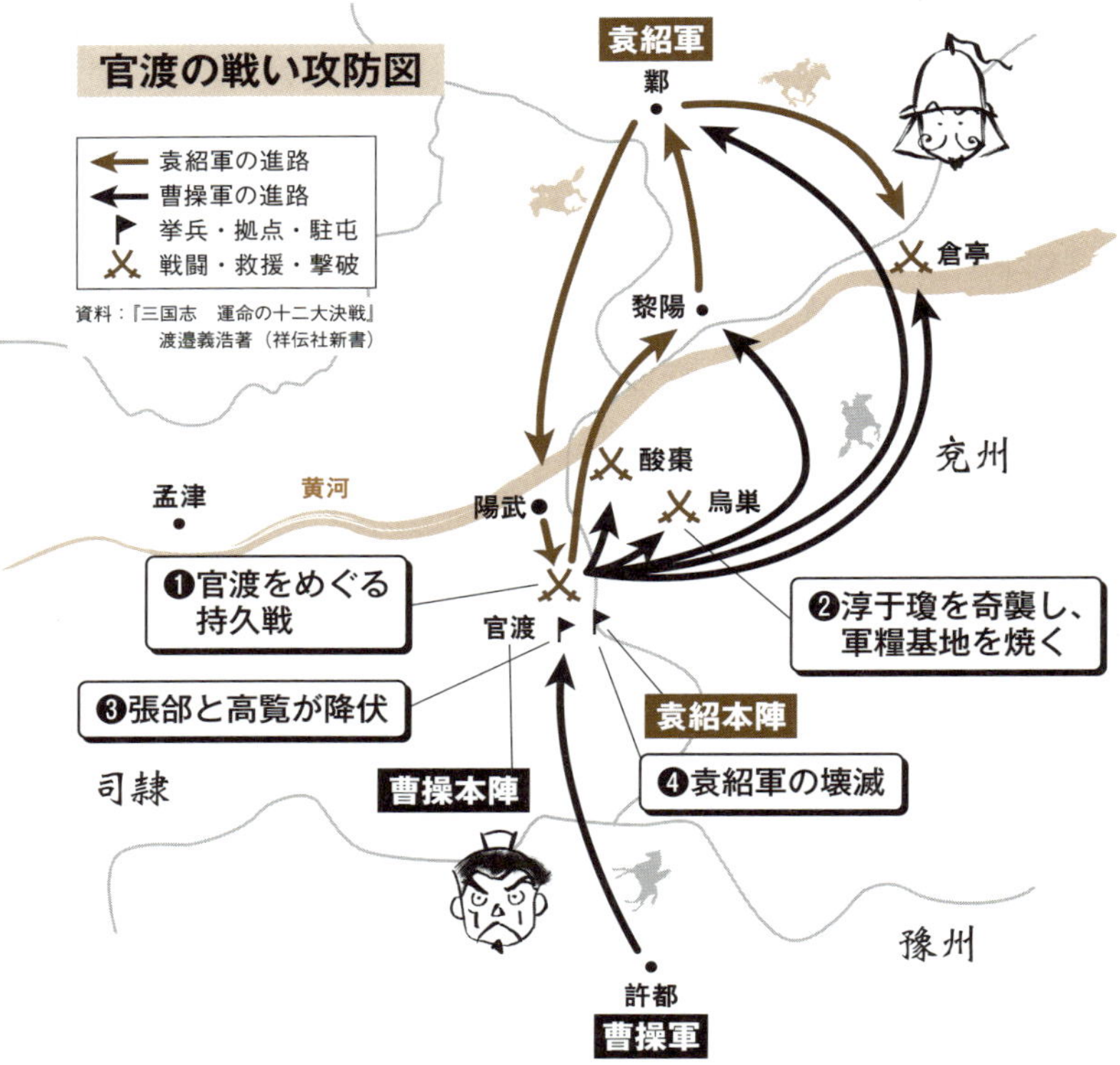

資料：『三国志　運命の十二大決戦』渡邉義浩著（祥伝社新書）

官渡の戦い

曹操は移動式投石車「霹靂車」を武器に、袁紹軍と戦った

す話休題

運動戦と陣地戦で敗北した袁紹

監修者の渡邉義浩先生は、「白馬の戦い」「官渡の戦い」を運動戦と陣地戦とに分ける。

兵力が劣っている場合は、運動戦に持ち込むことで対等に戦えるとする。大軍が攻めてくれば地形を選んで移動し、行軍速度を上げれば戦列が伸び切った相手とほぼ互角の兵力で戦うことが可能だ。戦術によっては戦局を優勢に変えることもできる。「白馬の戦い」は、この運動戦で激しく動き、曹操軍が袁紹軍を破ったと指摘する。

「官渡の戦い」は陣地戦だから大きな動きはない。袁紹軍は土山を造り、櫓《やぐら》を組んで曹操軍に矢を射かければ、曹操軍も霹靂車で対抗する。地突で来れば塹壕を掘って防ぐ。持久戦ならば、兵力と財力に勝る袁紹軍が有利だ。曹操も弱気となるが、荀彧に励まされて持ちこたえる。そこに許攸の内応があって袁紹軍の軍糧庫を焼き払うことができ、曹操は勝利を得た。

袁紹軍が有利なはずなのに敗北したのは、袁紹の機を見るに敏ならずの優柔さと許攸の寝返りが大きな要因だ。だが、渡邉先生は、そのうえに荀彧など名士の情報戦にも負けたのだと注をつける。

まさに曹操と袁紹の比較で分析されていたように、袁紹の決断力の弱さと名士を使いこなせなかった狭量さが敗戦を招いたのだろう。

二十一

孫策死し、孫権が跡を継ぐ
袁紹も薨去し、曹操勢力が拡大する

さて、袁紹と曹操の衝突を優先したため、〝小覇王〟こと孫策の動きを後回しにした。その孫策だが、「白馬の戦い」と同時期の建安五年（２００）四月、夢を儚《はかな》くしていたのである。孫策は、まだ若い二十六歳だった。袁術と絶縁した孫策は、着々と勢力圏を広げていった。**江東**を押さえたあと、揚州の廬江を攻略、豫州太守の華歆《かきん》も降らせ、江南五郡をわがものとした。

孫策の威勢を恐れた呉郡太守の許貢《きょこう》が、「孫策は、高祖と死闘を繰り返した項羽のごとくの人物だ。のちの禍になるので都に召し寄せるに如《し》くはない」との密書を許都の曹操に送るべく使者を立てた。それが孫策に露見し、許貢は殺される。ところが、許貢の食客だった三人が、仇討ちを報じて狩りに遊ぶ孫策を襲撃。孫策は深傷《ふかで》を負ったものの死地を脱けた。なのに、その後、道士の**于吉**《うきつ》が妖術で世を惑わすとして斬り捨てたことで祟《たた》られ、苦悶のうちに落命するのである。

死に臨んで孫策は、張昭ら重臣に弟**孫権**の補佐を頼み、孫権には次のような言葉を遺す。

「お前は、兵を率いて戦場を駆け、天下を争うような戦いでは、俺に敵《かな》わぬ。だが、有為な人物を用いて江東を守り抜くことにかけては、俺はお前に適わぬ。臣下を重用し、その言を重んじて父や俺が築いてきた江東を固く保て」

こうして孫策は「三国志」から退場した。跡を継いだ孫権は十九歳である。堂々たる風采で、髭が紫、眼が碧《あお》かったため、「碧眼児《へきがんじ》」と呼ばれた。

曹操は、孫策が死に、孫権が後継となったことを知ると、献帝に上奏して孫権を将軍に封じ、揚州会稽太守を兼任させる。孫権の登場で、ようやく、のちの三国、**魏**・**蜀**・**呉**の総攬《そうらん》者三人が揃う

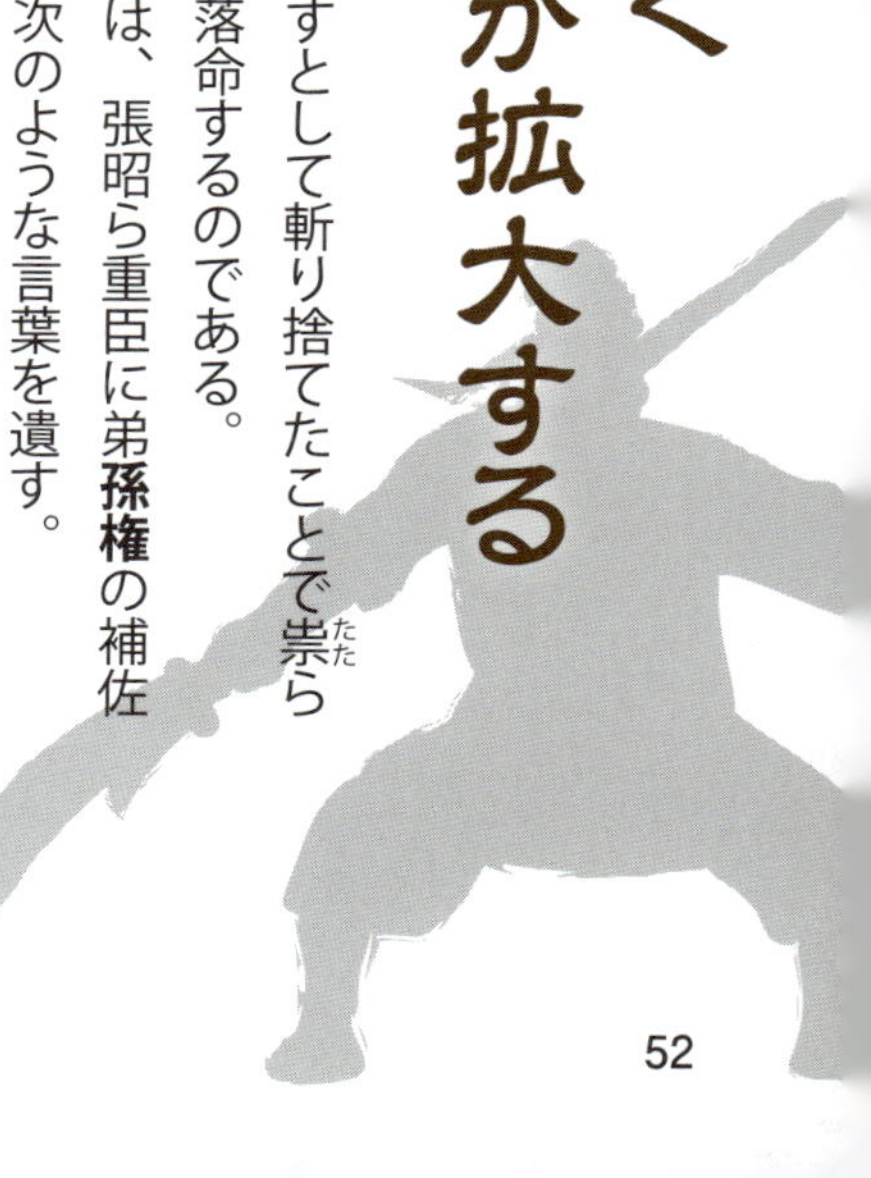

ことになる。

歴史が、そんな構図を用意しているとは誰も知らない建安五年十月のいま、**曹操と袁紹は死力を尽くして官渡で戦い、袁紹が敗れ去った**。その翌年四月、倉亭《そうてい》を守備していた袁紹軍が、またしても曹操軍に破られる。

袁紹は面目を失い、威名は黄河の濁水に塗《まみ》れた。名声を失墜した袁紹の河北に、反乱が頻々と起こる。袁紹は、膝元に這い上がる虫を叩き潰さなければならない。ようやく鎮圧したのが建安七年（202）。だが、そのとき袁紹は、死病に取り憑かれていた。六月、薬石効なく大吐血し、表舞台から去っていった。享年四十九。

袁紹の死に、河北の農民は嘆いたという。袁紹が仁政を布《し》いていたからである。戦いなどでは決断に躊躇《ためら》う弱さを持つ袁紹だったが、治世ではよく務めた。名士を尊重し、意見を聞き、儒教の倫理に従う、なかなかの君主だったのだ。だが、死に臨んで、後継を決めなかったことが、やがて曹操に袁氏が滅ぼされる起因となったのである。

建安五年（200）当時の大まかな勢力図

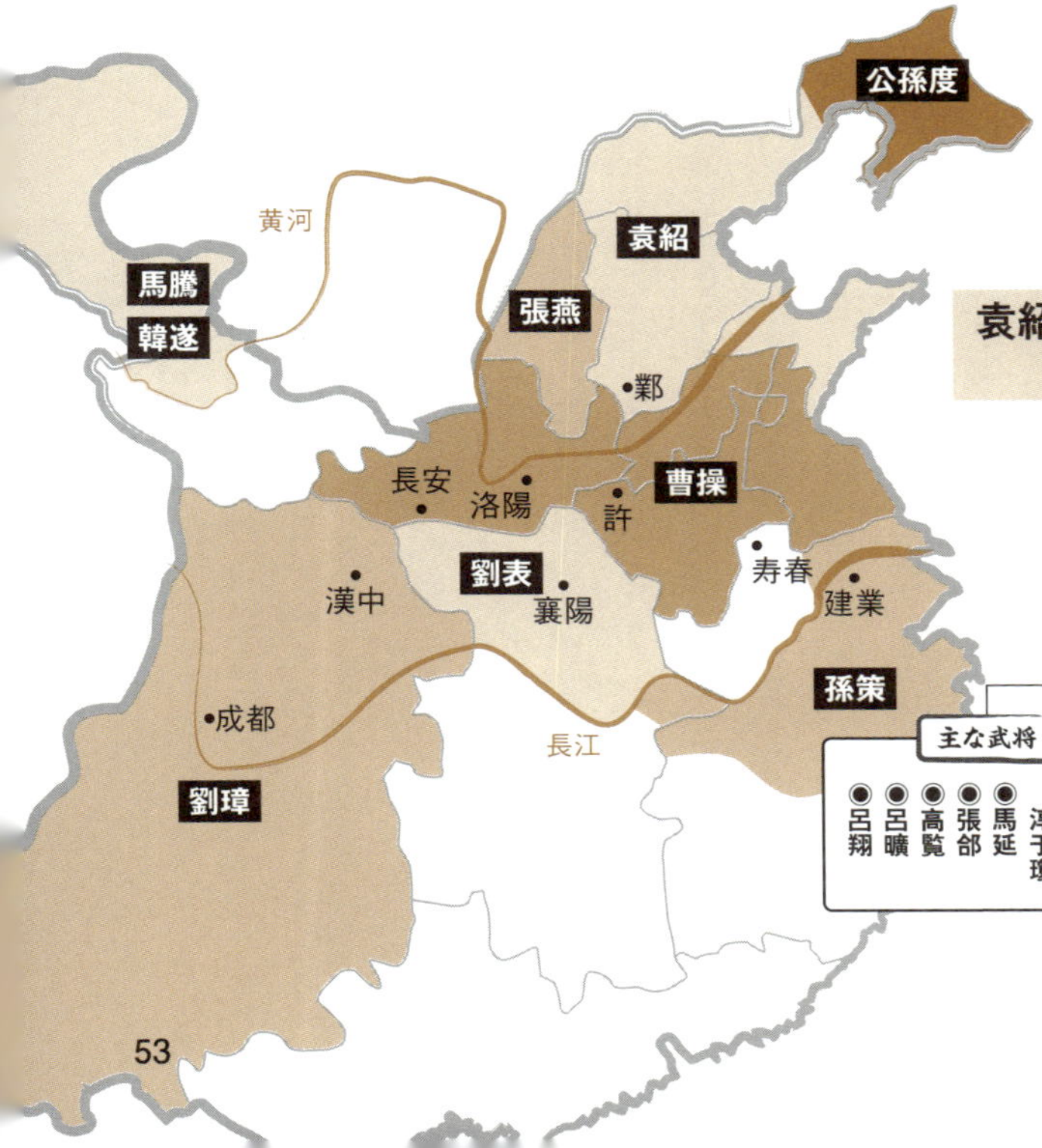

袁紹軍の主な部将と軍師・参謀

袁紹

- 一族・宗族：袁譚、袁熙、袁尚、高幹
- 主な武将：顔良、文醜、淳于瓊、◉馬延、◉張郃、◉高覧、◉呂曠、◉呂翔
- 主な軍師と参謀：田豊、沮授、郭図、逢紀、荀諶、◉許攸、辛評、審配

◉曹操に降り帰順

資料：『面白いほどよくわかる三国志』
阿部幸夫監修・神保龍太著（日本文芸社）

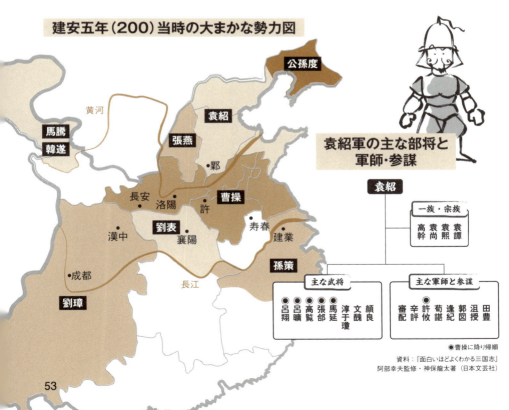

二十三

劉備が荊州劉表のもとへ逃れ 曹操は袁氏を滅し、河北四州も領有す

曹操は豫州汝南に逃げ込んだ劉備掃討の兵を挙げる。部将が揃いつつあるとはいえ、この時勢での劉備には抗する力はない。劉備は、お家芸とも言える逃げに走った。目指すは荊州牧の**劉表**のもとである。

劉表は、袁紹に肩入れしていたため、曹操とは、いわば敵対する立場だったが、儒学者でもあり、治世は優れていて荊州は平和であった。そのために戦乱を嫌って荊州に逃れてくる人々も多く、その中には名士も多分に含まれていた。徐州から逃れてきた**諸葛亮**もその一人である。

そんな劉表だったから、劉備らを受け入れた。劉備は荊州で客将としてこの地で戦陣の垢《あか》を落とすことになる。

一方、曹操の野心はなお拡がり、袁紹の長子**袁**《えん》**譚**《たん》と末子の**袁尚**《えんしょう》の跡目を争っての内紛につけ込み追い詰めていく。陽動作戦で荊州へ南下すると見せかけ、河北への圧力を弱めると、案の定、曹操からの攻撃が緩んだと見た袁兄弟の争いは激化。その隙に鄴城を落とす。軍師審配も死す。

袁譚は曹操に降伏するも殺され、袁尚は幽州牧の次兄**袁熙**《えんき》を頼るが、その地も曹操に追われて烏丸のもとへと逃れる。容赦のない曹操は烏丸を攻め落とし、逃げる袁兄弟は遼西の公孫康に庇護を求めた。だが、曹操との接近を謀る公孫康は袁熙、袁尚を殺害。かくして、四世三公を誇った名門袁氏は滅びたのである。建安十二年（２０７）のことだった。

鄴に本拠を移し、冀州牧となった曹操は、新たに河北四州の支配権を獲得する。統治は、郭嘉の献策で河北の名士を招聘し、重く用いて当たらせた。

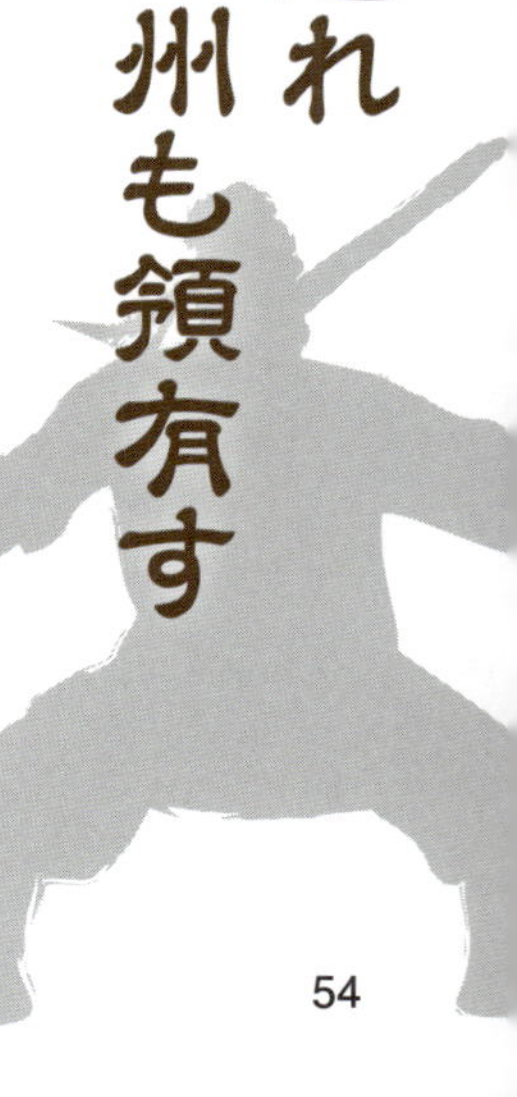

曹操は、機構改革にも着手した。太尉・司空・司徒の三公を廃し、その上の最高官職、丞相を復活させて自ら就任。絶対的な権力を掌握したのである。

曹操の勢力が、幽州・并州・冀州・青州・徐州・兗州・豫州・司隷に及ぼうとしていたとき、荊州の劉備は、動くに動けずにいる、いわば飼い殺し状態だった。久しく馬を駆けさせることもなく、そのために太腿の内側に贅肉がついてしまったと嘆く「**髀《ひ》肉《にく》の嘆《たん》**」に悶々としていたのである。

襄陽の名士**蔡瑁《さいぼう》**、南陽の名士**蒯越《かいえつ》**に支えられて風波の凪ぐ荊州には有為な名士が集まっていたが、彼らが見る劉表は、天下に武を布く気概のない人物であった。そうした不満を持つ名士にとって、漢一族として漢朝廷を復活せん、との大義を掲げる劉備は興味をそそる武将だった。また、劉備にとっては、猛将はいても参謀に欠けていた麾下に、どうしても必要だったのが名士だった。こうして、劉備と名士の交流が始まっていく。

荊州学

建安三年（198）以降、荊州の十年は、蔡瑁や蒯越の巧みな治世で平穏であった。そのため、元来が儒者の劉表は、多くの典籍を集めて学問を奨励し、学校を設置して文化発揚を奨励することができた。荊州襄陽は当時の中国では学問の中心地的な存在となり、「荊州学」と呼ばれるようになる。

客遇の学士は数百人とも言われるが、中核にいたのが荊州南陽郡出身の宋忠《そうちゅう》で、綦毋闓《きぶかい》とともに『五経章句《ごきょうしょうく》』を編集し、前漢の儒者・揚雄《ようゆう》が著した『太玄経《たいげんきょう》』を注釈した。「五経」とは、儒教の基本的な古典で、「詩」「書」「礼」「楽」「春秋」の五つのこと。これを平易に解明しようとしたのが、「荊州学」であった。

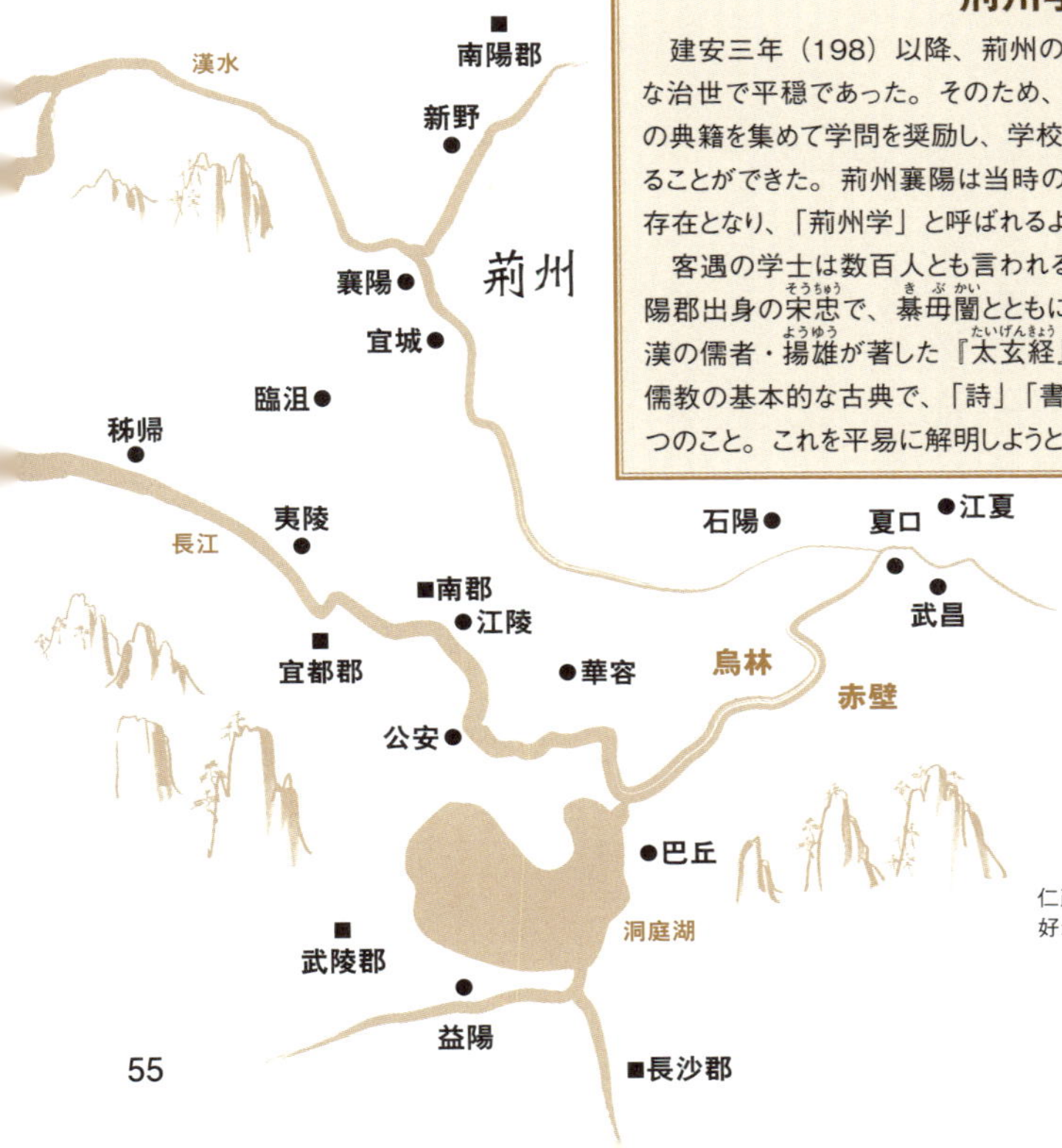

仁政のため領民に
好かれた劉備

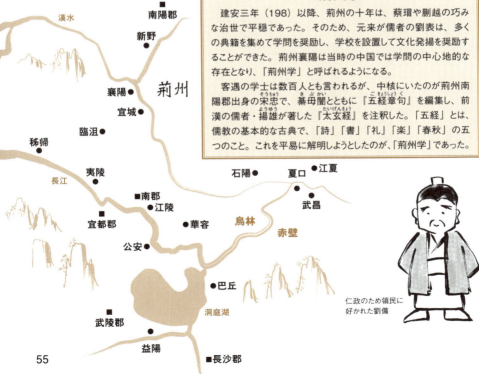

二十三

劉備が「三顧の礼」で諸葛亮を迎え 諸葛亮「天下三分の計」を説く

荊州の名士には劉表と一線を画す、「水鏡先生」と呼ばれた**司馬徽《しばき》**中心の襄陽一派があった。司馬徽が兄事した荊州の土着名士で人物鑑定大家の龐《ほう》徳公《とくこう》、その子の龐山民《ほうさんみん》、甥の**龐統《ほうとう》**、黄承彦《こうしょうげん》、習《しゅう》禎《てい》、豫州の**徐庶《じょしょ》**、冀州の崔州平《さいしゅうへい》、諸葛亮ら多士済々が談論を愉しんでいたのである。

　彼らは一族としても連なっていた。劉表の懐刀、蔡瑁の長姉は黄承彦の妻で、次姉は劉表の後妻、姪は荊州の継嗣となる劉琮に嫁ぐ。また、諸葛亮の姉が龐山民に嫁し、諸葛亮の妻は黄承彦の娘という関係にあったのだ。

　こうした襄陽一派の中で、劉備と親しんだのは徐庶だった。徐庶は、「**司馬徽先生が諸葛亮を臥《が》龍《りょう》、龐統は鳳雛《ほうすう》と鑑定している**」と劉備に話し、特に諸葛亮とは逢うべきだと熱く勧めるのだ。ちなみに、臥龍とは池に潜む龍であり、鳳雛とは鳳凰の雛《ひな》のこと。将来の大物の喩《たと》えである。

　劉備にしても、臥龍であれば逢うことに吝《やぶさ》かではない。そこで諸葛亮と引き合わせるよう徐庶に頼むのだが、「諸葛亮は、連れてくることはできない。将軍が礼を尽くして出かけられれば、逢うことはできましょう」と言う。

　これは、いわば諸葛亮の駆け引きと言える。「臥龍」と称される自分の価値に見合う尊重を受けることで、諸葛亮の権威が保たれるからだ。こうして、四十八歳の劉備が、二十八歳の諸葛亮に「**三顧の礼**」を尽くすのである。

　諸葛亮の草庵を訪うこと三度。劉備はようやく諸葛亮と対面する。諸葛亮は身の丈八尺、**姓は諸葛**、**名は亮**、**字を孔明**という。劉備は一目で、諸葛亮の異能を悟った。劉備は身を引き締めて、これからどうすべきかを問う。

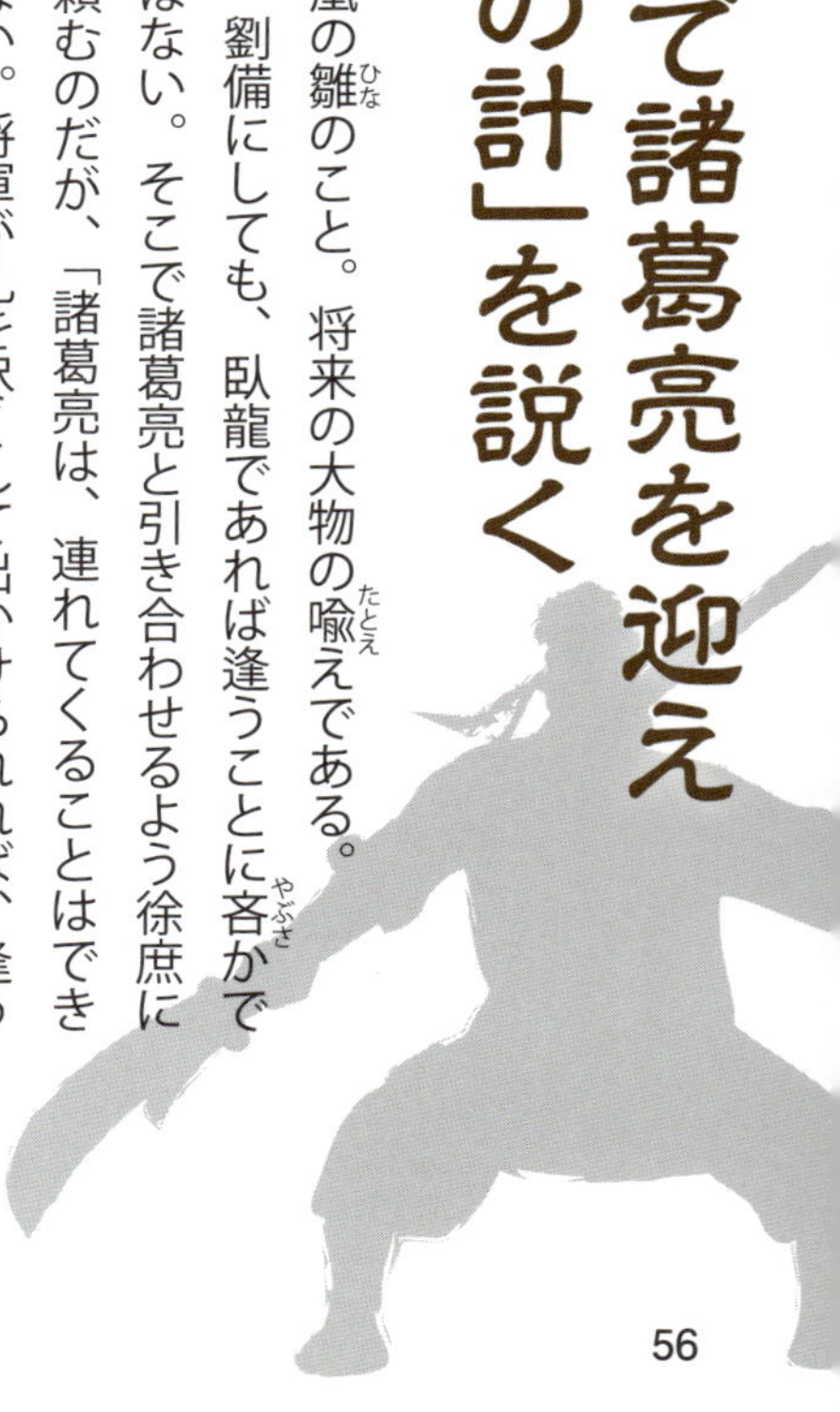

三顧の礼

劉備は礼を尽くし、諸葛亮の草庵を三度訪れて初めて対面を果たす

諸葛亮の説いたのは、「**天下三分の計**」と言われる、草廬で披瀝《ひれき》した「**草廬対**《そうろたい》」であった。

概略すると――曹操は、袁紹より名望も軍勢も少なかったが、決断の的確さで袁紹を破った。すでに百万の軍勢を有し、天子を擁立し諸侯に命令を発している。対等に戦える相手ではない。孫権は、江東を支配し、地勢は堅固で民も懐《なつ》いている。よって味方とすべき相手だ。

荊州は交通の要所で、武力を用いて守衛すべき土地だが、劉表にはその気概がない。

益州は地勢堅固のうえ豊かな土地だ。だが、劉璋は暗愚で統治を続けることはできない。

劉備は、漢室の後裔であり、信義は天下の知るところだ。英雄たちを集め、賢人を渇望している。荊州と益州を支配して、西方・南方の異民族を慰撫し、孫権と手を結ぶのが要諦だ。

天下に変事が起こったならば、一人の部将を宛城と洛陽に向かわせ、劉備が益州の軍勢を率いて関中に出撃すれば、漢王朝は復興可能――との戦略だった。

二十四

荊州の劉琮は曹操に降伏し劉備は長坂《ちょうはん》坡《は》で虎口を脱する

劉備の諸葛亮への謙虚さは、襄陽名士の信頼を勝ち得た。「三顧の礼」によって、劉備が名士の建言を尊重することを明らかにしたからである。

気に入らないのが関羽と張飛。劉備は、「孔明とわしは、いわば〝**水魚の交わり**〟なのだ」と諭《さと》す。つまり、魚は水がなければ生きられない、劉備にとって孔明が水であり、また孔明にとっても劉備が水となる。互いの志を達成するには欠けてはならない存在だ、というのである。

これまでの劉備は、状況の見通し、戦略、用兵などすべて自分でおこなうしかなかった。それでは無理が生じる。そこに、その才、漢の高祖劉邦《りゅうほう》の知将張良《ちょうりょう》を上回り、のちに「智絶」と称される諸葛亮を得た。劉備にとって諸葛亮は、関羽、張飛に等しい「金石の交わり」なのだ。それでも腑に落ちない二人だったが、やがて曹仁、夏侯惇が攻め寄せてきたとき、諸葛亮の火攻めの軍術で見事に迎え撃った手際を見せられ、敬服することになる。

さて、劉備の幕僚には諸葛亮が加わったことで、しだいに陣容も整理され、調いつつあった。だが、時勢は刻々と変化する。

建安十三年（２０７）、**劉表危篤**の報を得た曹操は、荊州平定のために南下する。そんな危急の際にも関わらず、お家騒動が起こった。蔡瑁の姉が劉表の後妻とあって、姉の子で次子の**劉琮**《りゅうそう》を継嗣に立てようとする。反発する長子の**劉琦**《りゅうき》は身の危険を感じて、劉備に接近する、という有様で荊州は揺れていたのだ。

劉表が薨《みまか》ると劉琮が跡を継ぎ、蔡瑁は、曹操と孝廉《こうれん》で同期だったため、曹操のもとへ荊州名士たちを引き連れて降る。その結果、荊州は一汗もか

かずに曹操の支配地となる。いよいよ強大となり、天下統一に拍車がかかる曹操は、孫権に帰順勧告書を送りつける。これをめぐって孫権幕閣は意見を異にして紛糾するが、それは次項の話。

曹操を恐れた劉備は、すでに襄陽を撤退していたが、共に逃げるその数、十万余。劉備を慕って集まる荊州の民で膨れ上がったのだ。歩みは鈍《のろ》く、日に十里（四キロ強）しか進めない。

劉備は、水軍を関羽に与えて、先んじて江陵へ向かわせた。劉備も軍事拠点の江陵を目指すが、曹操は江陵が奪われるのを嫌って、選りすぐった騎兵で急追。アッという間に**長坂坡**《ちょうはんは》に追いつき、民を抱えて裸同然の劉備軍を思うままに殺戮《さつりく》するのである。

このとき、二つの奇跡が起こった。**趙雲**が劉備の嫡子**阿斗**《あと》（のちの蜀漢二代目皇帝**劉禅**《りゅうぜん》）を抱えて曹操軍の中を駆け抜け、劉備軍の殿軍《しんがり》を買って出た**張飛**が、長坂橋で仁王立ち、大喝一声で曹操軍を退かせたのだ。かくして劉備は死中を脱け、夏口《かこう》の劉琦を頼って駆け走ったのである。

長坂の戦い直前の勢力図

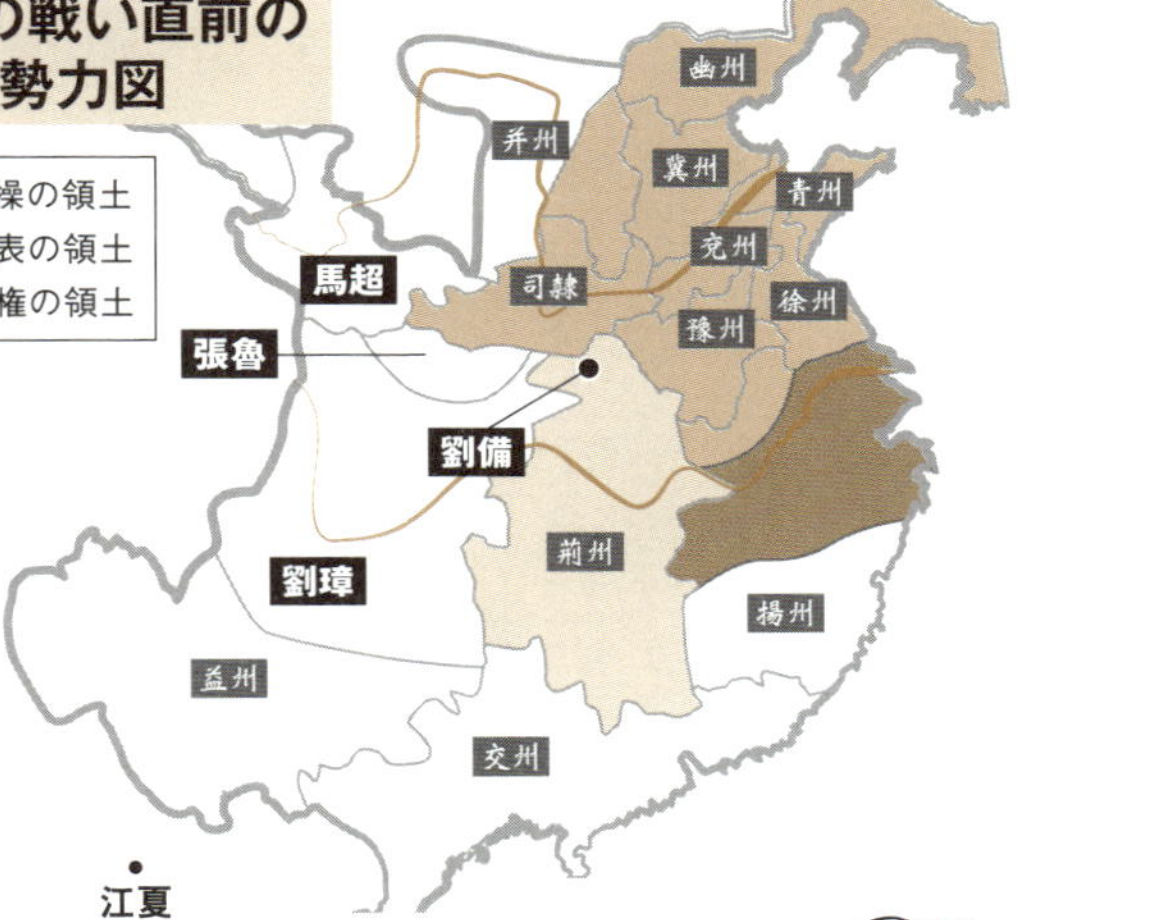

荊州での劉備逃避行

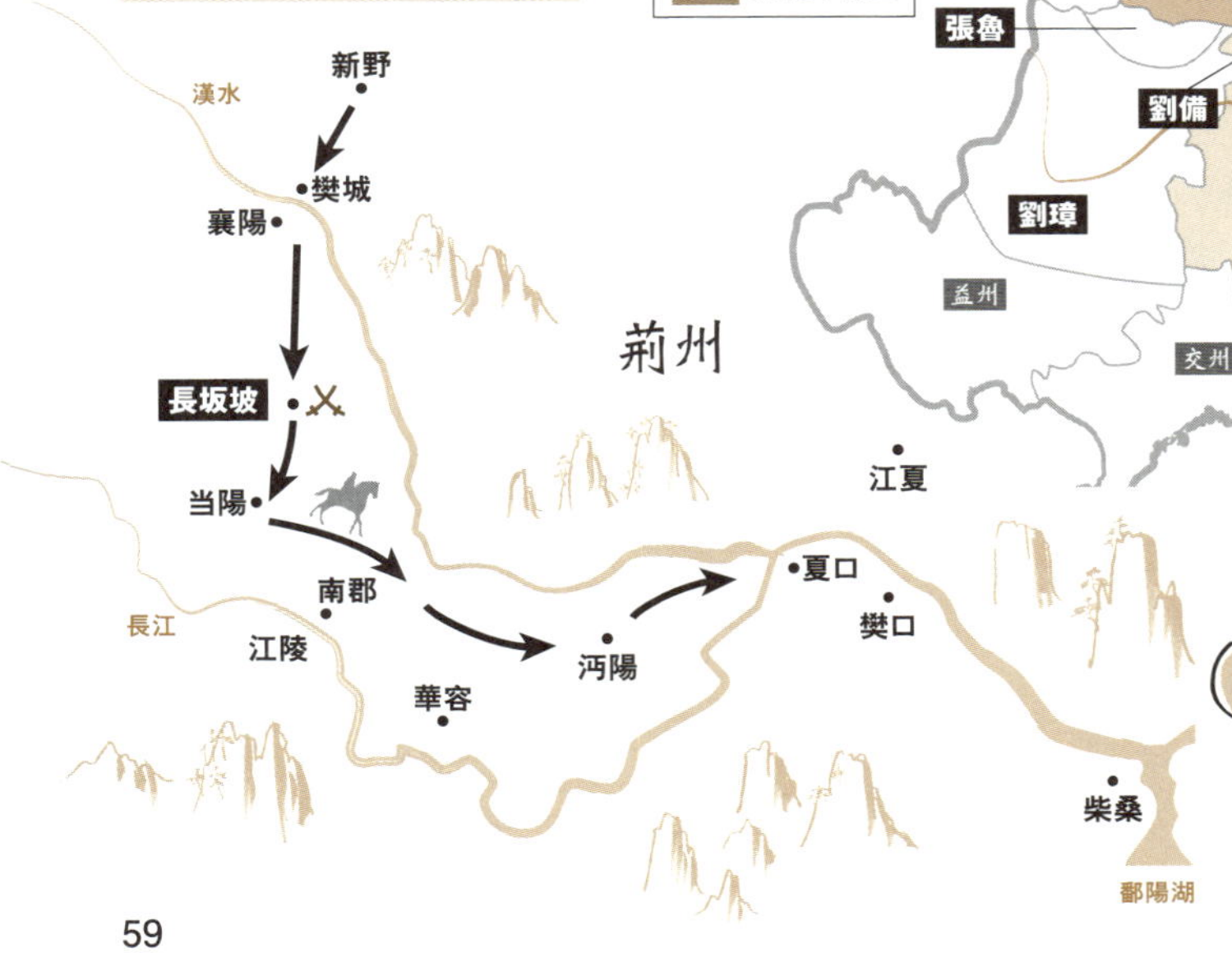

趙雲と阿斗

二十五

曹操の脅しに帰趨を迷う孫権 諸葛亮の舌三寸で、周瑜が交戦決意

曹操が孫権に送った帰順勧告状とは、次のようなものであった。

「天子の命により、近ごろ罪状を数えたてて罪人を討伐せんとし、軍旗を南に向けたが、劉琮はなんら抵抗もせず降伏した。今度は水軍百万の軍勢を整えて、将軍（孫権）とお逢いし、呉の地で狩猟をいたそうと思う」

言葉遣いは丁寧ながらも、「水軍百万の軍勢」とか、「呉の地で狩猟をいたそう」というのは、曹操が孫権を軍勢で脅し、帰順して自分をもてなせということだ。

この勧告状に孫権陣営は揺れに揺れ、帰順派と戦闘派に真っ二つに割れた。帰順派は、張昭、秦松ら北来（黄河流域の北部出身）の名士だった。曹操は後漢の再興者だから、降伏したとしても、それは後漢朝廷に対するものという理屈である。

真っ向から反対したのは、魯粛《ろしゅく》だった。**姓は魯、名は粛、字は子敬**《しけい》、徐州出身である。魯粛は、曹操と対抗するために劉備と同盟しようとし、劉備と諸葛亮の人物を見極めようと夏口に向かう。劉備も、孫権との連携を策していた諸葛亮を魯粛に同道させて呉郡へ送る。諸葛亮は、社稷《しゃしょく》（国家）の大計を顧みず、僻論《へきろん》を仕掛けて来る呉の群儒を相手に一歩も引かずに論破し、無礼を窘《たしな》めるのだ。

孫権は、諸葛亮の「交戦すべし」の道理に納得するも、帰順すべきか戦うべきか、左見右見《とみこうみ》と気持ちが定まらない。そこへ鄱陽湖《はようこ》で水軍の調練中だった**周瑜**が馳せ戻り、激しい口調で「絶対交戦」を焚きつける。

周瑜が交戦を唱えたのは、諸葛亮の舌三寸にも拠っていた。呉郡には美人の誉れ高い「**二喬**《にきょう》」がいる。曹操はその二喬が欲しくて戦いを仕掛けて

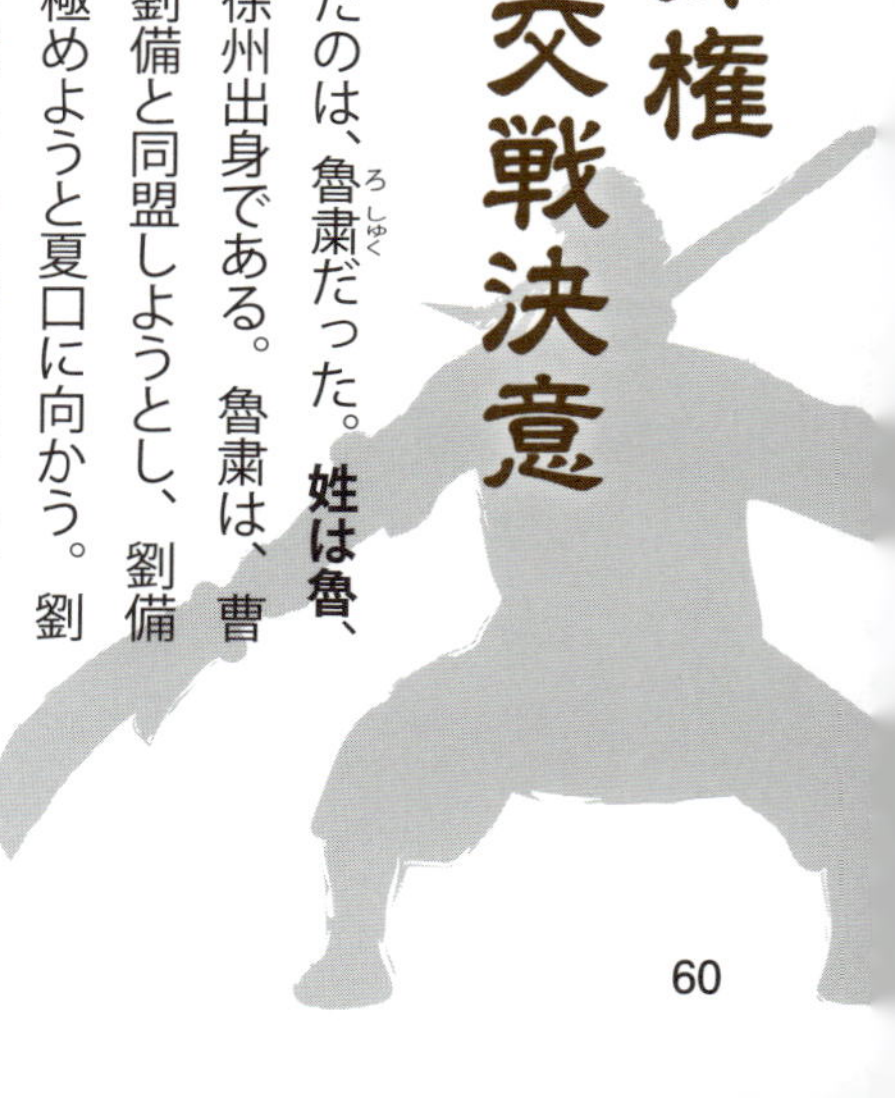

きたのだと煽《あお》る。二喬とは、姉が大喬、妹が小喬。姉は亡き孫策の妻で、妹は周瑜の妻であった。

周瑜は、証《あかし》を示せと詰め寄る。諸葛亮は、曹操が三男の**曹植《そうしょく》**（当時の中国を代表する詩人）に、**「銅雀台《どうじゃくだい》の賦《ふ》」**をつくらせた。その賦《ながうた》は、曹操が天子となり、二喬をわが物にするとの内容だと明かし、悠然と朗誦《ろうしょう》する。これを聴いて、怒らぬ者があろうか。周瑜は見事に諸葛亮の奇計にしてやられたのである。

周瑜は、「曹操は逆賊だ。北方の平定未だなく、馬騰や韓遂が曹操の後方を脅かす。いまは厳寒の季節で秣《まぐさ》がない。中原の軍勢は水戦に不慣れなうえ、兵士は遠方から湿地の多い江東への長旅で疲れ果て、水や土地になじめず、病に罹《かか》る者が続出している」と読み解き、ゆえに曹操は多勢とはいえ、江東の食糧が充足している精兵に勝ちようはずがない、と見立てた。

かくして孫権の腹は決まった。腰刀を一閃させて卓子を切り割り、「開戦ぞ！　向後、降伏を言うものは斬り捨てる」と断を下したのだった。

孫権軍の主な部将と軍師・参謀

- 孫権
  - 一族：孫賁　孫朗　孫暠　孫瑜　孫皎　孫奐
  - 主な武将：甘寧　太史慈　周泰　黄蓋　朱桓　呂蒙　凌統　丁奉　徐盛　蔣欽　韓当　陳武　潘璋　董襲　朱治　呂範　程普
  - 主な軍師と参謀：周瑜　陸遜　張昭　魯粛　諸葛瑾　諸葛恪　張紘　陸抗

呉の孫権（右）を支えた重臣・周瑜（中央）と魯粛（左）

曹操の鄴の宮殿・銅雀台で、
曹植が「銅雀台の賦」をつくったとされる

二十六

「赤壁の戦い」一
周瑜、諸葛亮の鬼謀を怪しみ、除かんとする

　周瑜は二世三公の揚州きっての名門だ。周瑜の発言は大きな力を持つ。権力を増幅させていた曹操から人質を出すように迫られたときも、孫権は母の前で周瑜の言う通りに拒絶した。孫権の母はすでに没したが、生前は「周瑜は実の子と同じ」と愛情を注ぎ、孫権に周瑜を兄のごとくに敬い、意見に従うようにと勧めたほどの人物だった。

　さて、その周瑜は、「曹操は百万の大軍と豪語しているが、実態は中原の軍は十五、六万。袁氏の軍勢を手に入れたといっても七、八万ほどで、多くは曹操を疑い逡巡している。それも戦い続きで疲弊しきっている。この周瑜に五万の兵を預けてもらえるなら恐れるに足らない」と孫権を鼓舞し、ただちに兵を進発させた。呉軍の主力もまた中護軍の周瑜が率いていた。

韓当《かんとう》と**黄蓋**《こうがい》に本隊軍船の指揮を取らせて三江口《さんこうこう》まで舟航《しゅうこう》させ陣営を築かせる。また、**蒋欽**《しょうきん》と**周泰**《しゅうたい》に第二軍、**凌統**《りょうとう》と**潘璋**《はんしょう》に第三軍、**呂蒙**《りょもう》と**太史慈**《たいしじ》に第四軍、**陸遜**《りくそん》と**董襲**《とうしゅう》に第五軍を任せ、**呂範**《りょはん》と**朱治**《しゅち》を四方巡警使に任じると、水軍と陸軍を同時に急進させて期日を決めて集まるように命じた。

　この間、周瑜は、諸葛亮の鬼謀を怪しんでいた。兄**諸葛瑾**《しょかつきん》が孫権の幕閣にあったことで、諸葛瑾に説得させて諸葛亮を孫権に仕えさせようと謀ったが、諸葛亮の「〝義〟によって劉皇叔（皇帝の叔父）に仕えている」との拒否で失敗。周瑜は、ますます諸葛亮を警戒し、生かしておいては呉のためにならぬ、誅殺すべきとの恣意《しい》を強める。

　翌日、周瑜は船団を組んで**程普**《ていふ》と魯粛を伴い、諸葛亮にも同行を誘って夏口を目指した。船団は三江口から離れること五、六十里に停泊。周瑜は、諸葛亮を招いて曹操の糧道を断つように申し入れ

寸話休題

南船北馬《なんせんほくば》とは

　曹操軍と孫権軍が戦った「赤壁の戦い」では、北方の兵は騎乗しての戦いが得意で、江東江南の兵は船での戦いに長けていると言われる。その得手不得手が、長江を挟んだ戦いの帰趨《きすう》に大きく影響した。この当時の戦いは騎馬戦だったのだが、曹操はよく反省し、赤壁敗戦ののちに故郷の豫州沛国譙県で水軍を調練する。

　南船北馬の古諺《こげん》は、南は長江という大河や支流、湖が多く、船での移動が日常なのに反して、北は平原や山野が多く馬を用いるとの譬《たと》え。典拠は不明だが、前漢高祖の孫・淮南王劉安が編集させた著作『淮南子《えなんじ》』に「胡人（北方・西方の異民族）は馬を便利とし、越人（呉の南東）は船を便利とする」という文があるので、それが根拠となったのでは、との説があるそうだ。

る。諸葛亮は、これは自分を曹操に殺させようとの策謀であることを見抜くが、素知らぬ顔で請け合う。

　諸葛亮は、魯粛が様子を見にくると、周瑜に注進することを見越して、「周瑜は、水戦しか能がない」とこき下ろす。これを魯粛から聞いた周瑜は、烈火のごとく怒り、「陸戦に能がないかどうか見せてくれん。自分が曹操の糧道を断つ」と息巻く始末。自尊心の強すぎる男は、否定されるとわれを忘れるのだ。

　後刻、諸葛亮は「いまは呉侯と劉使君が心気一つにして曹操にたち向うとき。周公瑾どのは私を殺さんと謀ったので、からかっただけ」と魯粛に弁明。周瑜は「**あいつを殺さなければ、のちのちわが国の禍《わざわ》いとなる**」と地団駄《じだんだ》踏んで悔しがる。だが、魯粛の「孔明の言うように、いまは共に曹操とたち向うとき。曹操を破るのが先決。殺すのはそれからでも遅くはない」との一言で、ようやくわれに返るのだった。

二十七

「赤壁の戦い」二
奇策を用いて諸葛亮、干し草に十万本の矢を奪う

長江の対岸を挟んでの曹操との睨み合いも日を重ねていた。そんな折、周瑜は、劉備を亡き者にせんと自陣へ誘う。劉備は関羽を供に現れた。周瑜は、殺意を隠して酒宴でもてなし、隙をうかがう。だが、関羽が剣に手を掛けている。周瑜は、関羽を恐れて手が出せなかった。

その様子を諸葛亮が盗み見ていた。やがて劉備が岸辺まで戻ると、待っていた諸葛亮がにこやかに会釈をして、劉備が命を狙われていたことを話し、自分も狙われていると告げる。劉備は、共に夏口へ戻ることを勧めるが、諸葛亮は「主公、十一月二十日から、趙子龍どのに小舟に乗ってもらい、長江の南岸で待機するようお願いしてください。自分は東南の風が吹き始めたら戻ることでしょう」と判じ物のような言葉を残し去っていく。

周瑜は、劉備を刺殺できなかったことに腹立たしさを抑えきれない。そこに曹操の封書を使者が持参したという。表書きには「漢の大丞相より周都督へ　直披《じきひ》」とある。周瑜は、さらに腹を立て、開封もせず引き裂き、使者さえも斬り殺し、その首を使者の従者に持たせて曹操に届けさせた。

むろん、曹操は嚇怒《かくど》。ただちに荊州降将の**蔡瑁**、**張允**《ちょういん》を先船とし、曹操自ら後詰の軍船を率いて三江口まで漕ぎ出した。建安十三年（208）十一月一日のことだった。

迎え撃つ呉の軍船も、群れなす魚影のように川面を埋め尽くす。この戦いは、曹操と周瑜の初戦である。だが、この船戦はあっけなく勝負がついた。**甘寧**麾下の矢衾《やぶすま》、蒋欽、韓当らの果敢な突撃で、水戦に不慣れな北方の兵らは右往左往。初戦は周瑜の勝ち戦となったのである。

さて、ここからの曹操と周瑜は、騙し合い、内《ない》

訌《こう》を画策する。その犠牲となったのが、蔡瑁と張允だった。曹操が送った間者に、周瑜が蔡瑁の偽の手紙を盗ませ、裏切ったと見せかけて、曹操に斬り殺させたのだ。

周瑜は、諸葛亮にも罠を仕掛ける。「自軍には矢が足りない。**十日以内に十万本**用意していただきたい」と無理押しする。ところが、諸葛亮はあっさりと承諾し、それも「**三日以内に揃えましょう**、それが叶わなければ処罰を受ける」と言うのである。周瑜は、内心小躍りして喜んだ。諸葛亮が自ら墓穴を掘ったと確信したからだ。

諸葛亮は、三日目深更、長江が霧に霞むと調達した二十隻の走舸《そうか》を縄でつなぎ漕ぎ出していく。船の両舷には干し草が積まれている。曹操の水軍本営に近づき、太鼓と鬨《とき》の声で接近を知らせると、敵の攻撃かと喫驚した曹操軍が、陣風《じんぷう》に煽られる雨滴のごとく矢を射かけてきた。

日が昇り、霧が晴れてくると諸葛亮は船を急ぎ戻す。**干し草には十万本を超える矢が突き刺さっていた。**

草船借箭《そうせんしゃくせん》の計

諸葛亮は、一夜にして、見事に十万本の矢を曹操軍から奪う。
敵を欺き、味方もあっと言わせた

二十八

「赤壁の戦い」三

奇門遁甲の術にて諸葛亮、長江に東南の大風を喚ぶ

この夜、同船していたのは魯粛だった。諸葛亮のあまりの神算《しんさん》鬼謀《きぼう》に声も掠《かす》れるが、にしても「川霧になることがおわかりだったのか」と訊かざるを得ない。

「天文に通じず、地勢を弁《わきま》えず、八陣の奇門を識《し》らず、陰陽を燮理《しょうり》せず、陣構えを洞観《どうかん》しえず、布陣に通暁せずば、将たる能がなく、凡将と言うしかない。自分はすでに三日前に、今日の濃霧を予断していたため、十万本の矢を揃える期限を三日としたのです」――諸葛亮は笑って応えた。

これを魯粛から聞かされた周瑜は、歯の立つ相手ではないと溜息を吐《つ》くばかり。といって、目下《もっか》の敵は曹操だ。周瑜は、諸葛亮と攻めの要諦を語り合った。手の内を見せ合うと、互いに「**火**」であった。

曹操は、蔡瑁の弟で副将の蔡中《さいちゅう》と蔡和《さいか》に裏切りを偽装させ周瑜のもとへ送る。呉軍でも、周瑜の策と同じく黄蓋が火攻めを献策。周瑜と諮って寝返りを装い、曹操に通謀する。蔡中からも、黄蓋が丞相に降伏すべしと具申して周瑜に鞭打ちの刑を受けた、との密書が届く。

詭計に通じ、疑うことを善しとする曹操も、「**苦肉の計**」との疑念を払い、これを信じた。しかも、決定的な誤断を下す。大船団の三十隻、五十隻を一括《くく》りにして鉄の輪でつなぎ、船に弱い北方の兵士の船酔いによる不調を防ぐとともに、大きな船塊で進航しようとしたのだ。

周瑜軍の陣立ても調った。あとは曹操側に吹く東南の大風を待つばかりだ。懸念は、十一月のこの地方では北西の風が吹くことだった。

ところが、諸葛亮は、言うのである。

「奇門遁甲《きもんとんこう》の術を会得しているので、風を喚《よ》ぶこ

諸葛亮の奇門遁甲の術

天文と占術に通じた諸葛亮は、
周瑜に祭壇を築かせ、
東南の風を吹かせた

とができる。東南の風を望むなら、南屏山《なんびょうざん》に台の高さ九尺の〝七星壇《しちせいだん》〟を築いて欲しい。自分は台の上で術を用いて、十一月二十日に**東南の大風を吹かせてみせよう**」

周瑜は、ただちに七星壇を築かせた。諸葛亮は台に上り、方角を見据えて香を焚き、鉢に水を注いで天に向かって呪文を唱えた。

黄蓋は、乾燥した蘆葦《よしあし》や柴を数十隻の船に積み込み、魚油を注いで硫黄や煙硝を振り撒き、油を引いた青布で覆い隠した。舳先には間断なく大釘を打ち込み、曹操への合図に青龍旗を立てた。船尾には逃げ戻るための走舸をつないである。

そよとも吹かなかった風が、日の変わる夜半、風籟《ふうらい》を伴い東南の大風が夜気を震わせた。それを見届けると、諸葛亮は素早く七星壇を降り、岸辺に向かった。大風が吹き始めたとなれば、周瑜が刺客を差し向けることを予見していたからだ。

岸辺には趙雲が小舟で待機していた。諸葛亮は、追っ手に振り向き、「周都督に伝えよ。しっかりと戦をされよ」との言葉を残して去っていく。

二十九

「赤壁の戦い」四

曹操は赤壁で大敗、華容道で関羽の情けにすがる

十一月二十日夜半、「先鋒黄蓋」と大書した旗印を陣頭に、**黄蓋**の火船二十隻が青龍旗を立て、赤壁へと漕ぎ出していく。後方には韓当の第一隊、周泰の第二隊、蒋欽の第三隊、陳武の第四隊がそれぞれ三百隻の軍船を率いている。各隊の前には別動の火船が二十隻ずつ川面を滑っていく。

曹操が高台から対岸を眺め見ていると、斥候が「どの船にも青龍旗が上がっています。〝先鋒黄蓋〟と書かれた船が先頭です」と一報を告げた。

曹操は、黄蓋がようやくやってきたかと、至極満足の体だ。

と、じぃっと目を凝らしていた**程昱**《ていいく》が、「ああ、あの船は偽船だ。本営に近づけてはなりません！」と悲痛な叫びを発した。

曹操は、訝しげに振り返った。程昱は、先に曹操宛に届けられた「今夜、食糧を積んで出船する」との黄蓋の密書を確かめていた。「食糧を積み込んでいるのであれば、あれほど船足は速くないはず。しかも喫水が高い」。程昱の推断に、曹操は狼狽《うろた》えた。曹操の軍船に動揺が伝播《でんぱ》していく。

その混乱を眺めながら、黄蓋が合図の刀を一閃した。二十隻の火船はいっせいに火を吹き、東南の風に押されて、水軍本営に突っ込んでいく。火船の熱《いき》り立つ炎は、須臾《しゅゆ》の間に曹操船団に燃え移る。各隊の火船も四方から襲いかかり、炎が龍舌のごとくに曹操船団を舐め尽くす。

炎に煽られた風はますます吹き荒れ、長江の川面を紅蓮に染め上げ、曹操の軍兵は阿鼻叫喚の中に逃げ惑った。

曹操は、戦局に利なしとして本船を捨て、張遼の操る小舟に乗り込んで岸辺へ向かう。曹操に取り残された軍船には、左右から**韓当**、**周泰**らの四

隊が、真ん中を**周瑜**、**程普**《ていふ》、**徐盛**《じょせい》、**丁奉**《ていほう》の本隊軍船が突進し、蟻《あり》を踏み潰すように曹操軍を殲滅《せんめつ》していく。曹操軍の死者は、数えるのも哀れな死屍累々だった。

曹操は、張遼に護られながら騎馬で**烏林**へ落ちていく。迫り来る呉兵を振り払いながら、張郃《ちょうこう》と遭遇し、烏林の西に辿り着いた。やがて李典と許褚も合流する。目指すは江陵である。烏林からは遥かに遠い。

空腹を抱えて退却する曹操に、**趙雲**の一難が、振り切ると**張飛**の二難が襲う。ようよう死地を脱して峻険な山道を乗り越えた先は、華容だった。残兵は三百余騎、三分の一に減っていた。

突然、曹操は馬上で鞭を突き上げ、笑い出した。

「諸葛亮は智謀に長《た》けているというが、なんのなんの無能だわい。ここに伏兵を潜ませておけば、われらは生け捕りにされるだろうに」

だが、その言葉が終わらぬうちに、道端から五百の兵が抜刀して現れた。武将は……赤兎馬に跨り、青龍刀を引っ提げた**関羽**だ。

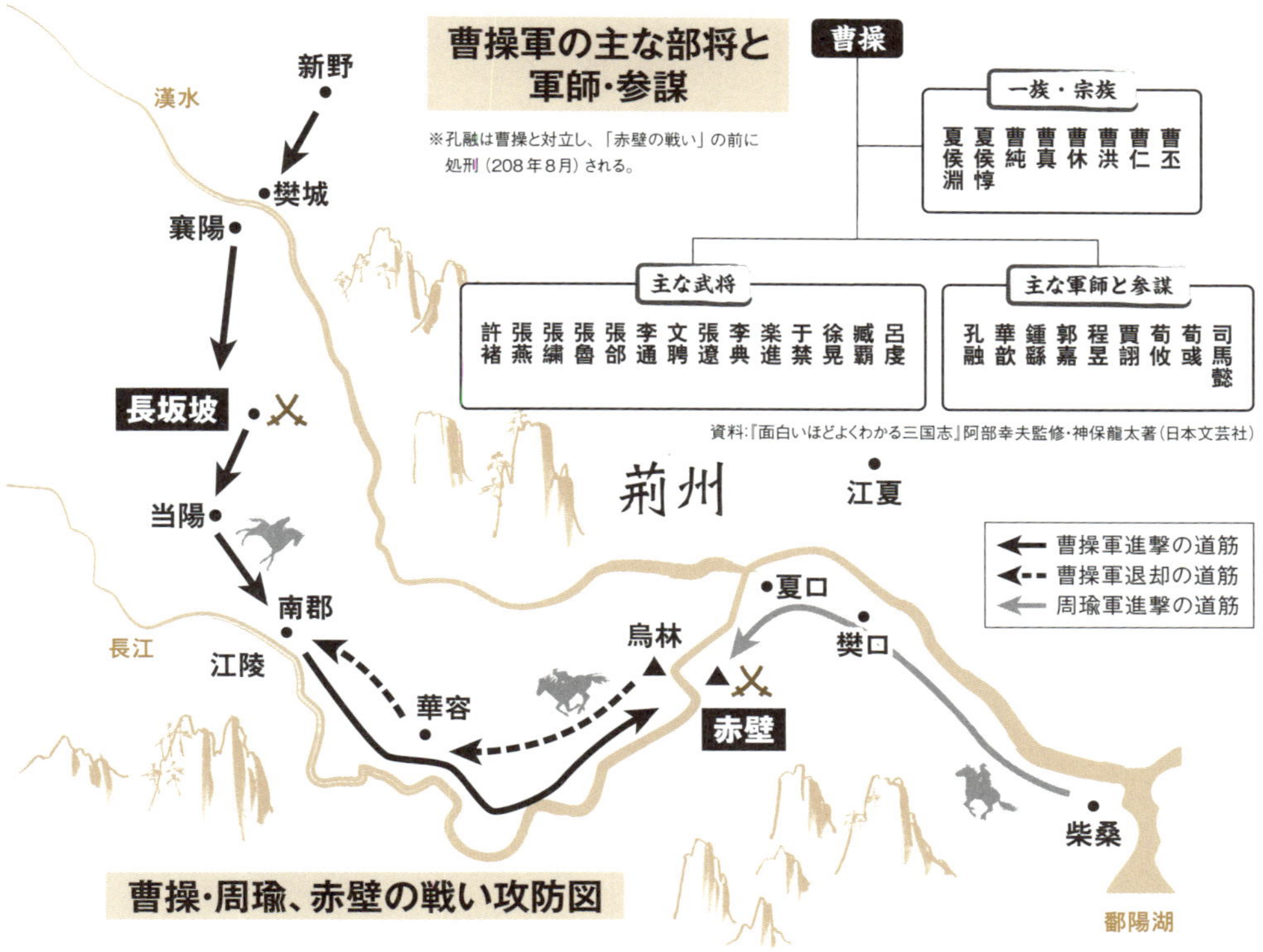

曹操・周瑜、赤壁の戦い攻防図

三十

「赤壁の戦い」五
関羽は苦衷を払い、義によって曹操を見逃す

「将軍、一別以来であるな。お変わりなかろうや」
「それがしは、丞相が必ず華容道を通るはずだからとの孔明どのの命により、お出でになるのをお待ちしておりました」

二人は挨拶を交わしながら辞儀をする。このときの呼吸が勝負を決した。

「孟徳は、もはや逃れる道はない。昔の誼《よしみ》で将軍の慈悲に縋《すが》るしかない」
「あいや丞相、それは……顔良、文醜を斬ったことでお返ししたはず……」
「将軍が許都を去ったとき、わが部将六人を斬ったことをお忘れか。わしが追っ手に手を出さぬように命じたのだ。将軍は〝義〟を重んじる大丈夫である。**『春秋』の庾公之斯《ゆこうしし》と子濯孺子《したくじゅし》の故事**を思い出してもらいたい」

この故事は、春秋時代、鄭《てい》軍の将で病を得た子濯孺子が弓矢を取れなかったとき、かつて子濯孺子の弟子に弓矢の術を学んだ敵国衛《えい》軍の将・庾公之斯は射殺すことができず、鏃《やじり》を抜いた矢四本を弓で放って去っていったという逸話である。

関羽は、絶句。「是非もなし」と呟《つぶや》き、**華容道に曹操一行を見逃す**のだった。

諸葛亮は、曹操の逃げ道を予見し、趙雲を烏林に伏兵させ、張飛は葫蘆谷《ころこく》に潜ませた。関羽には華容道で待ち伏せを命じたのだが、関羽のこの顛末は初めから見越していた。

諸葛亮は、関羽を処罰し、斬ろうとするが、それは芝居。劉備が助命の指示を出すのを待って罪を減じたのである。

さて、九死に一生を得た曹操は、従弟曹仁の出迎えにより、南郡の城へ入った。体を休めた曹操は、荊州南郡を**曹仁**に、襄陽は**夏侯惇**に任せて許

関羽、華容道に曹操を見逃す

敗走する曹操を待ち伏せた関羽は、
かつての恩義により見逃さざるを得なかった

す話休題

「赤壁の戦い」で曹操が敗れた理由とは

どんな優れた武将でも、百戦百勝というわけにはいかない。曹操も何度も敗れ、その度に復活してさらに強大になっていった。

曹操は、紀元前五百年ごろに孫武が著したとされる『孫氏』の注釈者である。その兵法は、「百戦百勝は善の善なるものに非ず」とし、「戦わずして勝つ」ことを最善とする。戦って勝っても、国が疲弊しては国家の危機を招きかねないからだ。曹操もそう考えた。「赤壁の戦い」でも、曹操の思想を前提に、孫権に降伏を求めた。荊州の劉琮を労せずして降伏させたように、呉も膝下に置けると思っていただろう。だが、周瑜の主戦論が、張昭らの降伏論を抑え込み、孫権に開戦を決意させた。

曹操には、孫権の決断が意外だったはずだ。孫権陣営の張昭や曹操の息子に娘を嫁がせた孫賁に降伏の下工作をしており、成功すると考えていたのではないか。そこに、黄蓋が孫権を寝返るとの密使を送ってきた。細心を旨とする曹操も、渡りに船を得たるがごとくとそれを信じた。ユリウス・カエサルが『ガリア戦記』で、「人は信じたいと望むことを信じる」と喝破した心の綾《あや》が、曹操にも生じたことで隙が生まれた。ゆえに黄蓋の火攻めで敗れたのだ。

都に帰還。曹操は、捲土重来《けんどちょうらい》を期すことになる。

一方、周瑜は勝ち戦の始終を孫権に復命。美酒に酔う間もなく劉備がとどまる**油江口**《ゆこうこう》へ向かう。劉備の佇《たたず》まいは、すでに太守のごとく。油江口は、油江が長江に流れ込む地点。赤壁の戦いのあと、劉備はここに城を築いて軍を駐屯し、公安県を置くことになる。

周瑜にとって、劉備や諸葛亮らは憎っくき奴腹である。だが、いま戦う相手は、南郡を守る曹仁と曹洪だ。南郡を手に入れ、呉の領土にしなければならない。勢力を増し、曹操との再びの戦いを勝ち抜かなければならないのだ。心を残して周瑜は南郡へ向かう。曹仁と周瑜は、計略を駆使して戦うが、勢いは周瑜が上回っていた。曹仁、曹洪は南郡を捨て、襄陽を目指して退却していく。

ところが、その隙に諸葛亮が南郡を占拠し、偽の割符で夏侯惇を曹仁の救援に向かわせ、手薄になった**襄陽城**を**関羽**に奪い取らせたのである。

労せずして南郡と襄陽を手にした諸葛亮の策謀、これぞ「漁父の利」と言うべきや。

寸話休題

魯粛の秘策、劉備に荊州貸与

確かな主人《あるじ》のいない荊州は、曹操・劉備・孫権の三つ巴の争奪戦となった。『三国志演義』は曹操が、南郡を曹仁に、襄陽を夏侯惇に守備を任せたことになっているが、実際には江陵に曹仁と徐晃を、襄陽には楽進を残している。どちらにしろ、曹操軍は劉琮から譲られた荊州から撤退することになる。

さて、南郡を皮切りに、襄陽、樊城を領有した劉備は、次に荊州南方の武陵・長沙・桂陽・零陵も平定した。これに対して孫権、周瑜は激怒し、荊州支配を認めない。その怒りを宥《なだ》めて魯粛が交渉に赴き、「天下鼎立」を為さしめるため秘策を説く。それは、劉備が益州を得るまで、荊州を貸しておく、という仰天折衷案だった。

こうして、曲がりなりにも劉備は本拠地を手に入れたのである。孫権が劉備に荊州を預けたとの情報に接した曹操は、驚きのあまり筆を取り落としたという。それほど衝撃が大きかった。劉備と孫権が組むということは、曹操の天下統一が至難になったことを意味していたからだ。

魯粛こそ、曹操に対抗すべく同じ「天下三分（鼎立）」を基本とする諸葛亮の政治方針を支持して三国時代の礎を築いた、と評価してもいいのである。

魯粛

三十

周瑜、後事を魯粛に託し病没す
曹操は潼関で馬超と一戦を交わす

曹操との赤壁の攻防は、諸葛亮の鬼謀の術があったとはいえ、周瑜、黄蓋の果敢な戦いによって勝利を得た。一方の孫権は**合肥**《ごうひ》に攻め上がり、曹操軍と対決していたが敗北。宋謙、太史慈を失うことになる。

劉備は、「赤壁の戦い」のあと、**伊籍**《いせき》（**字は機**《き》**伯**《はく》）を文官として登用。彼の推挙で荊州の**馬良**《ばりょう》（**字は季常**《きじょう》）、**馬謖**《ばしょく》（**字は幼常**《ようじょう》）の兄弟も傘下に加えた。

劉備はまた、荊州を安定的に統治するために馬良の献策を採り、荊州の南方、**零陵**の劉度《りゅうど》、**桂陽**の趙範《ちょうはん》、**武陵**の金旋《きんせん》、**長沙**の韓玄《かんげん》を滅ぼした。この戦いでは、韓玄配下の老将・**黄忠**《こうちゅう》（**字は漢升**《かんしょう》）と**魏延**《ぎえん》（**字は文長**《ぶんちょう》）が劉備に降る。病がちだった劉表の息子・劉琦が死んだのもこのころである。

周瑜にとっては、呉による天下統一が悲願であった。戦略は、周瑜自ら益州の劉璋を討滅し、馬騰の息子の馬超と同盟して長安に進撃。孫権には江東から呉軍を率いて許都に攻め上がらせ、曹操を挟撃するというものだった。

手始めに、魯粛が劉琦の弔問を理由に劉備のもとを訪い、荊州の帰趨をめぐって喋々《ちょうちょう》しばし。諸葛亮は、「蜀の劉璋を屈服させたあとに荊州を渡す。それまで借り受けたい」との瞞着《まんちゃく》で魯粛を説伏してしまう。

ところが、その矢先の建安十五年（２１０）十二月、周瑜は三十六歳で病没する。周瑜が没する前、孫権は劉備の妻・甘夫人が逝去したことで、異母妹・孫夫人を劉備の後妻として嫁がせていた。政略婚だったが、睦《むつ》まじい仲となる。

周瑜から後事を託されたのは**魯粛**。魯粛は、「天下三分の計」を模索する諸葛亮に同調し、とりあえず荊州を劉備に貸し与えることを孫権に献言、

許諾を得た。

劉備は建安十六年（211）五月、魯粛と諸葛亮の勧めで、鳳雛こと**龐統**《ほうとう》を軍師として抱えた。

同年、曹操が、涼州の馬騰を密籌《みっちゅう》をもって許都に誘《おび》き出し、殺害していた。そのため、嫡男の馬超が、韓遂と組んで戦いを挑む（**潼関**《どうかん》**の戦い**）。曹操は、黄河と渭水《いすい》が合流する潼関を曹仁に守らせ、自ら殿軍となって、潼関から北へ渡河しようとした。そこを**馬超・韓遂**の連合軍に狙われ、危機に陥る。救ったのは**許褚**《きょちょ》だった。

許褚と馬超は一騎打ちに武勇を賭ける。許褚は虎侯《ここう》と呼ばれた剛勇であり、馬超も曹操をして豪傑と呼ばせしめた偉丈夫だ。許褚の得物は剣、馬超は槍。二人は何十合も激闘したが勝負はつかない。

そこで曹操は、謀《はかりごと》によって事態の打破を狙った。韓遂と馬超に亀裂を入れる、**賈詡**《かく》の「**離間の計**」だ。これがはまって馬超・韓遂の戦陣は乱れ、戦いは曹操に凱歌が上がる。進退窮した馬超は、張魯のもとへ逃げ込み、逼塞《ひっそく》を余儀なくされるのである。

潼関の戦い攻防図

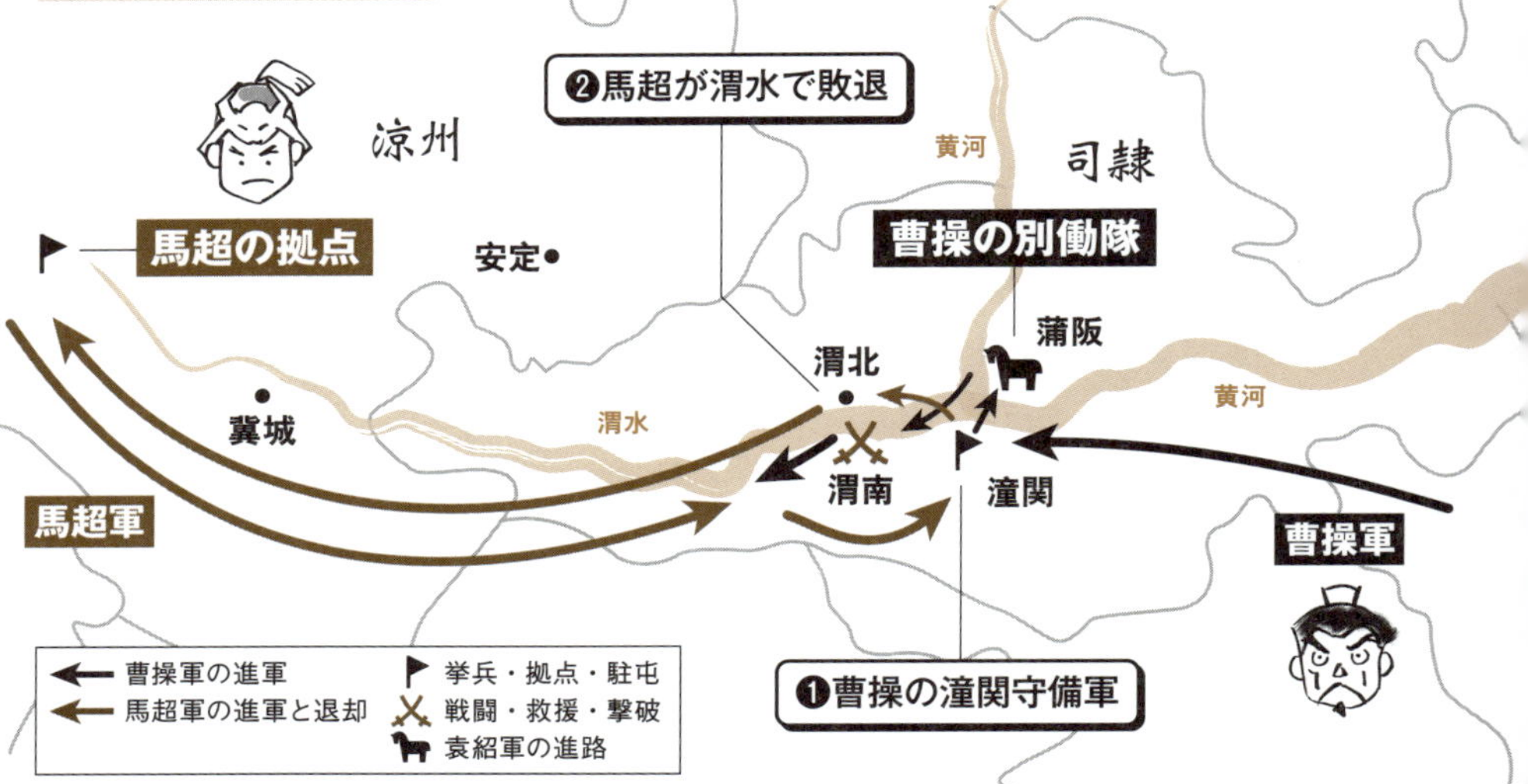

資料：『三国志　運命の十二大決戦』渡邉義浩著（祥伝社新書）

劉備の陣に新たに加わった武将・参謀

馬超

黄忠

魏延

馬良

馬謖

龐統

寸話休題

馬超と韓遂を反目させた「離間の計」

馬超が講和を求めてきたことで、曹操は馬超・韓遂と会談を持ち、そのときに敢えて韓遂と親しげに話す。曹操と韓遂の父が孝廉で同期だったからだ。これが賈詡の離間策の第一弾。次に曹操は韓遂に何か所か黒塗りにした手紙を送る。これが第二弾。韓遂は手紙を馬超に見せるが、黒塗りの手紙などあろうはずがない。馬超は韓遂の裏切りを疑い、分断されるのである。

また、「潼関の戦い」は、曹操が漢中に割拠する張魯討伐の兵を起こしたとき、馬超と韓遂は自分たちを除くための前哨戦と疑ったことから始まった。ちなみに馬超の挙兵時には馬騰は殺害されていない。殺されたのは馬超が挙兵したからである。

馬超と韓遂

三十二

張松を嫌った曹操は益州を損ない 劉備は蜀に足掛かりを得る

張魯は、五斗米道の祖・張陵《ちょうりょう》の孫、漢中の太守である。馬超が曹操に敗北したことで、次に漢中が狙われることを恐れた。ゆえに益州蜀を奪って根拠地にせんものと挙兵の動きを見せていた。

益州牧の**劉璋**は軟弱で、蜀の武力では張魯を防ぎきれないと別駕《べつが》の**張松**《ちょうしょう》は憂慮。張松は劉璋に献言し、曹操に張魯討伐を使嗾《しそう》する許諾を得た。張松の弁は、説伏能《せつぷくあた》わざるはなしという力を持つ。惜しむらくは短躯、出っ歯、濁声《だみごえ》の持ち主で、容貌から人に侮られがちな憾《うら》みがあった。それが的中し、許都では曹操にけんもほろろに扱われた。

張松は、曹操に深く恨みを抱いたが、劉璋に大口を叩いた手前、手ぶらで帰るわけにいかない。そこで、かねてより暗愚の劉璋を廃して、劉備に益州を任せたいとの思いもあった張松は、荊州に立ち寄ることにする。

劉備はさすがに寛容だった。「益州を預けるのならこの人物しかいない」との確信をなお強めた。

「劉益州は暗愚かつ軟弱で、賢者や有意な人物を登用できない。よって劉皇叔どのが蜀を治め、漢中を攻め取り、**中原**を平定して漢王朝を復興していただければ、これにすぐることはありますまい」

張松の弁舌は、諸葛亮の「草廬対」に具体性を帯させるものであった。劉備は、その申し出は仁義に悖《もと》ると即答を避けるが、張松は蜀への道を事細かに記した地図を譲渡。蜀へ戻って盟友の**法正**《ほうせい》（**字は孝直**《こうちょく》）、**孟達**《もうたつ》（**字は子敬**《しけい》）と計らうと告げ、辞去した。蜀に戻った張松は、劉備に益州を任せることの自明を二人と語らい、劉璋に復命する。

劉璋は、劉備への援軍冀望《きぼう》を快諾するも、主簿（帳簿担当）の黄権《こうけん》らが猛反発。劉璋は駮論《ばくろん》を窘《たしな》めて排除、親書を法正に持たせてただちに劉備へ

寸話休題

劉備には、妻は何人いたのか

劉備の妻としてカウントされているのは四人である。最初の妻の詳細は不明。わかっている限りで、二人目が劉備を金銭面で支援した糜竺《びじく》の妹・糜《び》夫人（209年正妻）、三人目は孫権の妹・孫夫人（196年正妻）、四人目は蜀政権樹立（211年）後に迎えた呉夫人（穆《ぼく》皇后）。

愛妾は、劉禅を産んだ甘《かん》夫人で、劉禅が二代皇帝となったため、死後、昭烈《しょうれつ》皇后を追尊される。劉備には、次男・劉永《りゅうえい》、三男・劉理《りゅうり》もいるが、実母の名は不明。つまり、ここに挙げた女性以外にも、妾はいたことになるのだろう。

糜夫人は、長坂坡で曹操軍から逃げるとき、阿斗（劉禅）を抱えた趙雲の足手まといになるまいと井戸に身を投げたと『三国志演義』は書くが、これはまったくの創作。孫夫人も武術好きの烈女として描かれるが、正史『三国志』には記述がないようだ。劉備が蜀へ出兵したあと呉に帰郷するが、その後の登場はない。「毛宗崗本」のみに、劉備が死去したあと長江に身を投げたとする。

つまり、史実と創作がごちゃ混ぜになって、なんだかよくわからないのである。

の使者とした。

劉璋の援軍要請には了諾したものの、法正に益州簒奪を固辞し続ける劉備である。だが、龐統の**「天下を平定したのち、滅ぼした者には義をもって報いれば善。奪い取れるときに獲らなければ、結局は他の者に奪われる」**との示唆に劉備も意を決する。諸葛亮と計らい、荊州は諸葛亮と関羽・張飛・趙雲に任せ、自らは龐統・黄忠・魏延を伴い、建安十六年（211）冬、兵五千を率いて**蜀**へ向かうのだ。

劉璋の歓待を愉しんでいた劉備だったが、突然、張魯が葭萌関《かぼうかん》から攻め込まんとしているとの詳報が入る。劉璋の懇請に劉備は、その日のうちに葭萌関へ進軍していく。

一方、孫権はいつまでも荊州を劉備に貸し与えておくことに我慢がならない。そこでまず憂いを除くため孫夫人を実母の呉国太《ごこくたい》が危篤と偽って呉に帰還させた。このとき阿斗（劉禅）を拐引《かいいん》せんとしたが、趙雲の機転が未然に防いだのである。

三十三

曹操と孫権、濡須口で戦うも兵を引き 劉備は蜀攻略戦で龐統を失う

曹操は、馬超・韓遂を破って赤壁の無念を打ち払い、権威をさらに高めていた。長史（三公の補佐）の**董昭**《とうしょう》は、これまでの曹操の功績から魏王たるべし、と献言する。これに真っ向から異議を唱えたのは**荀彧**《じゅんいく》だった。尚書令・侍中（官房長官にあたる）として献帝を補佐する荀彧は、「漢王朝を扶翼するのが本義」と説くのである。

「**魏（曹魏）**」の建国を腹中に持つ曹操は、荀彧を恨む。曹操は、荀彧らの名士を重く用いたが、自分に服従しない自律的な姿勢が疎ましかった。

やがて曹操は、濡須《じゅしゅ》への進軍途中、荀彧に空の一箱を送る。荀彧はその意を悟り、毒をもって自死する。建安十七年（212）十月のことだった。

曹操もさすがに気が咎めたが、いまは濡須水が長江へ注ぐ濡須口にて、孫権との戦いに力を傾注しなければならない。勝負の雌雄は決せず（**濡須口の戦い**）、互いに兵を引くことになる。

葭萌関の劉備は、諸葛亮からの手紙により、孫夫人の呉への帰郷、濡須での曹操と孫権の戦いを知る。どちらにしろ勝者が荊州を奪い取りに来るであろう、と荊州帰還への策を龐統と練った。

龐統は、「荊州は諸葛亮がいるから大丈夫。それより荊州に戻る口実として、〝孫権から曹操に攻められているとのことで援軍を求めてきた。自分は孫権と同盟しているため要請に応えなければならない。張魯は益州攻撃より自領保全のための戦いなので大丈夫だ。一度、荊州に戻りたい〟との早文《はやぶみ》を出せばよい」と言う。

劉備は同意して早文を劉璋に送るが、これを張松が目にして疑念し、劉備を翻意させるべく、「荊州に帰らず、すぐに成都に進撃するよう」との密書をしたためた。が、この密書を遺失し、それを

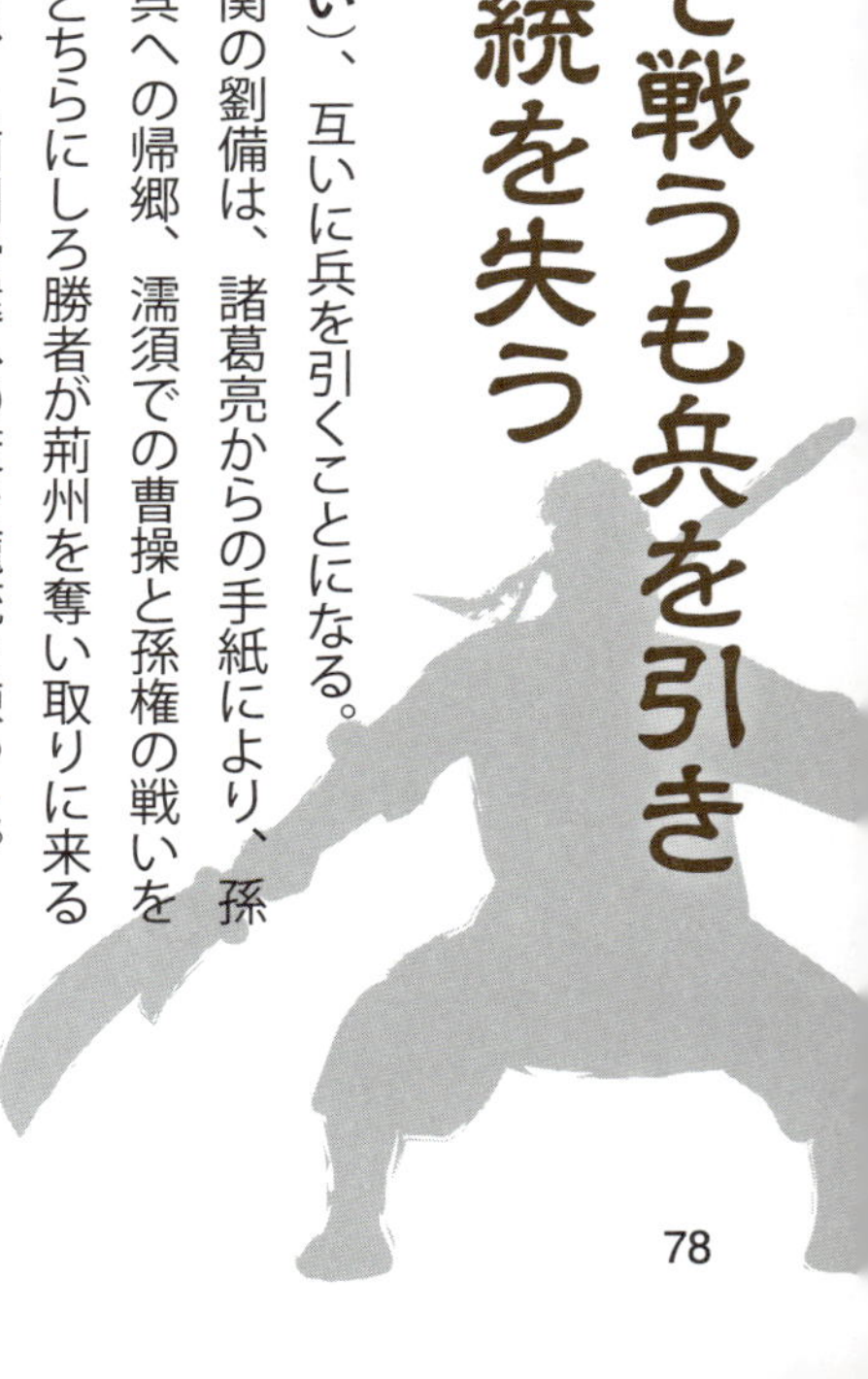

劉璋に知られたため、張松は斬刑に処せられる。
劉備と劉璋の仲はこれまでと、二人は転瞬の間に敵対することになってしまう（**蜀攻略戦**）。

戦いは、策略をもって涪水関《ふすいかん》を劉備が奪い取り、雒城《らくじょう》も手中に収めたが、千慮《せんりょ》の一失《いっしつ》、龐統を失うのである。

劉備は、諸葛亮からの「荊州安堵」の手紙を受けていた。その文中に「太乙《たいいつ》の法で占ったところ、将帥に凶の卦が出ている。御用心」とあった。劉備は気になること頻《しき》りで、龐統に自重を促した。龐統は、「自分も太乙の法で占ったが、孔明の言う凶の卦は、皇叔が蜀を手にする予兆にほかならない」と取り合わない。

出陣に際して、龐統の馬が棹立ちになって暴れ回った。**劉備は、凶兆と見て自分の白馬を龐統に与えた。**劉備と龐統は、別の道筋で雒城へ向かう。龐統の進軍する道筋に**落鳳坡**《らくほうは》という坂があった。鳳雛の「鳳」が落ちるの暗示か。その通り、伏兵に白馬に騎乗するのは劉備と誤たれ、数余の矢を浴びて落命するのである。三十六歳であった。

才能の割には活躍の場が少ない龐統

龐統は、諸葛亮の臥龍と並び、鳳雛と称されるほど有能な人物だが、活躍シーンはあまりにも少ない。

「赤壁の戦い」では、龐統は勝手に呉に赴いて、周瑜に曹操の大船団を鎖で数珠つなぎにすれば、火船によって灰燼にすることも可能と献策。自ら曹操のもとに乗り込み、数珠つなぎ案を進言。曹操が龐統案を採ったため、大船団は燃やし尽くされることになる。

その後は登場がなく、ようやく魯粛や諸葛亮の推薦で劉備に仕え、軍師中郎将として益州侵攻に智略を駆使することになる。だが、落鳳坡で劉璋軍が放つ矢であっけなく死す。どうにも突然登場し、突然消えてしまうという格好だ。

『三国志』で陳寿は、「人物評好きで、儒教の聖典・経書を研究する経学に優れ、智謀高く、当時の荊州などの人士から、才能豊かな人物」「魏の荀彧に匹敵」と書き、蜀臣では法正と匹敵すると評価している割には、至極残念な扱われ方と言えようか。

諸葛亮が予期したとおり、
龐統は劉備の愛馬・的盧に
乗っていたことで命を落とす

三十四

劉備、蜀の成都攻略に成功し敗軍の将・馬超は劉備に降る

臥龍・鳳雛の一翼が欠けたのだ。劉備は気力が萎《な》えた。

劉璋軍の勢いは盛んであった。劉備は、涪城《ふじょう》に退き守備に徹したうえで関平を荊州へ走らせた。諸葛亮に参陣させるべく直命《じきめい》を送ったのである。

神仙の術を駆使する諸葛亮は、突如、慟哭。龐統の死を察知したのだ。直命が諸葛亮に届けられたときには、諸葛亮の戦略はすでに決していた。

関羽に荊州守衛を任せ、文官の馬良・伊籍らと武将の**糜芳**《びほう》・**廖化**《りょうか》、関羽の養子・**関平**らに補佐を命じた。そのうえで諸葛亮は、趙雲を先鋒とし、張飛に一万の精兵を与えて本街道を通って雒城の西へ進軍させることとした。諸葛亮自身は、文官の**簡雍**《かんよう》・**蔣琬**《しょうえん》らと一万五千の兵を率いて後詰に回った。

諸葛亮は、張飛に規律を厳しく、民への略奪・暴行などもってのほかとの戒めを与えて進軍させる。短気で兵卒を鞭打つ癖のある張飛だったが、此度はそんな癖を封印し、快調に進撃していく。

立ち塞がったのは巴郡警衛にあたる老将・**厳顔**だった。張飛は厳顔を下すが、老将の雄々しく見事な振る舞いに感動。拝礼して最高の畏敬をもって対した。厳顔も男気の武将。いたく感じ入って潔く降り、雒城まで先導するのである。

諸葛亮、趙雲もさしたる反撃に遭わずに進軍し、張飛とともに劉備と合流。最強の守将・張任《ちょうじん》を下し、雒城へ入る。

劉璋が、劉備撃退の暁には益州から相当の領地を割譲するとの誓約を示して仇敵・張魯に援軍を乞うと、利に執心した張魯は快諾。先陣は曹操に敗れ、張魯に身を寄せていた**馬超**が買って出た。

劉備は、綿竹関《めんちくかん》を獲れば成都攻略は蝋燭《ろうそく》の炎を

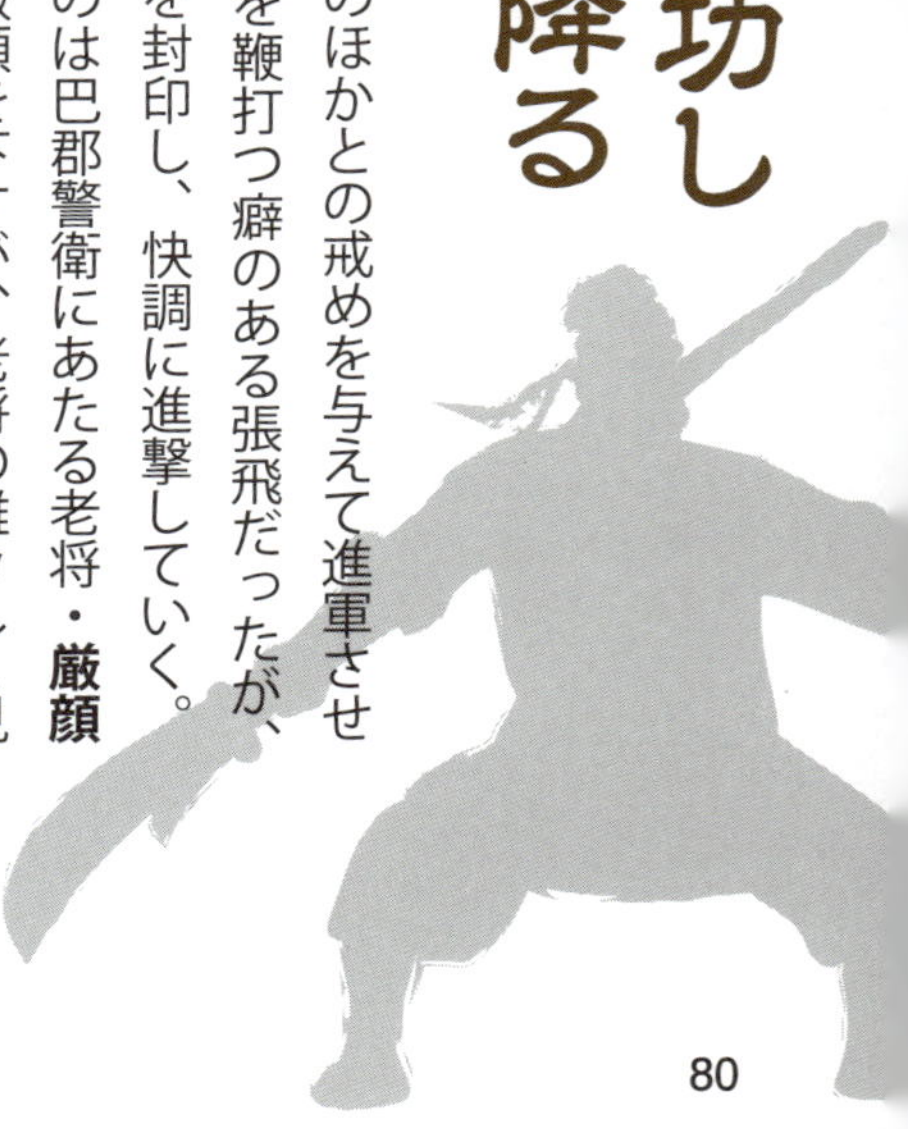

吹き消すが如し、との蜀の降将の言を頼りに兵を進める。

さて、張魯軍の先陣となった馬超は、**葭萌関**に進軍する。迎え撃つのは張飛。勁悍《けいかん》な武将の馬上に踊る一騎打ちは、さながら達人の舞を観るようであった。

諸葛亮は、両雄が傷つくことを案じて一計を策し、張魯に漢寧王に推挙する上表を約して戦闘を終結させた。だが、武人の性《さが》か、張飛との決着を望む馬超は、張魯の撤退命令に従わない。張魯は馬超の謀反を疑った。東に張魯、西に劉備に挟まれた馬超の命運は一髪千鈞《いっぱつせんきん》を引く。そこに諸葛亮が帰順を呼びかける。燭光を見出した**馬超は、弟・馬岱《ばたい》とともに劉備に臣従を誓う**ことになる。

劉璋は、抗する力を失った。劉備は、劉璋の手を取り、「仁義に背く心持ちはなかった。縁辺《えんぺん》人士の猜疑《さいぎ》から、かく相成った。劉璋どのを害するつもりはない」として南郡の公安へ送った。

こうして領土を持たなかった劉備も、建安十九年（214）、拠点が定まったのである。

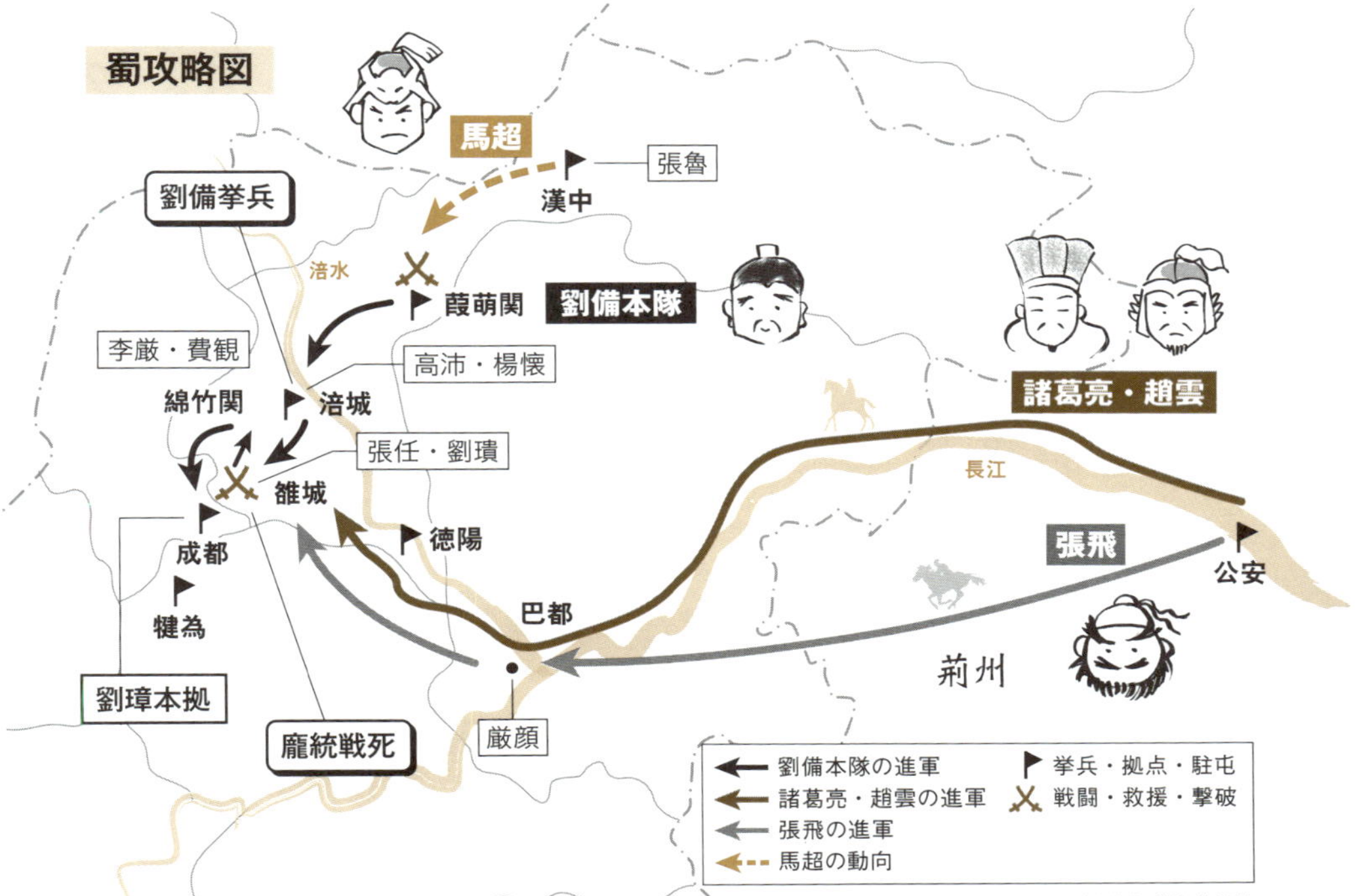

資料：『三国志　運命の十二大決戦』渡邉義浩著（祥伝社新書）

三十五

曹操と孫権、合肥で戦うも決着せず
建安二十一年、曹操が魏王となる

孫権は苛立っていた。劉備が荊州を約束通りに返さないからだ。諸葛亮の兄・諸葛瑾を成都に使わせて談合させた。劉備は**長沙・零陵・桂陽の三郡を返還する**と約すが、荊州を守衛する関羽が断固応じない。そこで魯粛をして関羽に当たらせたが、言を左右にするばかり。

そんな折に、曹操が三十万の軍勢を送って江東に攻め寄せてくる、との報がもたらされた。孫権は、合肥・濡須に兵を動かし防がんとしたが、このときは曹操が軍を返したため、事なきを得た。

曹操は、建安十九年（214）、伏皇后が曹操暗殺を謀ったとして誅殺、自分の娘を献帝の皇后に立てている。まさにやりたい放題である。

曹操が、次に狙ったのが西方の漢中の**張魯**だった。この地を簒奪してから蜀を平定しようとの戦略だった。まず、利に汚い楊松《ようしょう》を金品で釣り上げて内応させ、張魯の猛将・**龐徳**《ほうとく》を謀って降らせた。勝敗の帰趨は明らかになり、張魯も曹操の軍門に平伏《ひれふ》す。張魯も龐徳も手厚く遇されたが、主君を裏切り、利に溺れた楊松は、その気質を咎められ斬刑に処せられた。

曹操が次に狙うのは**蜀**である。諸葛亮は、曹操の矛先を躱《かわ》すため、先に諸葛瑾に約した三郡を遺漏なく返還。孫権を安堵させ、伊籍の弁をもって合肥出陣への利を説かせる。

孫権は、諸葛亮の策が曹操の蜀攻撃を避けるためであることを察知したが、曹操が漢中にいるのであれば合肥は手薄である。攻撃するに如《し》くはない。魯粛を三郡の引き取りに遣わし、建安二十年（215）、自らは呂蒙・甘寧・**淩統**《りょうとう》を率いて出撃した（**合肥の戦い**）。

手始めに皖城《かんじょう》を陥とし、合肥に向かう。曹操軍

の守将は張遼だ。攻防は一進一退だったが、このままでは守りきれないと張遼は予断。曹操に援軍を求める。曹操は、蜀攻略を諦《あきら》め、夏侯淵を漢中にとどめて合肥へ向かう。兵数は四十万の大軍であった。

戦いは小競り合いを繰り返すが、時に孫権には張遼・徐晃の手勢に取り囲まれ、周泰に助け出されるという危機があった。曹操も孫権を追撃するうち、対岸から**陸遜**の率いる船団に逆襲され、これも辛うじて逃げ帰るという危難に遭った。

そうした攻防を一か月余りも続けたが、決定的な勝機を両軍ともに見出せなかった。そこで、和して兵を引くこととし、**孫権は蔣欽と周泰を濡須口に残して秣陵（建業）に撤退。曹操は合肥に曹仁と張遼を駐屯させ、許都に帰還した。**

さて、許都に戻った曹操は、魏王に就くべく文官に上奏文の作成を命じた。上奏文は、献帝に捧げられた。献帝に諾々と従うしかない。詔が発せられ、魏公曹操は、魏王となる。建安二十一年（216）五月、実質「**曹魏**」の建国であった。

男子、三日会わざれば刮目《かつもく》して見よ

孫権は呂蒙を重んじたが、無学なことを案じ、学問を奨励する。勉強嫌いの呂蒙も、君主に命ぜられたら怠けるわけにいかない。呂蒙は発奮、読書に日夜をつなぎ、知識を蓄えていく。
魯粛は、そんな呂蒙と話してみると、驚くほどの教養を身に付けていた。魯粛は、「いや、もう君は〝呉下の阿蒙《あもう》〟じゃないね」と賛嘆した。そのとき、呂蒙が「男子には、別れて三日会わなければ、刮目して相待《そうたい》すべし」と答えたとされたところから生まれた古事成語。
集中力をもって勉学すれば、人は短期間で成長するという喩えである。

濡須口・合肥の戦い攻防図

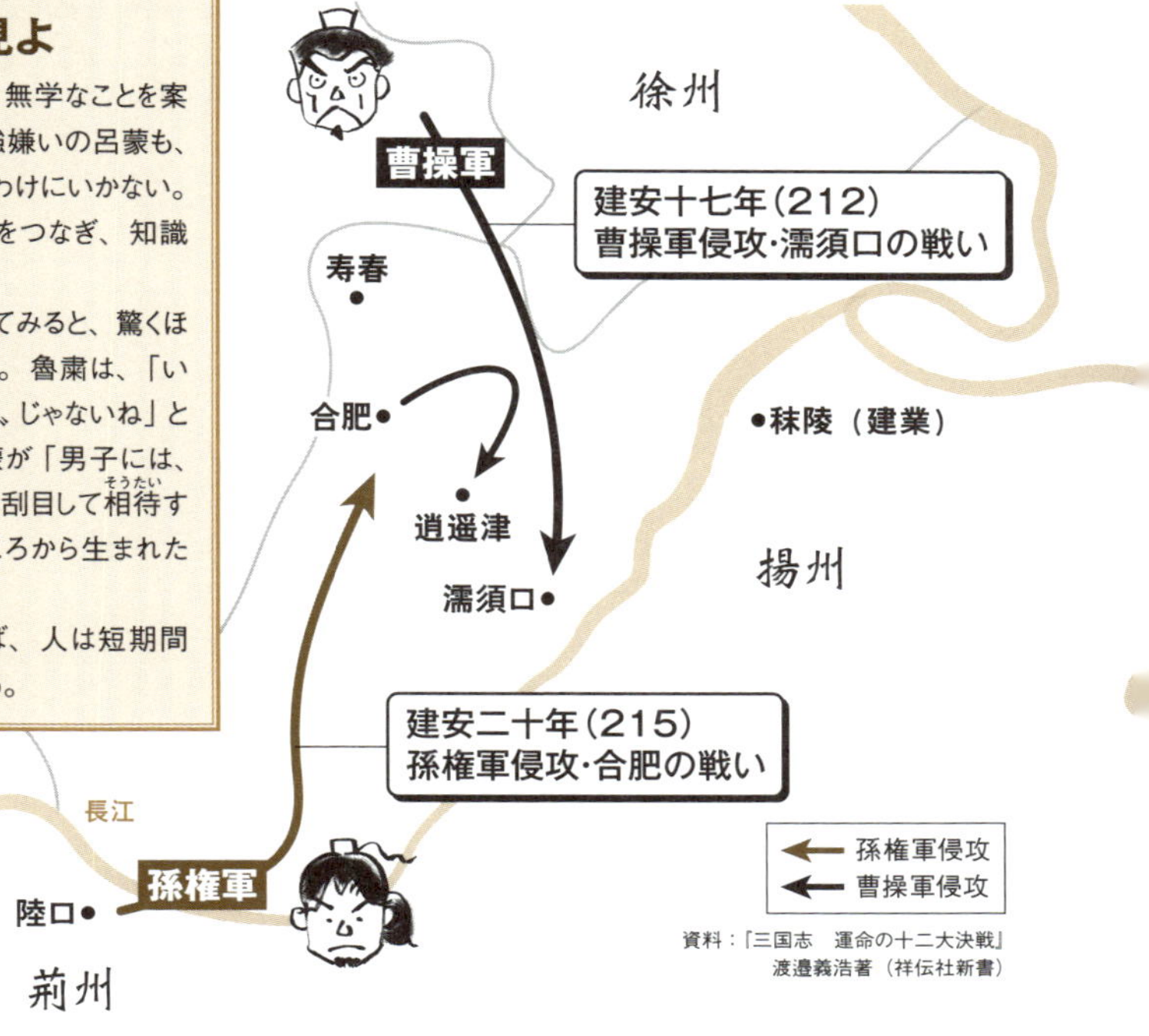

資料：「三国志　運命の十二大決戦」渡邉義浩著（祥伝社新書）

三十六

風雲、急を告げる漢中
黄忠・厳顔、「驕兵の計」で魏軍を倒す

すでに**九錫**《きゅうせき》を授かっていた曹操だが、魏王となって後継者で悩む。袁紹が後継者を決めず国を滅ぼし、劉表も然りだった。その轍《てつ》は踏みたくない。**曹丕**《そうひ》、弟の曹植のどちらにするか。結局、賈詡の進言で曹丕が後継となる。これで後継者を争う魏の混乱が避けられたのだ。

さて、その曹操は、戯れにつとに高名な易占師・管輅《かんろ》に卦を立てさせた。その卦は、「**呉は一人の大将を失い、蜀が漢中を侵犯する**」であった。一笑に付した曹操に、呉の魯粛が身罷《みまか》ったとの報が入る。胸騒ぎを覚えた曹操は、漢中の詳報を急ぎ知らせるよう命じた。急報は、「張飛と馬超の軍勢が漢中の境を脅かしている」だった。

漢中の警衛は夏侯淵と張郃だったが、激怒した曹操は曹洪に五万の兵を与えて出陣させ、許都の守備を三万の兵をもって夏侯惇に警備させた。

張郃は、懸崖な山に宕渠寨《とうきょさい》・蒙頭寨《もうとうさい》・蕩石寨《とうせきさい》の三砦《さんさい》を築いて三万の軍兵を配置し、ときおり巴西に攻め寄せた張飛に挑んだ。張飛が応戦すると兵を引き、砦に籠《こも》る。戦線は膠着《こうちゃく》するだけで、大勢は五十日余も動かない。ここは我慢比べだ。

張飛は、山砦の下に陣営を設置し、毎日酒浸りとなった。その知らせを受けた劉備は喫驚《きっきょう》し、諸葛亮に計る。諸葛亮はカラカラと笑い、「それは翼徳どのの計略です。さらに五十甕《かめ》の酒を送りましょう」と言うのである。

酒は三台の荷車に乗せて魏延が運んだ。張飛はニヤリと笑い、酒を拝受して、魏延らを山砦の左右に潜ませ、陣営で酒を飲む。ついに張郃の我慢の腹も煮え立ち、軍勢を率いて宕渠寨を駆け下り、張飛を一槍で刺し殺した、とそれは藁《わら》人形。ハッとしたときにはもう遅い。張飛が襲いかかってき

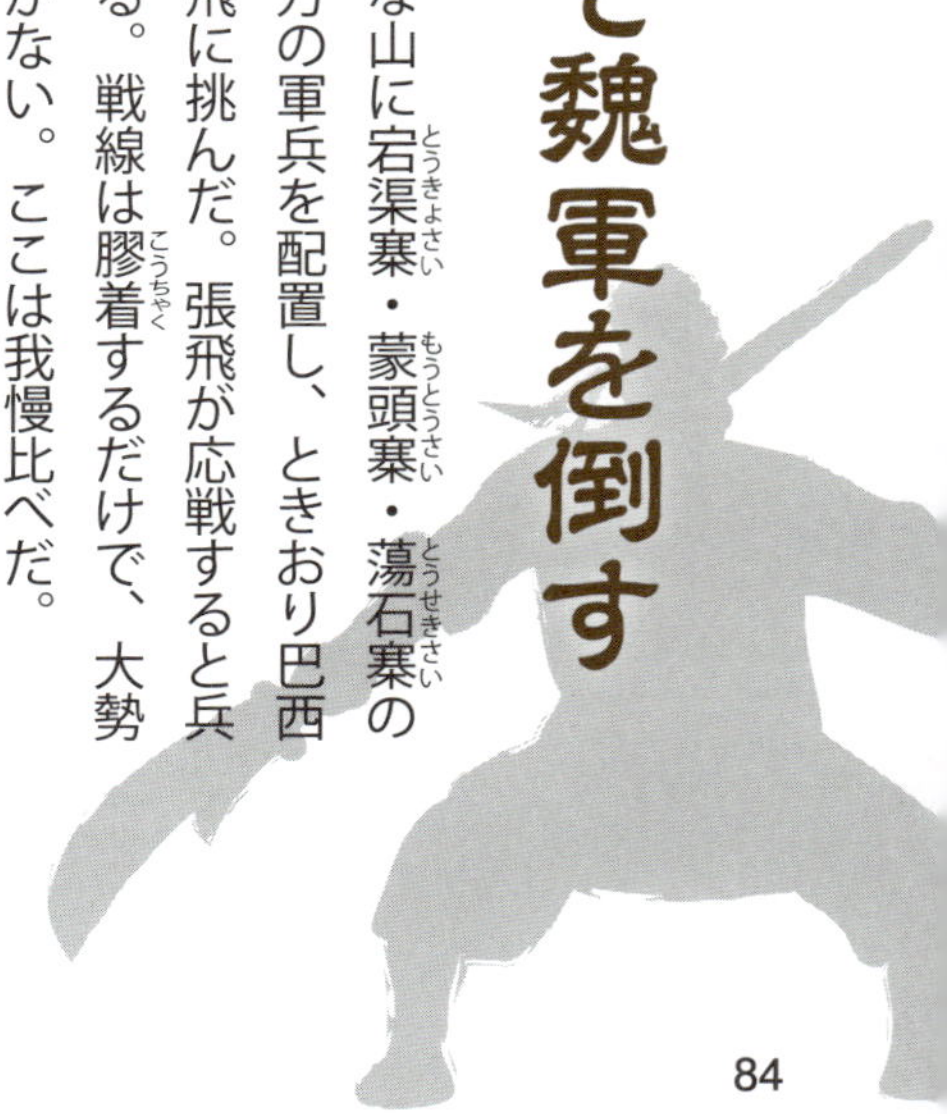

寸話休題

曹操が授かった「九錫《きゅうせき》」とは

九錫とは、国の功労者に天子が授与した次の九種の品のことである。

楽器
王の楽器。

虎賁《こほん》
三百人の近衛兵で門を守備。

弓矢
彤弓《とうきゅう》一・彤矢《とうし》百。彤は赤なので赤の弓矢。玈弓《ろきゅう》十・玈矢《ろし》千。玈は黒なので黒の弓矢。

秬鬯《きょちょう》
秬は黒い黍・鬯は香酒。

鈇鉞《ふえつ》
鈇（斧）・鉞《まさかり》各一。

納陛《のうへい》
両側を覆って見えぬようにした階段（納陛）を登る。

車馬
金の車（大輅《たいろ》）・軍車（戎輅《じゅろ》）各一台。

朱戸《しゅこ》
邸の戸が朱塗り。

衣服
王が纏う袞冕《こんべん》と赤舄《せきせき》（赤の履くつ）。

本来は天子のみ許されたものだが、有徳の諸侯に恩賞としても授けた。しかも、禅譲を約するものでもあったらしい。

ともあれ、曹操は、すでに魏公のときに献帝から九錫を授かっていた。だが、曹操は禅譲を受けずに死に、曹丕が献帝に強要して、禅譲させるのである。

た。張郃は、張飛と斬り結びながら援軍を待つが、蒙頭寨と蕩石寨は魏延らに攻め込まれ、兵は散り散り四散。張郃も逃げるに如かずと落ちていった。まずは劉備軍の大勝利というところ。

その後もしばしば張郃は張飛と戦うが、負け戦。敗戦の責を問われ、援将として葭萌関《かぼうかん》の攻撃を命じられる。迎え撃つ作戦は法正が立て、名乗り出たのは老将・**黄忠**。これも老将・**厳顔**を副将にさっそく葭萌関へ向かうのである。

魏軍の将・**夏侯尚《かこうしょう》**と**韓浩《かんこう》**は、黄忠・厳顔を老いぼれと侮って激しく攻め立てた。黄忠らは恐れて何度も退く。だが、これぞ弱敵と見せる「**驕兵《きょうへい》の計**」。魏軍がだらけて隙を見せたところに撃ち寄せ、手もなく敗走なさしめた。

勢いに乗った黄忠らは、魏軍を追走。夏侯尚と韓浩、張郃は兵をまとめることもできず、**夏侯徳《かこうとく》**の守備する天蕩山《てんとうざん》へと逃げ去るが、それもつかの間、押し寄せる黄忠に韓浩は斬られ、軍糧基地の米倉山《べいそうざん》は厳顔に焼き払われ、夏侯徳も斬殺されるのだ。老将二人、恐るべし。

三十七

黄忠が定軍山で夏侯淵を斬り 劉備、曹操に勝利して漢中王となる

夏侯尚と張郃は、首うなだれ夏侯淵の守備する陽平関へ退いた。勝利に意気上がる蜀軍の第二弾の先陣は**張飛**と**趙雲**、劉備の養子・**劉封**。追って桁外れに元気な老将・黄忠が法正を補佐に進撃していく。建安二十三年（218）秋であった。

曹操は、許都に急ぎ戻った曹洪から「魏軍、敗退」の報を聞くやいきり立ち、自ら四十万の軍勢を三軍に分けて親征する。先軍は夏侯惇、中軍は曹操、後詰は曹休の布陣だった。曹操はわずかな日数で南鄭《なんてい》に参着、すぐさま策を練る。

気掛かりなのは族弟・夏侯淵だった。勇猛果敢だが、時に匹夫の勇になりがちだ。曹操は、「およそ将たる者は剛柔兼備を旨《むね》とすべし。いたずらに勇猛に走るべからず。字のごとく妙才の戦いを俟《ま》つ」との親書を遣わせた。

だが、**定軍山**《ていぐんざん》の山腹に陣取った黄忠軍が、陣太鼓を打ち鳴らし、鬨の声を響《どよ》もしながら怒涛のごとくに攻め下り、黄忠自ら逸《はや》る夏侯淵の喉元を一刀のもとに斬り裂いた。

張郃も山の側面から躍り出た趙雲軍に蹴散らされ、漢水まで逃げ延びて曹操に急報。夏侯淵の死を知った曹操の、慟哭は哀れ。

劣勢の魏軍は決死の覚悟を決め、漢水をわたって蜀軍との一戦に形勢の逆転を賭けた。

定軍山に陣を構えた曹操は、徐晃と王平を押し出す。徐晃は、軍勢を鼓舞して漢水を渡河、河辺に陣を布いた。迎え撃つのは黄忠と趙雲。徐晃は何度も戦いを仕掛けるが、蜀軍は動かない。徐晃が諦めて陣営に戻ろうとしたとき、黄忠と趙雲が二手から攻め走る。体勢を崩した徐晃軍に為《な》す術《すべ》もなく、漢水に血を流すのみ。徐晃は逃げ、ひとり王平だけが趙雲に降った。

かくてはならじと曹操は、自ら漢水に大軍を進めた。両軍は河を挟んで対峙し、気を焦らせた魏軍が仕掛けるものの、蜀軍は音無しのまま。

深更、魏軍が寝静まったころ、諸葛亮の合図で蜀軍が太鼓や角笛を鳴り響かせた。魏軍は夜襲かと狼狽《うろた》えるが、敵兵はひとりとして見えない。再び休もうとすると火砲が鳴り、鬨の声が闇を裂く。これが三夜続いたから堪らない。魏軍は疲れ果て、陣営を畳んで退くのである。

諸葛亮曰く、「**曹操は、兵法を知るも、奇計を知らず**」と。

翌日、劉備は漢水に「背水の陣」をしき、曹操との輸贏《ゆえい》を決せんと向かう、とこれも諸葛亮の奇計。攻めると見せては逃げ、追う魏軍を馬超らの新手の軍勢が討ち掛かる。曹操も魏延の放った矢で傷を負い、魏軍は総崩れ。かくして「**漢中の戦い**」は、蜀軍の大勝利に終わったのであった。

戦い終わり、諸葛亮は劉備に、「**漢中王たるべし**」と勧め、上表文を許都に送る。建安二十四年（219）、劉備は、王となって**成都**に帰還した。

漢中の戦い攻防図

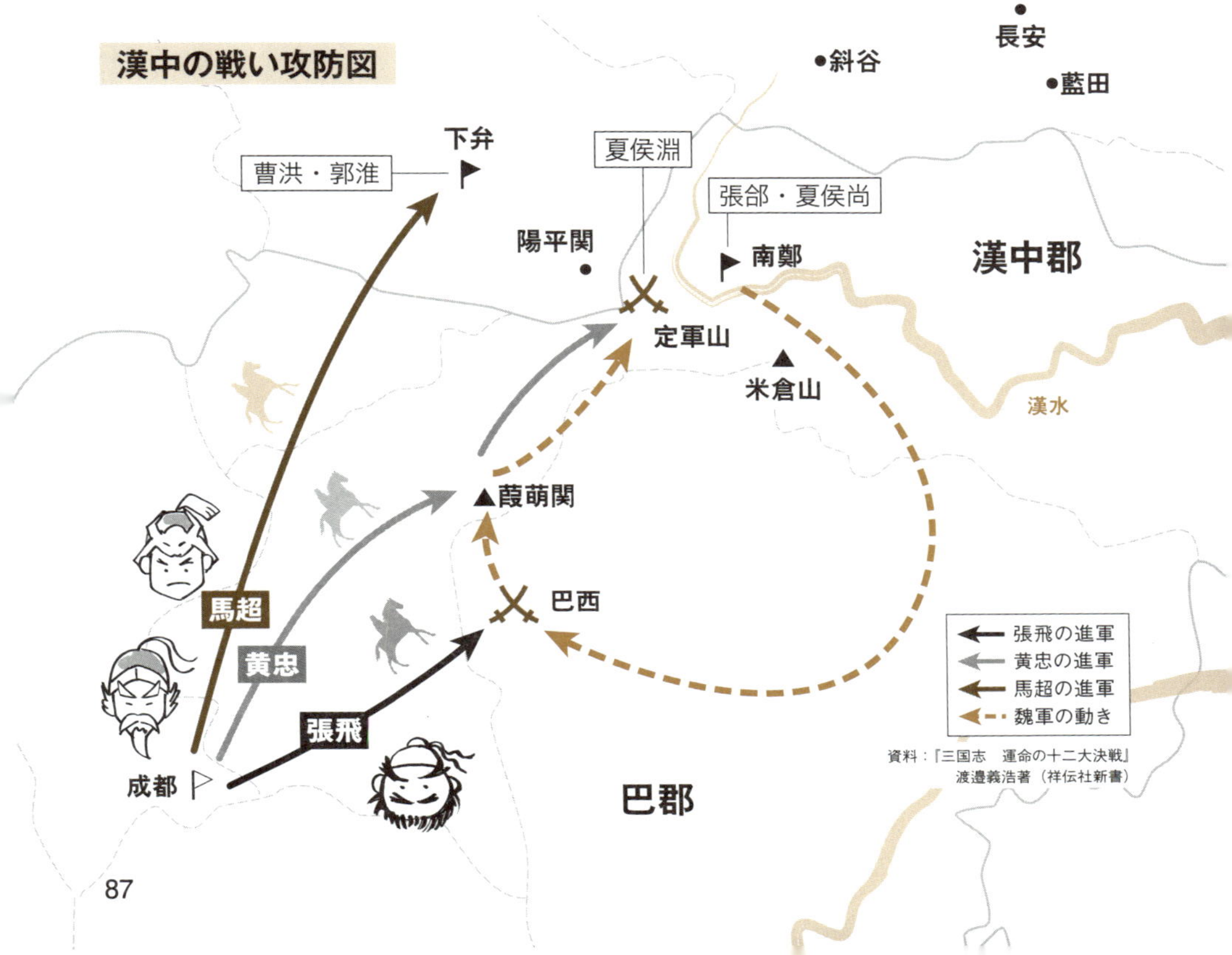

資料：『三国志　運命の十二大決戦』
渡邉義浩著（祥伝社新書）

三十八

関羽、曹仁の守る樊城を陥とすも呂蒙の策にはまって麦城に斬られる

建安二十四年（219）の夏は、劉備が漢中王となって蜀が慶《よろこ》びに沸くが、それも徒花《あだばな》、冬には関羽が孫権に斬られるという悲劇が起こった。

その突端はこうだ。**司馬懿《しばい》（字は仲達《ちゅうたつ》）**が曹操に、「孫権と和を結んで荊州奪還のために侵攻するよう唆《そそのか》し、劉備が救援に駆けつけたところを魏軍が攻める。劉備は挟み撃ちになり、追い詰められるはず」と献言。曹操は、使者を呉に遣わし、孫権を説得させた。

曹操の提言を受けた呉は、諸葛瑾が「荊州の関雲長の娘を主公の世子《せいし》に嫁がせるよう申し入れ、雲長が承知すれば与《くみ》して曹操を討つ。断れば曹操と組んで荊州を攻略する」と献策。孫権は、これに乗った。

だが、関羽は「**虎の娘を犬の息子の嫁になどできるか**」と孫権を罵倒し、使者の諸葛瑾を追い返す。孫権は睚眦《がいさい》の怨みとして飲み、曹操に魏と結ぶことを伝え、曹操は襄陽と樊城を守衛する曹仁の救援に徐晃を進軍させる。

劉備は、諸葛亮の策により、先手を打って関羽を進撃させた。関羽はやすやすと襄陽を落としたが、曹操は于禁を総大将に龐徳にも命じて樊城の曹仁の救援に向かわせた。龐徳は、元は馬超を主とし、兄も蜀に仕えていたが、魏に帰順した折に曹操への忠義を貫くと心した猛将だった。

関羽は龐徳と斬り合い、勝負がつかないながらも、ようやく龐徳を捕えた。于禁はすでに降って命乞いをする弱将だったが、龐徳は棺桶を担いで戦陣に出向いたほどの人物だ。関羽が命じる恭順に従うわけもなく、斬刑に処せられるのである。

関羽は、この戦いで毒矢を右肘に受け、遍歴の名医・**華佗《かだ》**に救われるという僥倖《ぎょうこう》を得ている。そ

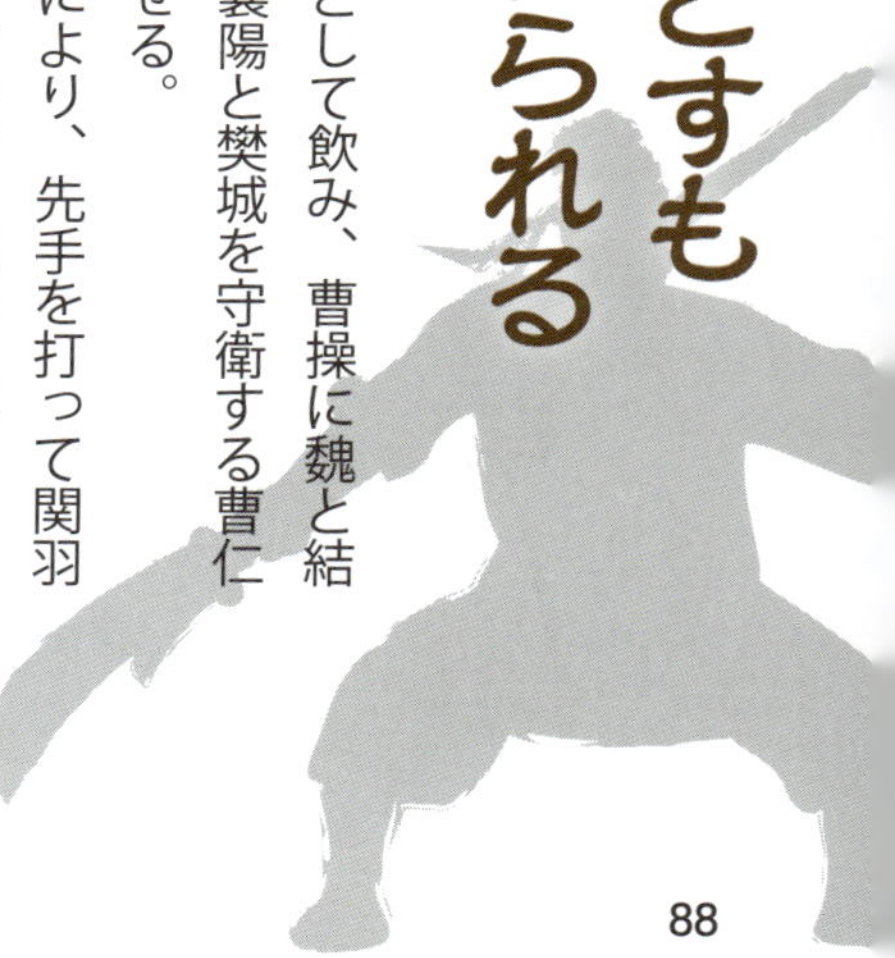

んな関羽に、呉軍の**呂蒙**が長江を渡って攻め寄せてくるという報がもたらされた。

呂蒙は巧緻であった。**陸遜**《りくそん》（**字は伯言**《はくげん》）をして、「呂蒙は病気で戦将を辞した」との偽報によって荊州南部の警戒を解かせ、その隙を突いて三万の兵を船に乗せて長江を北上し、荊州城を抜く。しかも、公安の**傅士仁**《ふしじん》、南郡の**糜芳**《びほう》が戦わずして降伏する始末だ。

急報を受けた関羽は、急ぎ荊州を奪還すべく南下するが、軍卒は四散し、**麦城**に辿り着いたときの兵数は数百であった。救援を上庸に駐屯する劉封・孟達に求めたが、時すでに遅し。関羽には抗うすべはなく、関平とともについに捕えられる。

すでに到着していた孫権は言う。

「天下無敵と自負していた将軍よ、儚くも生け捕りの身ぞ。帰順してはどうか」

「碧眼の小童《こわっぱ》め。劉皇叔と桃園の誓いで義兄弟となったわしに、降伏などあろうはずがない」

かくして、一代の豪宕《ごうとう》たる関羽は、戦場に人生を全うした。五十八歳であった。

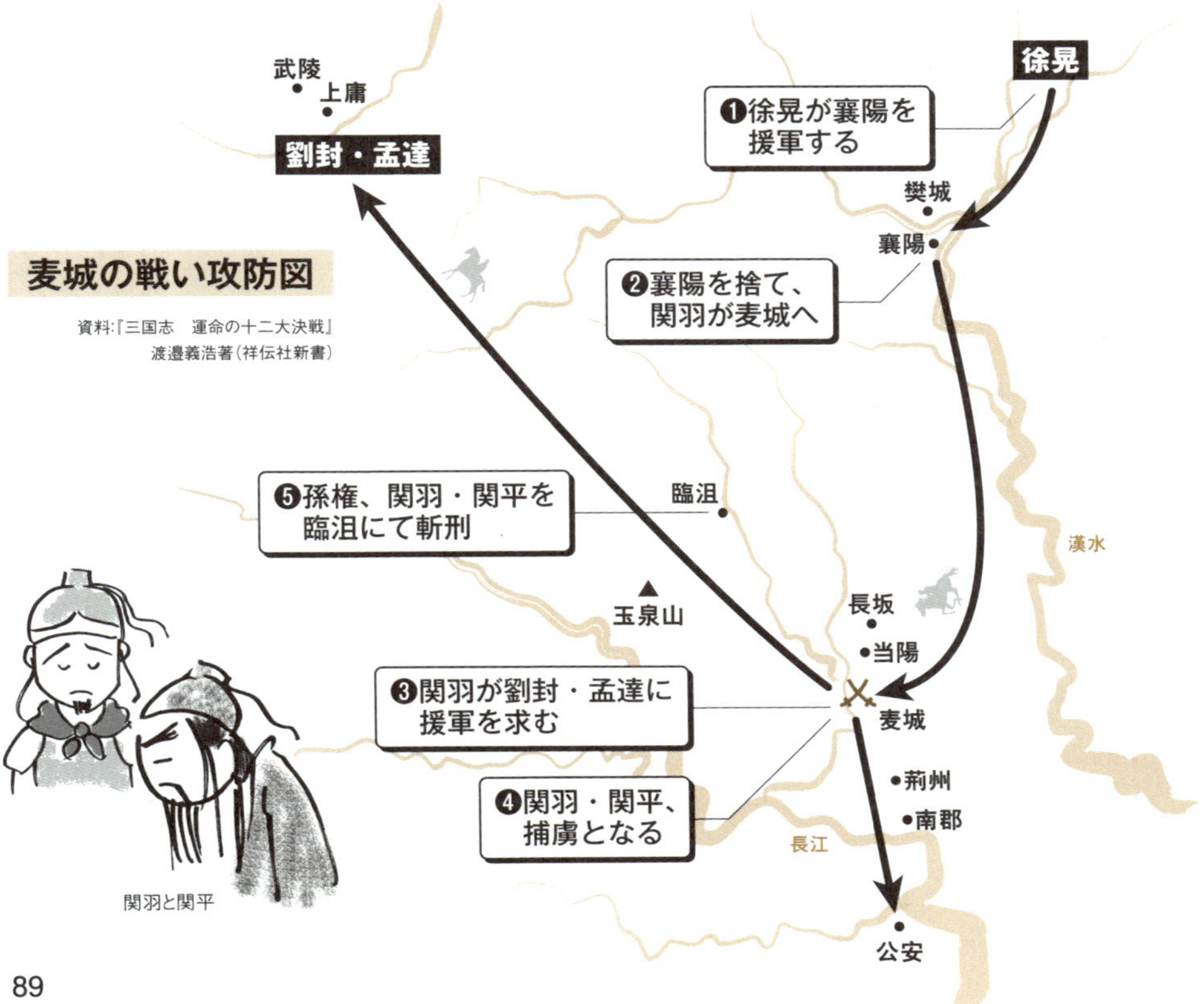

麦城の戦い攻防図

資料:『三国志　運命の十二大決戦』渡邉義浩著（祥伝社新書）

三十九

奸絶の曹操、ついに寿命が尽き劉備も夷陵で破れ、白帝に死す

関羽は死すが、魂は荊州当陽県の玉泉山に浮遊した。ここに庵《いおり》を結ぶ老僧・普静《ふじょう》の教えで悟り、霊力を顕現して民を救った。関羽はしだいに崇められるようになっていく。

ただ、呂蒙には取り憑いた。関羽の憑依した呂蒙は孫権を罵倒し、全身から血を噴いて絶息した。孫権は怖れ、関羽の首を曹操に送って殺害の罪を転嫁せんとする。曹操は木箱に納まった関羽の顔を眺め、「一別以来、変わりないか」と言葉をかける……と、関羽の髪も髭も逆立った。曹操は驚愕のあまり気を失う。蘇生して「閑雲長は、紛《まぎ》れもなく天神だ」と叫び、王侯の礼をもって葬った。

関羽の死を知らされた劉備の、その浩歎《こうたん》は、天に雲を呼び、激しい雨水のごとくの啼泣《ていきゅう》となって数日も止まなかった。

曹操は、関羽の亡霊に悩まされていた。頭痛を訴え、華佗を呼び寄せ治療させると、頭を切開すると言う。曹操は、自分を殺そうとしている疑い、華佗を入牢して獄中死させる。

曹操は、治癒の兆しもなく、命、旦夕《たんせき》に迫っていた。そのときがやってきたのは、建安二十五年（２２０）春正月であった。抜きん出た奸雄・曹操、齢六十六であった。

魏王を継いだ曹丕は、曹操ほど漢王朝に敬意を示さない。同年十月二十八日、献帝に迫って禅譲させ、**大魏**（**曹魏**）を建てて魏帝となり、黄初と改元した。前漢後漢合わせて四百年ほど続いた漢王朝が、ここに終焉したのである。

劉備は、曹魏を否認し、建安二十六年（２２１）四月十二日、**蜀漢**を建国、曲がりなりにも漢を復興して帝位に就く。章武と改元して諸葛亮を丞相に任命。同時に関羽の復仇《ふっきゅう》を決意するが、趙雲は

乱世の奸雄・曹操死す

関羽の亡霊に、無実の罪で獄死した華佗の恨みも加わり、曹操の寿命は縮まったか。天下統一の野望を果たせずに逝く

主な部将と軍師・参謀

○ 荊州出身
● 益州出身
無印 他州出身

劉備時代

劉備
諸葛亮（丞相）

軍師・参謀
○諸葛亮 ○龐統 ●法正 ●許靖

文官
孫乾 簡雍 ○蒋琬 ○李厳 ○董和 ○劉巴 ○馬良 ○楊儀 王甫 伊籍

武将・地方長官
糜竺 劉封 ○魏延 ○霍峻 ○向朗 ○黄権 ●王平 ○諸葛均 関平 関興 張苞

五虎将軍
関羽 張飛 馬超 黄忠 趙雲

劉禅時代

劉禅
諸葛亮（丞相）

文官
○陳震 ○董允 ○呂乂 孟光 ●李譔 ●譙周 諸葛譫 張翼 ●来敏 ●宗預 王謀 杜瓊 鄧芝

武将・地方長官
●秦宓 ●李恢 ●呂凱 ●馬忠 ●楊戯 呉壱 ●張裔 ●費観 ○輔匡 ○馮習 ●張嶷 ○馬謖

三大将軍
○蒋琬 ●費禕 姜維

資料：劉備・劉禅『面白いほどよくわかる三国志』阿部幸夫監修・神保龍太著（日本文芸社）

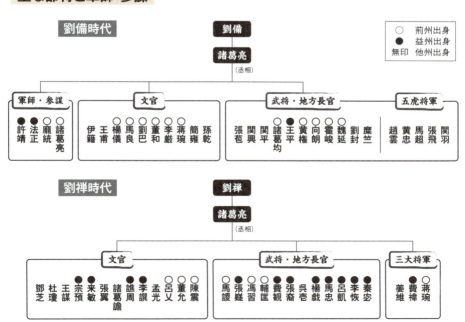

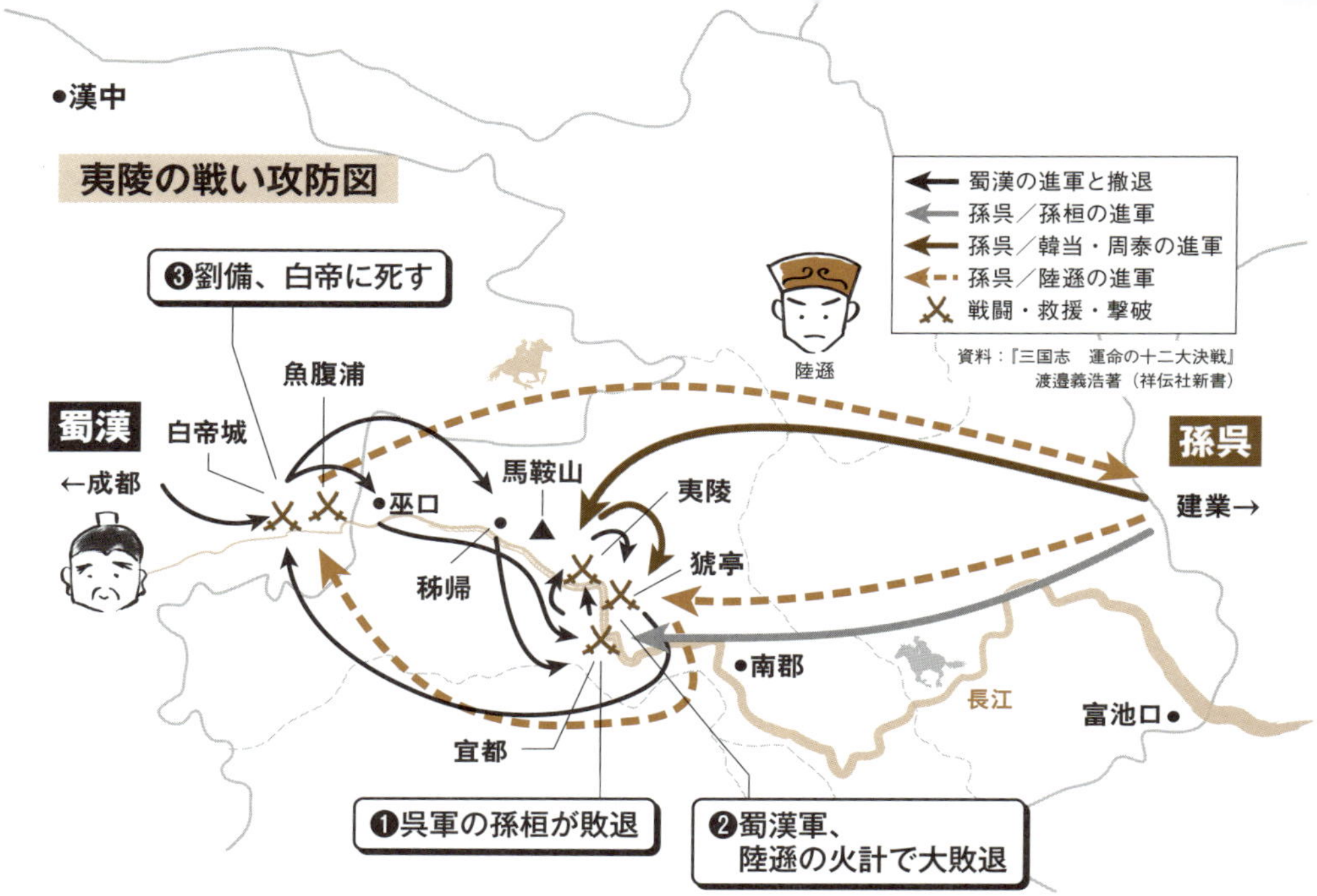

「仇討のために孫権を討つのは私怨。宿敵は漢を滅した曹魏」と正論を吐いて戒める。

頭ではわかるが、心が許さない劉備は、「桃園の誓い」を胸に去来させて、章武元年（221）四月十三日、孫権征伐の詔を発する。ところが、出陣を前にして**張飛が配下に刺し殺されてしまう**。張飛の部下を虐《いじ》める癖が仇《あだ》となったのだ。

張飛、五十五歳、破天荒な豪勇もついに逝く。

劉備は、悲嘆を胸に押し込み、七月、七十万の軍勢を率いて孫権打倒へ東征していく。劉備に付き従うのは、張飛の長男・**張苞《ちょうほう》（字は不詳）**、関羽の次男・**関興《かんこう》（字は安国《あんこく》）**であった。

孫権はその報を知り、曹魏と結ぶことを探った。曹丕は皇帝として孫権を**呉王**と為し、九錫を授けた。孫権は、時勢としてそれを受ける。

さて、諸葛亮は劉備の東征を諫めたが、劉備は聞く耳を持たない。関羽、張飛と一心同人とする劉備は、皇帝の政《まつりごと》ではなく、義兄弟の契《ちぎ》りを第一義とする前線の勇士に変貌していたのだ。

その激情が、戦略を語らず、戦術を語らせてしまったのであろうか。劉備は、巫城《ふじょう》・秭帰城《しきじょう》を急襲奪取、宜都《ぎと》の孫桓《そんかん》を破り、猇亭《おうてい》に進撃。馬良をして武陵蛮を味方に引き入れさせたが、勢いもそこまで。**黄忠**は「老将は役に立たない」との劉備の言に奮い立ち、敵陣に突っ込み蹴散らすものの、一本の矢が肩に刺さり、それがもとで落命する。享年七十五。しかも呂蒙に代わって大都督となった**陸遜**に逆襲されるのだ。

劉備は、兵站を確保するため五十余の小陣を築き連ねていたが、陸遜の火計によって落とされる。苦境に立たされた劉備を救ったのは趙雲。劉備は辛うじて**白帝城**に逃げ込むのであった。

劉備は、陸遜に敗北した傷心もあって、病に伏した。急報で漢中から駆け付けた諸葛亮に、「劉禅に器量があるなら補佐してほしい。その才がなければ君が成都の主になるがよい」と遺言し、崩《ほう》殂《そ》したのである。

劉備、六十三歳。時に章武三年（223）四月二十四日のこと。**関羽・曹操・劉備、これで三国志の英雄三人が舞台から去った**のであった。

劉備、夢半ばにして白帝城に散る

駆けつけた諸葛亮に後事を託し、劉備は義兄弟・関羽と張飛のもとに旅立っていった

四十

諸葛亮、南蛮の孟獲を服従させ 北伐に際して「出師の表」を上奏

章武三年（223）五月、諸葛亮は十七歳の劉禅を帝位に就け、張飛の長女を皇后に立てた。元号も建興と改める。劉禅は、諸葛亮を相父《しょうほ》と最高の敬意をもって呼ぶほど、頼り切った。

諸葛亮には、喫緊の外交課題があった。孫呉との関係修復であろうと察知したのは文官の**鄧芝《とうし》**（**字は伯苗《はくびょう》**）。よって十一月、鄧芝は孫呉との関係を修復するという大役を担って出立する。

孫権は、夷陵の戦いの前、魏の黄初二年（221）、曹丕から呉王に封建され、臣従の形を取っていた。だが、翌年、曹魏から離反、元号を黄武と改めた。言わずもがな、魏呉には諍《いさか》いが起こって濡須口での三度目の戦いへと暗転したが、朱桓が奮戦し、曹魏軍を討ち破って収束していた。

鄧芝が武昌鄂城《がくじょう》の城門を叩いたのは、そうしたころであった。

「蜀には険要な山川があり、呉には天阻な三江があります。蜀と呉が結べば**唇歯輔車《しんしほしゃ》の仲**となり、天下併呑の利があると心得ます」

孫権は、鄧芝の説く呉蜀協和を了とし、呉の黄武三年（224）夏、中郎将の張温《ちょうおん》（字は恵恕《けいじょ》）を答礼使として送り、一心して曹魏を討つことを約す。

諸葛亮は、まずもって益州の南方を騒がす、南蛮の**孟獲《もうかく》**らを平定しなければならなかった。南方鎮撫は、孫呉との協和と同様に、曹魏討滅のため、擾乱《じょうらん》の芽は摘み取っておく、との戦略に拠る。

蜀の建興三年（225）五月、諸葛亮は自ら蜀漢軍を統率し、南寇を制圧すべく四十万の兵を率いて出陣する。南方は熱帯の病疫が蔓延する土地だったが、蜀漢軍は困難を乗り越えて大いに蛮族を討ち破る。諸葛亮は、孟獲を捕らえては解き放

つこと七度。さしもの孟獲も七度目には心より服従する。これは後世、「**七擒七縦**《しちきんしちじゅう》」として伝わった。

　ところで、諸葛亮の南征には、風体異様な化外《けがい》の民や妖術師が登場し、大いに紙面を愉しませる。白話小説ならではの趣向と言うべきか。

　さて、宿敵の曹魏では、魏の黄初七年（226）五月、曹丕が四十歳で崩じ、嫡子・**曹叡**が十五歳で戴冠、大和と改元していた。

　ともあれ、南方の争乱を鎮めた諸葛亮は、いよいよ漢室復興のため曹魏を討たんと**北伐**を決意する。諸葛亮は曹魏討滅の正統性を広く世に訴えるため、建興五年（227）三月の出陣を前に「**出**《すい》**師**《し》**の表**」を上奏し、公にした。

「問題が発生すれば蜀漢の法に基づき公平に扱い、侍中（皇帝側近官の最高位）の郭攸之《かくゆうし》・費《ひ》禕《い》、侍郎（侍中の次位）の董允《とういん》に助言を求めること、軍事は中部督（司令官・近衛兵を統率）の向《しょう》寵《ちょう》に計らうように」と、劉禅に向けて書き記したのだ。この「出師の表」は、のちに古来の中国において、「忠」の象徴と評される。

諸葛亮の南方征討図
資料:『三国志演技6』伊波律子訳（ちくま文庫）

孟獲

四十二

諸葛亮、泣いて馬謖を斬り五丈原にて諸葛亮、陣没す

建興五年（227）五月、北伐にあたって諸葛亮は三十万余の兵を率い、丞相府を前線の漢中に置いた。漢中から出撃した蜀漢軍は、**関中**を支配する曹魏軍との戦いを開始する。十二月、諸葛亮は、西羌《せいきょう》族の鉄車軍や夏侯楙《かこうぼう》を破るなど勝利していく。諸葛亮はまた、関羽支援を怠ったことで処罰を恐れ、曹魏に寝返った孟達に返り忠を要請。孟達は呼応し、徐晃を討ち取るが、謀反を疑われて閑居の身にあった**司馬懿**を曹叡が呼び戻して対処させると、いとも簡単に殲滅されてしまう。異能の将軍、司馬懿の登場で、順調だった蜀漢軍の進撃に暗雲が立ち込め始めたのだ。

諸葛亮は、司馬懿に策を授けられた張郃を阻止すべく、**街亭での戦い**に北伐の成否を賭けた。諸葛亮本隊が西進し、涼州を陥落させるまで街亭で張郃を食い止めれば曹魏軍を破って事は成り、失敗すれば挟撃される。

ところが、指揮官を自ら買って出た馬謖が、諸葛亮に「街道の守衛に徹せよ。山上に陣を構えてはならぬ！」と訓戒されながらも、大勝を欲して山上に布陣してしまう。山上には水場がない。副将の王平が言を励まして諫《いさ》めても、馬謖は自らの策に固執するばかり。

対手の張郃には、まさに物怪《もっけ》の幸いであった。張郃は、山上に水を汲み上げる道を断ち、混乱する馬謖軍を容赦無く討ち破る。馬謖の策を怪しみ、別働隊を率いた王平の加勢がなければ、馬謖はここで命を絶たれていただろう。

漢中に戻った諸葛亮は、馬謖を斬らざるを得なかった。法に基づいて処刑しなければ、蜀漢は国として立ち行かない。馬謖は、諸葛亮にとって次代を担うと期待した愛弟子だった。だから、「**泣**

泣いて馬謖を斬る

諸葛亮は馬謖を自分の後継者として期待していたが、街亭での命令違反、敗戦の責任は重く、断腸の思いで処罰する

街亭の戦い攻防図

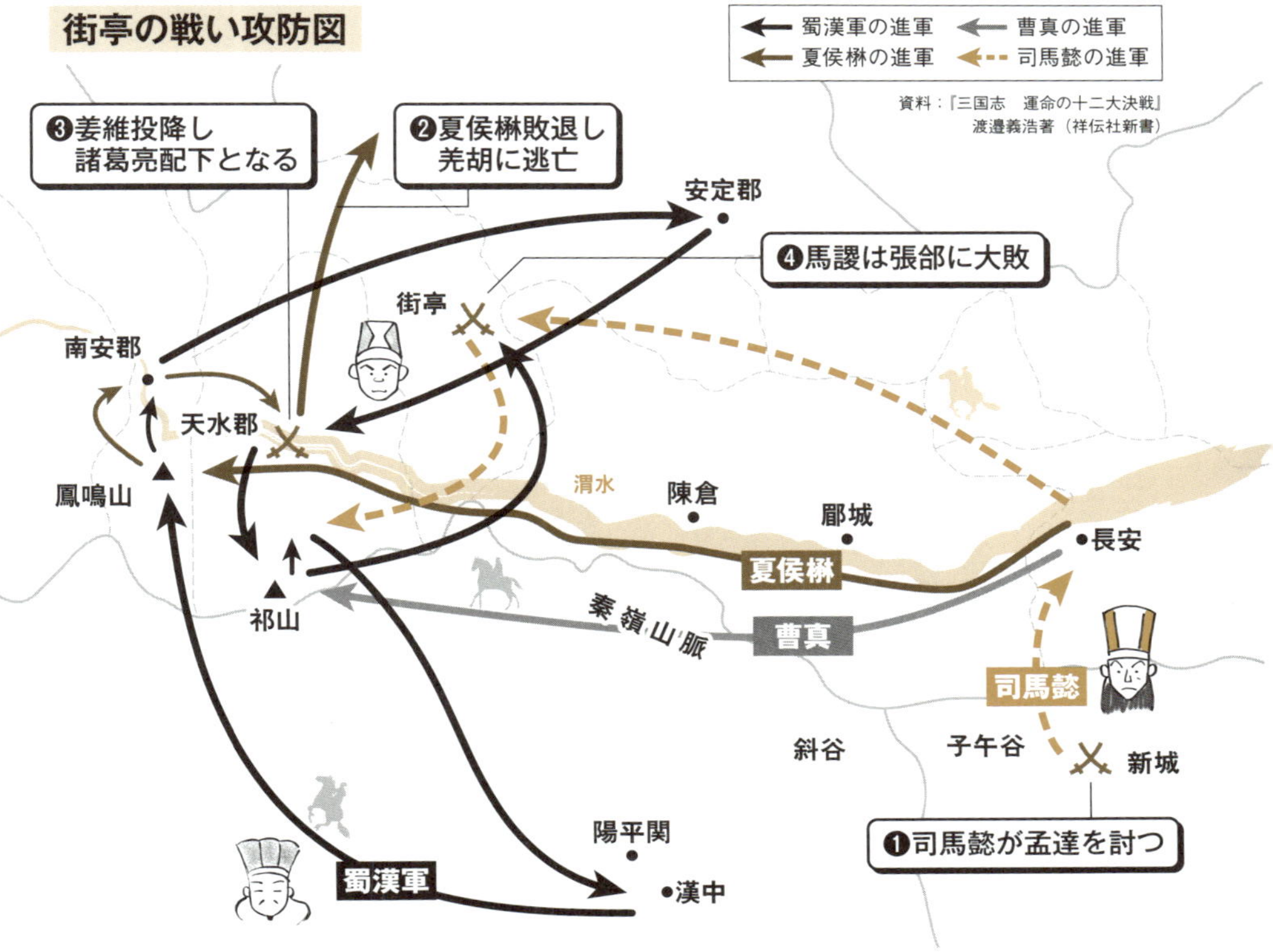

いて馬謖を斬った」のである。
諸葛亮の胸裡に去来したのは、「馬謖は自分の力の及ばぬことを言う。重く用いてはならない」との死を間際にしての劉備の言葉だった。諸葛亮は、亡き先主に不明を詫び、自ら丞相を退き、右《ゆう》将軍に三等降格して罪を贖《あがな》うしかなかった。

だが、蜀漢による中国の大一統を国是とする諸葛亮は、その後も**北伐**を繰り返す。蜀の建興六年（228）第二次北伐、翌年（229）の第三次北伐では曹魏軍を破った功で丞相に返り咲く。建興九年（231）第四次北伐、建興十二年（234）第五次北伐が、諸葛亮の最期となった、病を押しての「**五丈原の戦い**」。

北伐での難問は、軍糧補給にあった。懸崖な山道を進軍せざるを得ない蜀漢軍にとって、狭幅の補給路は大量な物資の運搬を妨げる。俗に「素人《しろうと》は戦略を語り、玄人《くろうと》は兵站《へいたん》を語る」と言う。まことに諸葛亮を悩ましたのは、この兵站であった。そこで考案したのが、長柄《ながえ》を取り付けた小型車の**木牛**《もくぎゅう》と一輪車の**流馬**《りゅうば》。木牛・流馬は役立つも

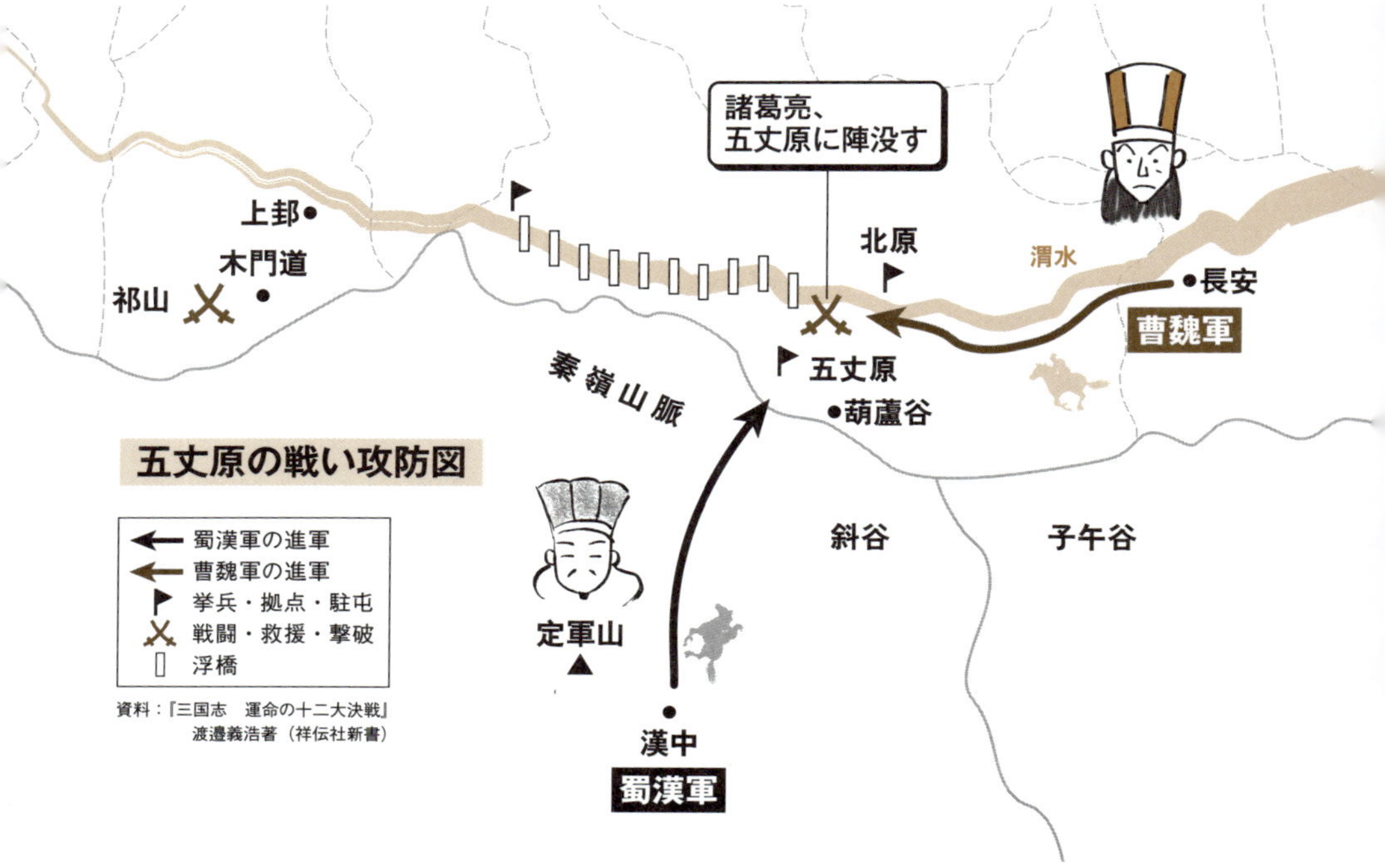

死せる孔明、生ける仲達を走らす

諸葛亮の死は遺言により厳重に秘された。
宿敵・魏の司馬懿も伏兵や秘策を警戒せざるを得ず、
蜀軍の追撃を諦め陣を引いた――

のの、漢中から五丈原まで褒斜道《ほうやどう》を通って五百里（二〇〇キロ）もある。細道を押していく兵卒の困難が窺《うかが》い知れる進軍であった。

兵站では、李厳にも苦しめられた。諸葛亮に常に一籌《いっちゅう》を輸《ゆ》する李厳は、有能な荊州名士だったが、妬心によって不作為を決め込む。諸葛亮は、李厳の罪を問い、官位を褫奪《ちだつ》して宮廷を放逐する。

さて、蜀漢軍は五丈原に進出する。対する司馬懿は渭水の南岸を渡って本陣を築く。諸葛亮には、蜀漢支援の孫呉軍が合肥で曹叡に撃退されたとの報がもたらされていた。司馬懿は、情勢を読んで焦らない。持久戦に持ち込んでいくのだ。

建興十二年（２３４）八月二十三日、病魔に蝕《むしば》まれていた諸葛亮の与えられた刻《とき》が尽き、陣中に没した。五十四年の畢生《ひっせい》であった。

蜀漢軍は、諸葛亮の喪を秘して漢中に引き上げていく。司馬懿は、諸葛亮の残した布陣を精察して、「**天下の奇才なり**」と感嘆。伏兵を警戒して退却すると、古事由来「**死せる孔明**（原文は諸葛）、**生ける仲達を走らす**」を残すのだった。

四十二

天下は統一が長ければ分裂し、分裂が長ければ統一される

『三国志演義』は、後漢末期の混乱の中から群雄が登場して攻防を繰り返し、ついに**曹魏・蜀漢・孫呉**の三国鼎立に向かっていく物語だ。

物語では、主役を務める曹操、劉備、関羽、諸葛亮が、魅力的な力を発散して盛り上げていく。ことに悪の「奸絶」曹操が巨大であればあるほど、善たる蜀漢は反射光を放ち、関羽の「義絶」、諸葛亮の「智絶」が際立つ。「絶」とは、毛宗崗《もうそうこう》が「極み」とした表現である。

その「智絶」たる諸葛亮の死によって物語は輝きを失う。話が続いても、気持ちを投影する人物がいない。では、物語はどんなエンディングを迎えるのか。

孫権はすでに黄武（222）との元号を立てていたが、皇帝に就いたのは黄武八年（229）である。これで曹魏・蜀漢・孫呉に皇帝が存在する三国鼎立時代となったが、長くは続かない。

蜀の炎興元年（263）十二月（史実では十一月）、**劉禅**が曹魏の鄧艾《とうがい》に降伏して蜀漢は滅ぶ。

その曹魏は、魏の咸熙二年（265）十二月、第五代魏帝**曹奐**《そうかん》が司馬懿の孫・**司馬炎**《しばえん》に禅譲を迫られて退位。司馬炎は**晋**（西晋）を建国し、元号を泰始とする。これで魏も消え去る。

呉の天紀四年（280）三月、孫呉の第四代呉帝**孫皓**《そんこう》が、司馬炎に降って呉も消滅する。

物語は、大一統を成し遂げたのが劉備でも曹操でも孫権でもなく、物語の途中から登場する司馬一族だった、という史実をもって終わる。『三国志演義』は、「そもそも天下の大勢は、分裂が長ければ必ず統一され、統一が長ければ必ず分裂する」と書き出し、この言葉によって締め括るのである。

第二部

『三国志』から『三国志演義』へと変貌を遂げる物語

三国時代と現在の中国の地図比較

三国時代の地図

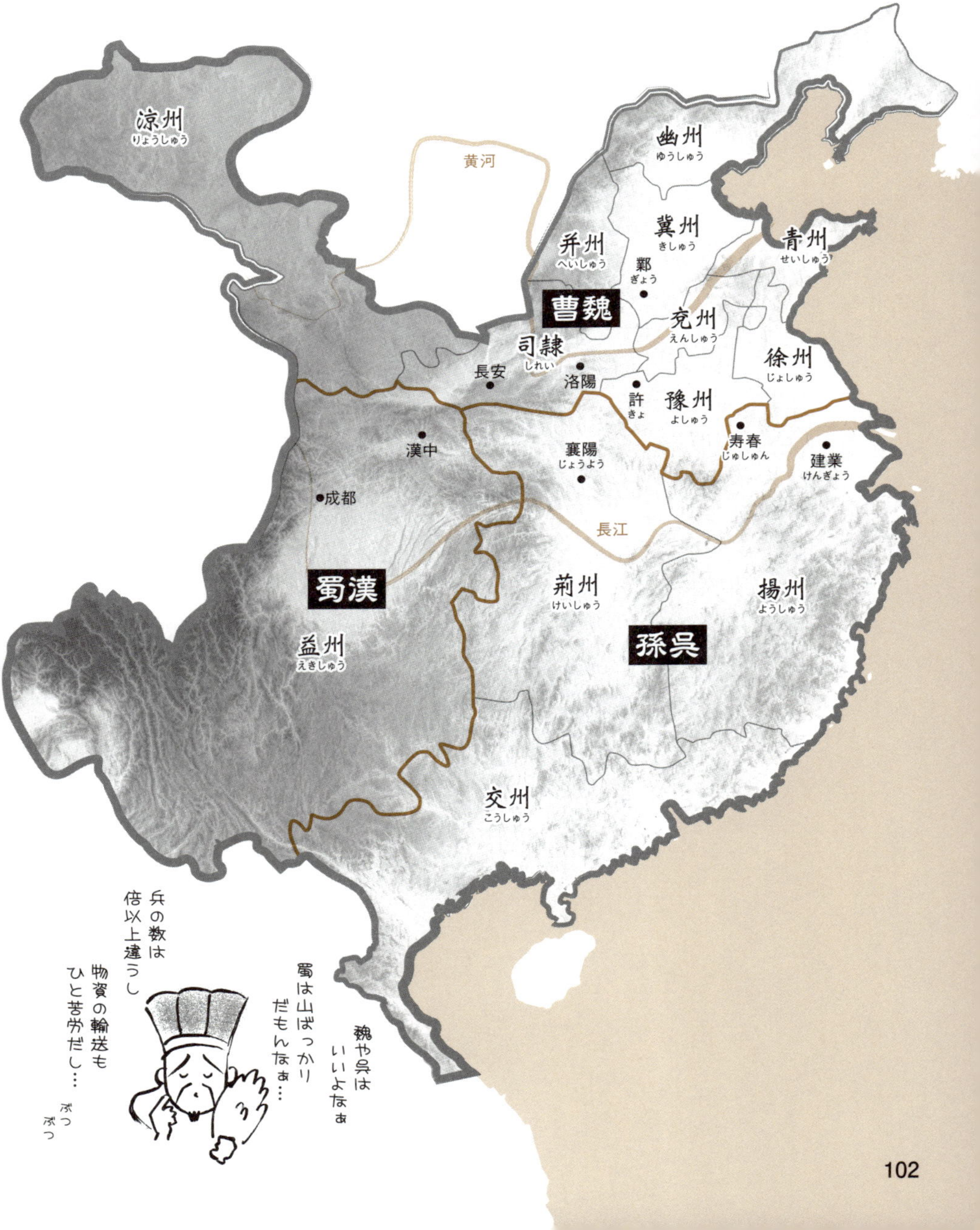

現在の中国地図

黒龍江省
吉林省
内モンゴル自治区
新疆ウイグル自治区
遼寧省
北京
天津
河北省
山西省
寧夏回族自治区
山東省
青海省
甘粛省
河南省
江蘇省
陝西省
上海
安徽省
湖北省
チベット自治区
四川省
浙江省
重慶
江西省
湖南省
福建省
貴州省
雲南省
広西チワン族自治区
広東省
香港
海南省
ややっ？
益州も荊州も
見当たらんぞ？
さては、
これも孔明の策か!?
……

一　魏・蜀・呉の攻防を陳寿が著した『三国志』が始まりだ

「ちんじゅ」と聞いて思い浮かべるのはなんでしょうか？

「鎮守の森」を想像する方は年配の日本人？

「陳寿」を思い浮かべる方は「三国志」大好き人間!?

この本での「ちんじゅ」は、もちろん『**三国志**』を著した「**陳寿**」。後漢の末、覇を争って鼎立《ていりつ》した魏（曹魏）・蜀（蜀漢）・呉（孫呉）の三国が滅びた後、その正史を書いたのが晋（西晋）に仕えた陳寿（233〜297　字《あざな》は承祚《しょうそ》）というわけ。

ですが、陳寿の著作を「正史」と認定したのは、四百年後の唐の第二代皇帝太宗（李世民《りせいみん》　在位626〜649）。ただし、「正史」だからといって正しい歴史と思っちゃいけない。正史とは、時の朝廷が認可して採用した、もしくは朝廷が自ら編纂《へんさん》した歴史書のことを言います。つまり、国家が「正統と認めた歴史書」であって、この正統の「正」と歴史の「史」を合わせたものが「正史」。まぁ、公認した国家にとって都合がいい歴史書なんでしょう。

さて、陳寿はもともと蜀の臣だった。陳寿が三十一歳のとき、蜀（221〜263）が魏に攻められて降伏する。その魏（220〜265）も司馬炎《しばえん》（236〜290）に乗っ取られ、西晋（265〜316）王朝が建てられる。陳寿はその西晋に就職（268年頃）し、以来、歴史的な文献の整理や編集にたずさわっていた。『三国志』は、そうした仕事に従事しつつ、四十八歳ごろから執筆を開始したという。

といっても、『三国志』は歴史家だった陳寿が私的に著述したもの。それが後世、白話小説となった『三国志演義』の始まりとなったわけですね。

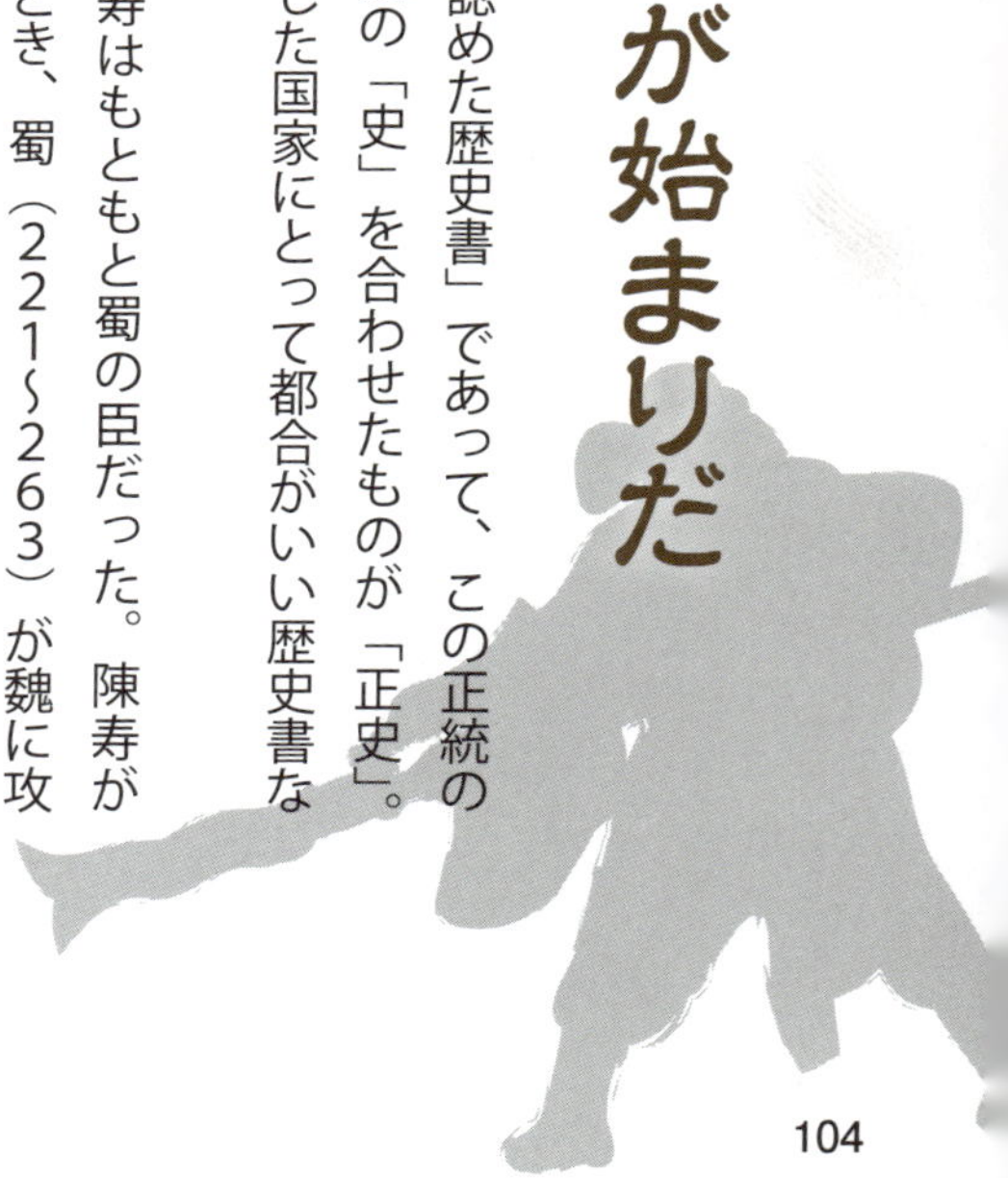

寸話休題

白話小説

　宋（960〜1279）、元（1279〜1368）以後、都市部の歓楽街などで娯楽として説話（伝承話）が流行し、その一つに歴史物語「講史」があった。やがて説話をベースに口語で語った白話小説が成立すると、歴史をテーマにした物語が「演義」と称された。本来、演義とは、「物事を筋道立ててわかりやすく説明する」という意である。すでに西晋ごろには使用されていた語らしい。ところが、しだいに筋を面白く、またおかしみを加えるために創作性が強まった。『三国志演義』は、元末明初の羅貫中《らかんちゅう》（生没年不明）が、それまで語り継がれてきた多種多様な三国志物語を収集し、整理・集大成して、創作性に満ちた一大長編小説として完成させたとされる。

中国の代表的な白話小説

●三国志演義　羅貫中《らかんちゅう》著・毛宗崗《もうそうこう》改訂
中国の明代初期に、後漢末の魏・蜀・呉の三国時代を舞台として創作された長編歴史時代小説。「中国四大奇書」

●西遊記《さいゆうき》　呉承恩《ごしょうおん》著
明代後期に創作された長編伝奇小説。「中国四大奇書」

●水滸伝《すいこでん》　施耐庵《したいあん》著
15世紀の明代中期にそれまでの講談などをまとめた長編伝奇小説。「中国四大奇書」

●金瓶梅《きんぺいばい》　笑笑生《しょうしょうせい》著
明代末期の長編官能小説。「中国四大奇書」

●紅楼夢《こうろうむ》　曹雪芹《そうせっきん》著
清朝中期の三角関係を軸にした長編ロマン小説。

●三言二拍《さんげんにはく》　馮夢竜《ふぼうりゅう》編集
明代末期の中国近世の庶民生活を描いた5種類の通俗短編小説集の総称。説話200編。

●今古奇観《きんこきかん》　抱甕《ほうよう》老人編集
明代末期の通俗短編小説集。『三言二拍』から40編選定。

※「奇書」とは、「世の中で稀なほど優れた書物」ということだが、実は清朝前期の書店が販売促進用に付けた宣伝惹句である。

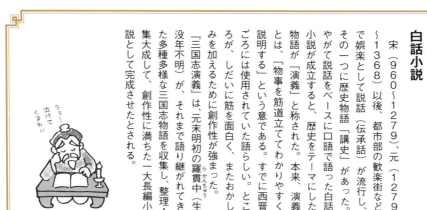

二

中国では、「革命」によって新たな王朝に禅譲されるのが約束事

『三国志』は「**紀伝体**《きでんたい》」で書かれました。帝《みかど》の記録「**本紀**《ほんぎ》」（略して紀《き》）、それ以外の人物の記録「**列伝**」（略して伝）」で構成される歴史書です。

陳寿は『三国志』を書くに際してあれこれ惨憺《さんたん》したらしい。魏の曹操《そうそう》（155～220）没後、息子の曹丕《そうひ》（187～226）が皇帝を名乗り、であればと蜀の劉備《りゅうび》（161～223）、次いで呉の孫権《そんけん》（182～252）も皇帝を名乗った。

でも、三国に帝（皇帝）がいるというのは古来の中国ではあってはならないこと。天が命じた天子に地上を治めさせるので、天子は一人でなければならなかった。しかし、その天子が徳を失えば、徳のある天子に禅譲《ぜんじょう》することになります。

だから陳寿は、後漢の献帝《けんてい》（181～234）から禅譲（実際は簒奪《さんだつ》）されたとする魏を正統とすることによって、魏から禅譲（これも簒奪）されたとする西晋を正統とせざるを得ない。

ほんとうは後漢の正統を継いでいるのは、漢王室の末裔《まつえい》とされる劉備が興した蜀と思っていても、陳寿はそうは書けない。故国蜀の滅亡で晋に職を求め、史官として三国の歴史を書くために仕えている身としては、晋朝廷から覚えめでたくあらねばならない、きっとそう悩んだ。

結局、陳寿は「魏書」に「本紀」を置かざるを得ず、「武帝紀（曹操）」、「文帝紀（曹丕）」から最後の皇帝「元帝紀（曹奐《そうかん》）」まで著しました。

じゃあ、劉備や孫権をどう扱ったか？

「蜀書」に「先主伝」を立て、劉備を〝先主〟と呼ぶ一方、「呉書」の「呉主伝」では孫権は一貫して〝権〟。「列伝」では当該人物名を生前名の諱《いみな》で呼ぶのが原則なのに、劉備に関してはその慣例を無視。まさに陳寿は蜀びいきなんですね。

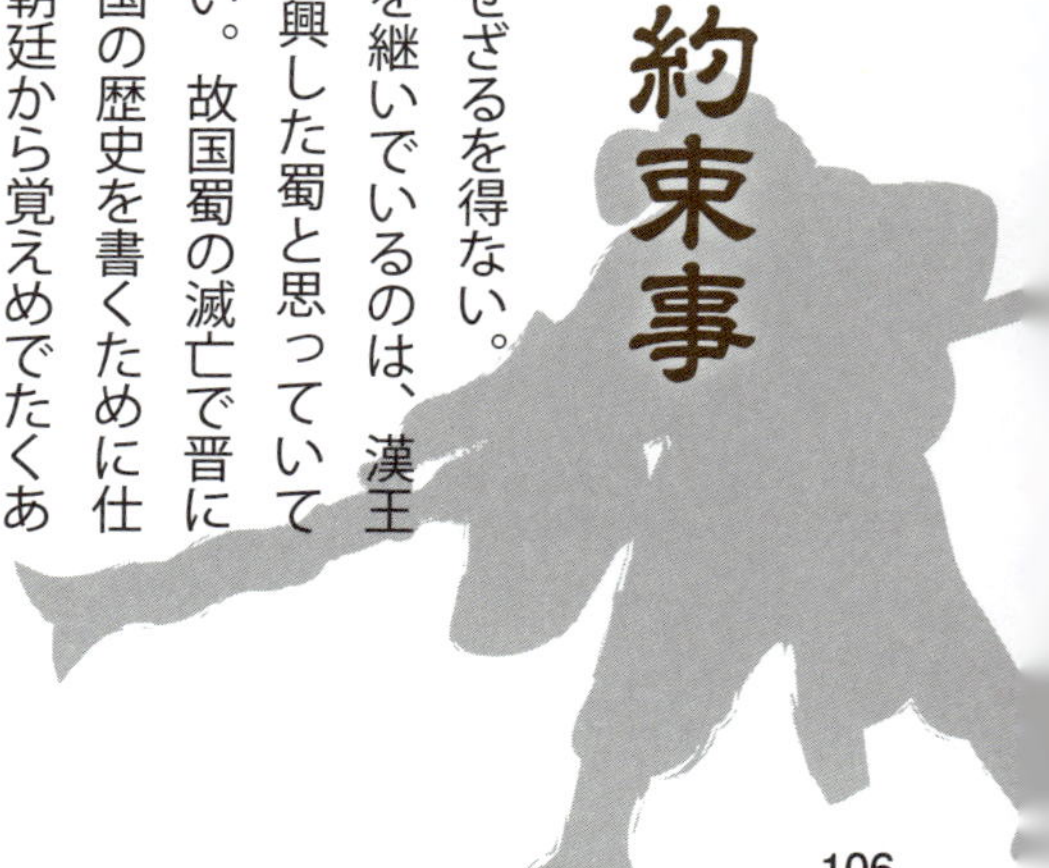

中国歴史年表

夏から南北朝まで

王朝	期間	区分	年代
夏			紀元前2205〜1766年
殷(商)			前1766〜1122年
周	前1122〜256年	西周	前1122〜771年
		東周	前770〜256年
		春秋	前770〜476年
		戦国	前476〜221年
秦			前221〜206年
漢	前206〜紀元220年	前漢	前206〜紀元8年
		新	8〜23年
		後漢	25〜220年
三国			220〜265年
晋	265〜420年	西晋	265〜317年
		十六国	304〜439年
		東晋	317〜420年
南北朝	420〜589年	北魏	386〜535年
		東魏	534〜549年
		西魏	535〜557年
		北斉	549〜577年
		北周	557〜581年

寸話休題

革命

古来の中国の思想では、天によって天下を治めるように命じられた王（天子）は一人のみである。その天子が徳を失うと禅譲で新たな天子が天下を治める。神話では禅譲により、堯《ぎょう》→舜《しゅん》→禹《う》へと政権が移行するが、禹（夏《か》）から世襲となり（この王朝までは神話）、次の殷《いん》（商）王朝、周《しゅう》王朝へと禅譲が続く。ただし、中国で初の正史となった司馬遷《しばせん》（前145／135?〜前87／86?）が紀伝体で著した『史記』では、夏の最後の桀《けつ》王は暴政により殷に、殷の最後の紂《ちゅう》王も暴政で周に放伐《ほうばつ》されたとする。

やがて周も衰え、春秋戦国時代となるが、戦国期の孟子《もうし》（前372?〜前289）は「易姓革命」思想によって、禅譲を理論づけた。天命が革《あらた》まると、天子の姓（氏族）が易《かわ》り（易姓）、禅譲によって有徳の新たな天子が天下を治める、という思想世界だ。三国時代もその思想をもって、禅譲で新王朝が誕生したことで「正統」を勝ち得るのである。

太陽は一つ。
皇帝も一人でないとね
皇帝は私だ！

三 蜀びいきの陳寿は『三国志』の中で蜀正統を匂わす

陳寿の心奥に住む「**蜀漢正統論**」は、文中に巧みに配されています。

たとえば、楊戯《ようぎ》（?〜261）が蜀の家臣団を称揚した『季漢輔臣賛《きかんほしんさん》』を、「蜀書」の最後に転載しているんです。「季漢」とは前漢・後漢の末の漢の意味。陳寿の真意は言わずもがな、でしょう。これ以外にも陳寿は、蜀を正統、もしくは特別と匂わすように仕掛けています。

魏の文帝（曹丕）の死去を、皇帝の死を表す伝統的な「崩《ほう》」の文字を用いるのは当然としても、劉備の死には貴人の死を示す「殂《そ》」、孫権には高官なみの「薨《こう》」で死を記している。劉備を「先主」、次帝の劉禅を「後主」としていることといい、陳寿は蜀を特別扱いにしているんですね。

にもかかわらず、西晋時代の制約の中で魏・晋を正統とせざるを得なかった陳寿の本心を省《かえり》みることなく、後世の人たちは彼を貶《おとし》めるんです。

その最たるものは、「諸葛亮《しょかつりょう》伝」の最後に、「（魏を討たんと北伐を繰り返しながら達成できなかったのは）諸葛亮は臨機応変の軍事能力に欠けていたからではないか」と評したことへの批判・反駁《はんばく》でしょう。諸葛亮（181〜234）が、「街亭《がいてい》の戦い」で張郃《ちょうこう》（?〜231）率いる魏軍に敗れた馬謖《ばしょく》（190〜228）に責任を取らせて処刑したとき、幕僚であった陳寿の父も連座して頭を剃る刑に処したことへの恨みから書いたのだ、と批判をしているんですね。「諸葛亮伝」を偏見なく読めば、陳寿が諸葛亮を畏敬の念をもって書いていることがわかるし、ましてその「忠」をことさら強調していることが理解できるはずなのに。

ただし、のちの世では、陳寿の本心に沿うように「蜀漢」正統論が世に膾炙《かいしゃ》していくんです。

陳寿と『三国志』

陳寿

263年、魏の鍾会《しょうかい》（225〜264）が蜀の姜維《きょうい》（202〜264）と戦闘中、鄧艾《とうがい》（197〜264）が別働隊を率いて蜀を降伏させた。蜀の臣下だった陳寿は、しばらく不遇をかこっていたが、やがて魏を簒奪した西晋に任官した元同僚の羅憲《らけん》（218〜270）に推挙されて西晋に仕えた。

『諸葛亮集』

陳寿は、西晋の史官として益州の地方史や『古国史』ほか、諸葛亮の著述を整理し『諸葛亮集』を編集した。陳寿は西晋の武帝（司馬炎）やその寵臣だった張華《ちょうか》（232〜300）らに高く評価され、歴史家としての能力を認められた。

『三国志』

陳寿は武帝に才能を買われていたため、私製ではあったが『魏書』『蜀書』『呉書』を著すことができた。三部の書が『三国志』と総題が付けられたのは陳寿の死後とされる。また、当時はすでに製紙技術があったとされるので、『三国志』も紙に書かれたようだ。

魏・蜀・呉の巻数

『三国志』は、『魏書』30巻、『蜀書』15巻、『呉書』20巻で、合計65巻。「本紀」（皇帝伝）が立てられたのは『魏書』で、『蜀書』『呉書』は「列伝」（人物伝）のみだ。

『魏書』の巻数が多いのは、この時代に活躍した、三国に属さない董卓《とうたく》（?〜１９２）、呂布《りょふ》（?〜１９８）、袁紹《えんしょう》（１５４〜２０２）、袁術《えんじゅつ》（１５５〜１９９）などの人物を「列伝」として多く取り上げているからである。

『魏書』30巻の内訳は、「本紀」４巻で曹操（武帝）、曹丕（文帝）など６人、「列伝」25巻１７３人、「夷狄伝」１巻９地域。卑弥呼が登場する「魏志倭人伝」は、最終30巻目『烏丸鮮卑東夷伝』の最後に「倭」の条として著されている。

『蜀書』の「列伝」では、劉備、諸葛亮、関羽《かんう》（?〜２２０）、張飛《ちょうひ》（?〜２２１）、趙雲《ちょううん》（?〜２２９）など94人、『呉書』は孫権、周瑜、魯粛など１００人となっている。

四

曹操奸雄説や蜀正統論は東晋時代から高まった

陳寿の『三国志』は、やがて大きな変転を見せるようになるんです。蜀への微妙なニュアンスを込めた陳寿の『三国志』はとても簡潔に著されていた。そこで陳寿が没してから百三十二年後（４２９年）、南北朝時代の南宋（４２０〜４７９）の文帝が**裴松之**《はいしょうし》（３７２〜４５１）に命じて大幅な「注」を付けさせたんですね。これが膨大な文字量で、裴松之の「注」は『**三国志注**』として世に伝わります。

裴松之は、『三国志』を嘉史《かし》として陳寿を尊敬したのですが、読み解いて不足部分を補い、誤りを訂正し、陳寿が捨てた材料も引き写して出所までも記述した。注釈に用いた書物は二百五十部もあって、怪しいのもあえて取り込んだりしているんですが、特徴としては陳寿の書いた言葉の解釈ではなく、事柄の解釈ということでしょう。

ところで、それまでにも『三国志』に関する書物はいろいろ生まれ、さまざまなバリエーションがつくられているんです。それも曹操が奸雄に貶められ、劉備の蜀が正統とされていく展開です。たとえば、東晋の孫盛《そんせい》（３０２〜３７３）が著した『雑記』、東晋の習鑿歯《しゅうさくし》（生没年不明）が著した『漢晋春秋』などがそう。『漢晋春秋《かんしんしゅんじゅう》』なんて魏も呉も無視して、蜀から西晋に王朝が代わるというストーリーになっている。ほかにも南北朝宋の劉義慶《りゅうぎけい》（４０３〜４４４）が編纂した小説的な『世説新語《せせつしんご》』もあります。

こうしてみると、曹操奸雄説、蜀正統論は東晋時代から台頭してきたようです。陳寿の隠された蜀正統との思いは、『雑記』や『漢晋春秋』などの書物によって、しだいに庶民の感情に根付いていったんでしょうか。

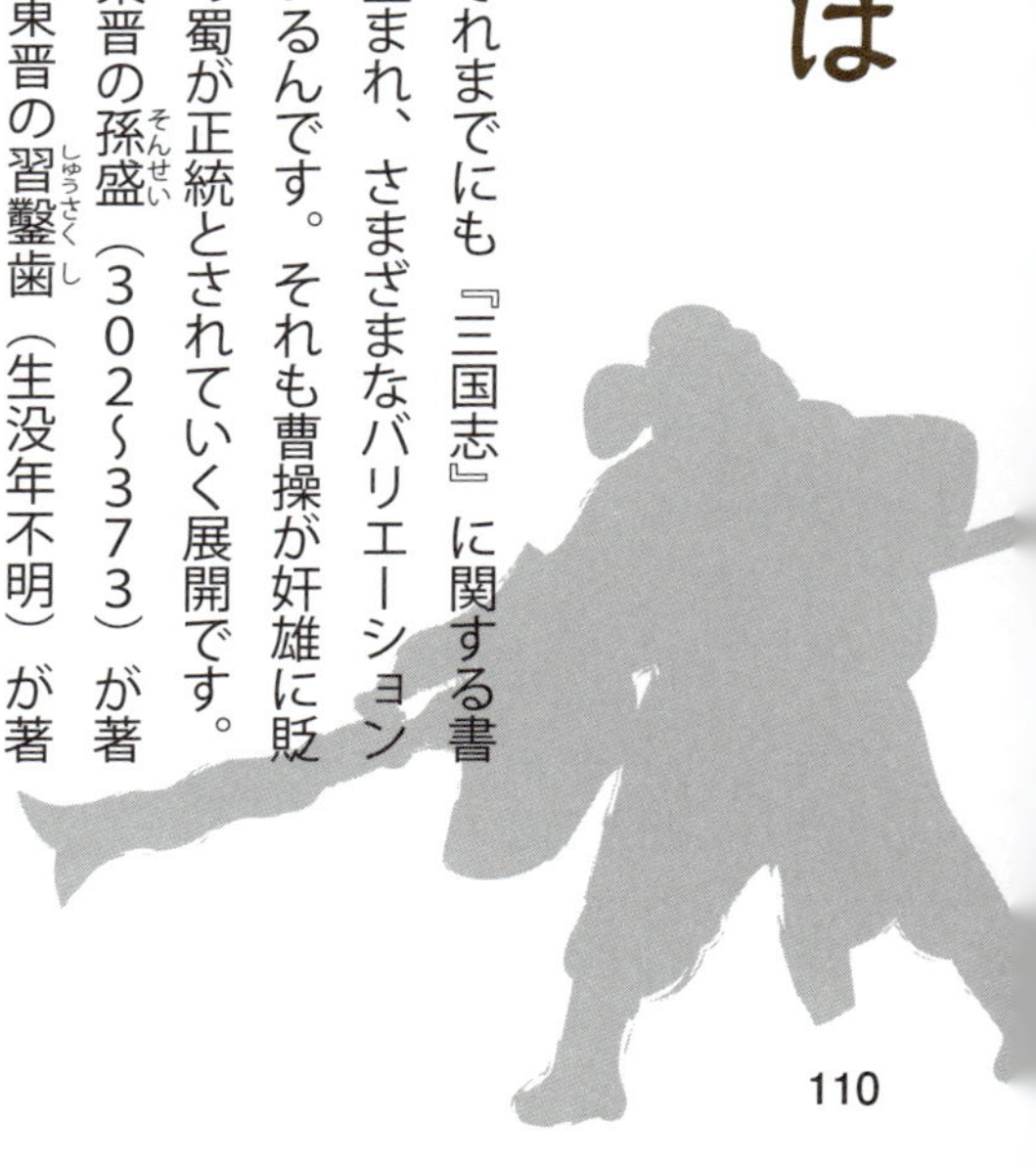

裴松之の「注」参考 BEST10

陳寿の『三国志』は、余計なものを省いた、至極簡略化された文章だった。略することで脱漏しているものもあったため、裴松之が陳寿の捨てた素材や見逃した資料を収集し、埋めたのである。

裴松之は、おそらく手に入る素材はすべて載せるという方針だったのだろう。だから、史実としてはいわば玉石混交で、中には明らかに間違いや、時系列などの食い違いのあるものもあった。ただし、出所をことごとく記載したことで、後世の研究家に大きく寄与したのである。

（裴松之が「注」に利用した史料は200種以上）

順位	人物	史料
1	魚豢《ぎょかん》	『魏略』179条・『典略』49条
2	王沈《おうしん》	『魏書』188条
3	虞溥《ぐふ》	『江表伝』122条
④	韋昭《いしょう》	『呉書』115条
⑤	郭頒《かくはん》	『世語』84条
⑥	張勃《ちょうぼつ》	『呉録』79条
⑦	習鑿歯《しゅうさくし》	『漢晋春秋』69条
⑧	？	著撰者不詳『英雄記』69条
⑨	孫盛《そんせい》	『魏氏春秋』53条
⑩	傅玄《ふげん》	『傅子』53条

寸話休題

『三国志』と『三国志注』文字数比較

陳寿の『三国志』と、裴松之の『三国志注』の文字数を比較してみると、次のようになる。

陳寿『三国志』

文字数 36万7000字

『魏書』	『蜀書』	『呉書』
20万7000字	5万7000字	10万3000字
(56%)	(16%)	(28%)

裴松之『三国志注』

文字数 32万2000字

『魏書』	『蜀書』	『呉書』
21万5000字	4万2000字	6万5000字
(67%)	(13%)	(20%)

※参考：高島俊男著『三国志きらめく群像』

こうしてみると『魏書』の文字数が若干増え、『蜀書』『呉書』が減っている。ちなみに、裴松之の「注」は、20世紀の後半に楊翼驤《ようよくじょう》が論文で54万字ほどと発表していたが、その後に王廷洽《おうていこう》、呉金華《ごきんか》という研究者が字数を当たったところ、合計で32万2000字だったという。

五

講釈師語りの「三国物語」が庶民に大いに受ける

中国統一王朝だった西晋が滅んだ（３１６）あと（東晋は江南の王朝）、二百六十五年ぶりに中国を統一した隋（５８１〜６１８）や唐（６１８〜９０７）の時代でも蜀正統論は引き続き支持された。ただし、一過性なんですが、魏正統論もあった。北宋（９６０〜１１２７）の**司馬光**《しばこう》（１０１９〜１０８６）が著した編年体通史の『**資治通鑑**《しじつがん》』は魏正統論ですね。

次に南宋（１１２７〜１２７９）に時代が移ると、「朱子学」として儒教を再構築した**朱熹**《しゅき》（１１３０〜１２００）が、自著『**資治通鑑綱目**《しじつがんこうもく》』の中で漢を受け継いだのは蜀とし、世間を納得させるようになります。

北宋の魏正統論、南宋の蜀正統論。なぜそんな正反対の解釈が起こったのか？

北宋の王朝の建国の形が魏のやり方と似ているとして司馬光は魏の正統を認めた。一方、南宋の蜀正統は金（女真《じょしん》族）に追われて江南に再建した王朝の形が蜀に似ているとした。そんな議論があったというんですが、相当にこじつけ。

ともあれ、史実は片隅に追いやられ、いよいよ『三国志演義』が誕生する時代の風が強まってきた。その推進力のエネルギーとなったのは、北宋時代に「説三分」と呼ばれた『三国志』を語り物とする講釈師の弁口だった。

講釈師の語りと庶民の反応を、北宋の大詩人、蘇軾《そしょく》（蘇東坡《そとうば》１０３７〜１１０１）が随筆『東坡志林』の中で、……子どもがグズると親は講釈を聞きに行かせる。劉備が負けたと講釈師が語ると子どもは泣き出し、曹操が負けたと語ると歓声を上げる……そんな見聞を書いた。庶民には善玉・劉備、悪玉・曹操が定着していたんですね。

王朝の正閏《せいじゅん》論

中国では歴代の王朝についての正閏《せいじゅん》（正統と非正統）巡る主張が、始皇帝の秦は正統にあらずとして漢代から始まった。宋代には一大議論が展開され、北宋では周→秦→漢→曹魏→晋→隋→唐→宋を正統としたが、南宋では周→秦→漢→蜀漢→晋→隋→唐→宋を正統ととらえ、その間の南北朝・五代十国を正統のない時代とすることで定まった。

北宋の魏正統論

司馬光は、魏は天下を統一していないことから完全な正統とは認めなかったが、『資治通鑑』においては一歩進んで曹魏を実質的な正統とした。

南宋の蜀正統論

南宋では華北を奪った金（女真族）を魏になぞらえ、蜀を南宋になぞらえた。朱熹（朱子）は中原《ちゅうげん》の奪還を願い、『資治通鑑綱目』において蜀漢を正統とし、正閏論を決着させた。

←曹魏←漢←秦←周

宋←唐←隋←晋←

←蜀漢←漢←秦←周

宋←唐←隋←晋←

六

語り物や『三国志平話』を下地に『三国志演義』へと発展

講釈師の語り芸もあって、庶民は劉備や蜀に思いを寄せる判官びいきにもなったのでしょう。その庶民感情を書物として刊行したのが、語り物をミキサーにかけてごちゃ混ぜにしたような『**(全《ぜん》相《そう》)三国志平話**』。十四世紀初期の元(1279～1368/明に追われて中国から北走した元は、北元として存続)時代に編まれた絵入り。「全相」とは全ページ絵が入っているとの意味です。

ただし、この本は年号から人名・地名までいい加減で荒唐無稽《こうとうむけい》。むかしのわが国のチャンバラ時代劇みたいなものだったんでしょうね。しかも、光を当てたのは劉備でも関羽でもなく、張飛。その活躍はカラッとした暴力に輝き、単細胞で直情径行、破天荒で超人的。だから、庶民は喝采し、大人気となった。諸葛亮もいわば神仙《しんせん》、超能力者として描かれている。つまり、スーパーな主人公は、権力に搾取され続ける庶民の腹立ちをカタルシスする存在として暴れまわったんですね。

そして、『三国志』誕生から一千年を経て、時代の中で培《つちか》われてきた語り物や『三国志平話』を藍本《らんぽん》に世に生まれ出たのが『**三国志演義**』だった。同書には『三国志平話』で創作された逸話の多くが取り入れられたが、あまりにデタラメな話は除かれた。著作者とみられる人物は、生没年不明で、足跡も定かではない**羅貫中**《らかんちゅう》。まさにその著作にふさわしく正体の定かではない人物。

『三国志演義』の「演義」とは、先にも触れたように物事を筋道立ててわかりやすく説明することを意味したが、それでは飽き足らなくて筋を面白くするために変えたり、受けを狙って創作性を強めたもの。『三国志演義』は、その要件をしっかりと満たしていたんですね。

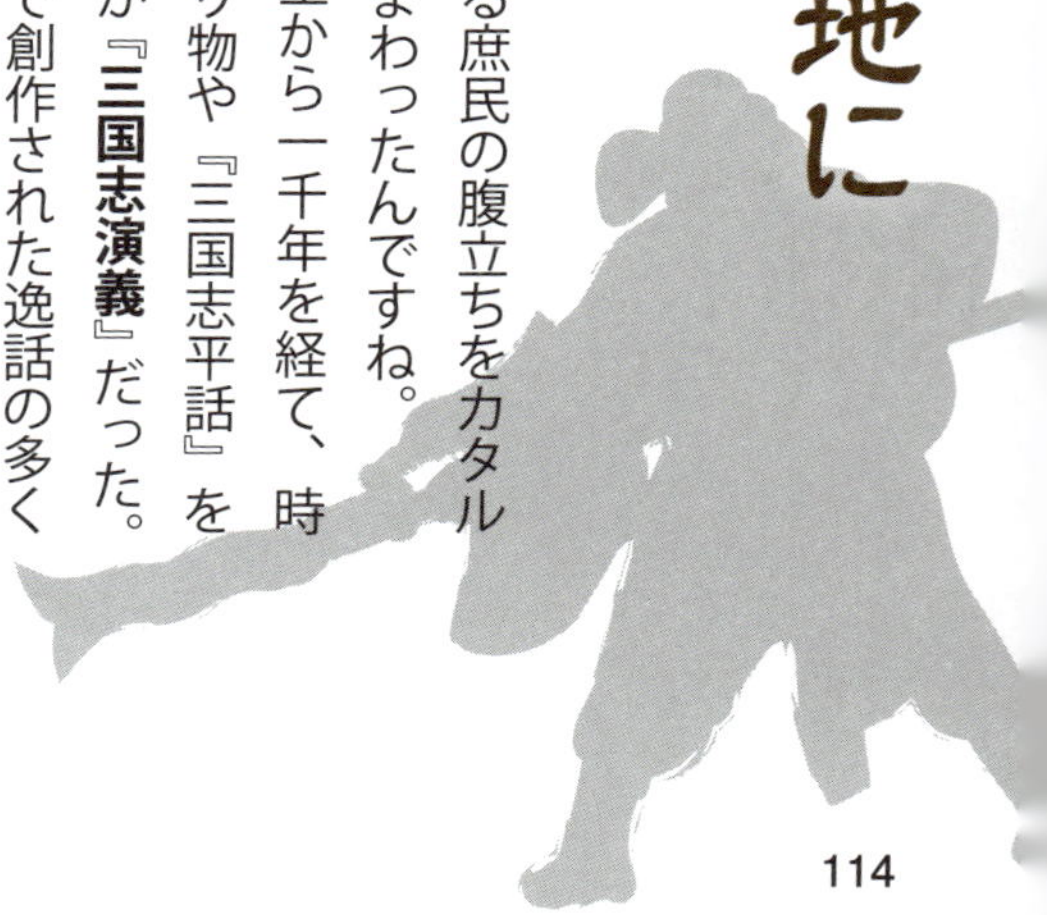

冥界裁判
冒頭と結末を彩る。

史実の無視
出来事の時系列を勝手に変更。

作りが粗雑
人名・地名に当て字や誤字多数。

幻術や超人の登場
張飛や諸葛亮のキャラクター。

呉を無視
孫堅・孫策を登場させない。

劉淵が漢室復興
晋の三国統一後に、匈奴出身で蜀の劉禅後継を称した劉淵が晋を滅ぼし漢を再興したとする。（史実では五胡十六国時代に劉淵が漢として建国。のちに趙（前趙）に改める。）

『三国志平話』のプロット

左図のような特徴を持つ『三国志平話』だが、展開の粗雑さや史実を超越した物語のために文学的価値は低いとされる。だが、庶民にとってはこの上のない娯楽であった。

寸話休題

荒唐無稽『三国志平話』の面白さ

　元代になると『三国志平話』が誕生する。講談（説三分）の種本を書物にしたものだが、わかりやすくするために漫画のような挿絵を加えたもので、超人的な張飛の大活躍、諸葛亮の超能力者ぶりは庶民に大いに受けた。

　諸葛亮に関して、監修者・渡邉義浩先生の著書『図解雑学　三国志』を引用させていただこう。

「孔明は、もともと神仙である。神でも計りきれない孔明の能力は、風をおこし雨をふらせ、豆をまけば豆が兵隊になり、剣をふるえばそこが川になるほどであった」

　なるほど超能力者である。わが国で言えば、飛び加藤か果心居士のような幻術使いといったところか。加えて治せぬ病はない神医である。しかも、諸葛亮は神の使者として仇敵・司馬懿《しばい》（仲達《ちゅうたつ》179～251）に魏・蜀・呉の三国は滅亡し、取って代わって中国を統一するのは司馬氏であることを託宣する。諸葛亮は預言者でもあったのだ。

　こんな神仙として描かれた諸葛亮は、無力で搾取されるばかりの庶民の鬱憤《うっぷん》を晴らす存在として喝采を浴びたのである。そして、こうした諸葛孔明像こそが『三国志演義』の原型となった。

七

弘治本から嘉靖本へと進化し 木版印刷で出版が多様となる

羅貫中は元末・明初の戯曲・小説家でしたが、経歴不明の人物。わずかに太原（現在の山西省太原）出身であること、湖海散人《こかいさんじん》と号したことがわかっている程度なんですね。ですが、羅貫中の『三国志演義』は、のちに続く「演義本」のおおもととなります。同書にはなお成長を続ける不思議な魅力があった。

中国での木版印刷は六〜九世紀、活版印刷も十一世紀にすでに発明されていたんですが、羅貫中の『演義』は印刷ではなく、写本・手書き本としてしだいに広まっていく。やがて弘治《こうち》七年（1494）に抄本「弘治本」、それをもとに嘉靖《かせい》元年（1522）、「嘉靖本」が生まれる。同書は木版印刷で、**『三国志通俗演義』**と題されました。

なぜ「通俗」となったかですが、史書は読みにくいし、『三国志平話』などの「評話」（史談の筆録）は無茶苦茶なストーリーだった。それじゃあダメだから、『三国志』や『三国志演義』に依拠し、なおかつ平易な読み物（通俗）として普及させようとの狙いがあったからです。

普及にこだわったのは、孔子（前551〜前479）が王法を示した『春秋』（春秋時代の歴史書で、五経の一つ）の「義」を、『通俗演義』をもって世に広めようとしたためで、要するに朱熹（朱子）の『資治通鑑綱目』に示された「毀誉褒貶《きよほうへん》」を明らかにし、勧善懲悪をおこなう」ための規範を広めようとの強い思い入れからなんです。「義」に反する敵役は「曹操」。気の毒です。

明時代には識字率もアップ、儒教も浸透しつつある。そこで、印刷本『通俗演義』で、「義」の大切さを称揚した。すると、この本を端緒に種々の「演義本」が出版されるようになるんですね。

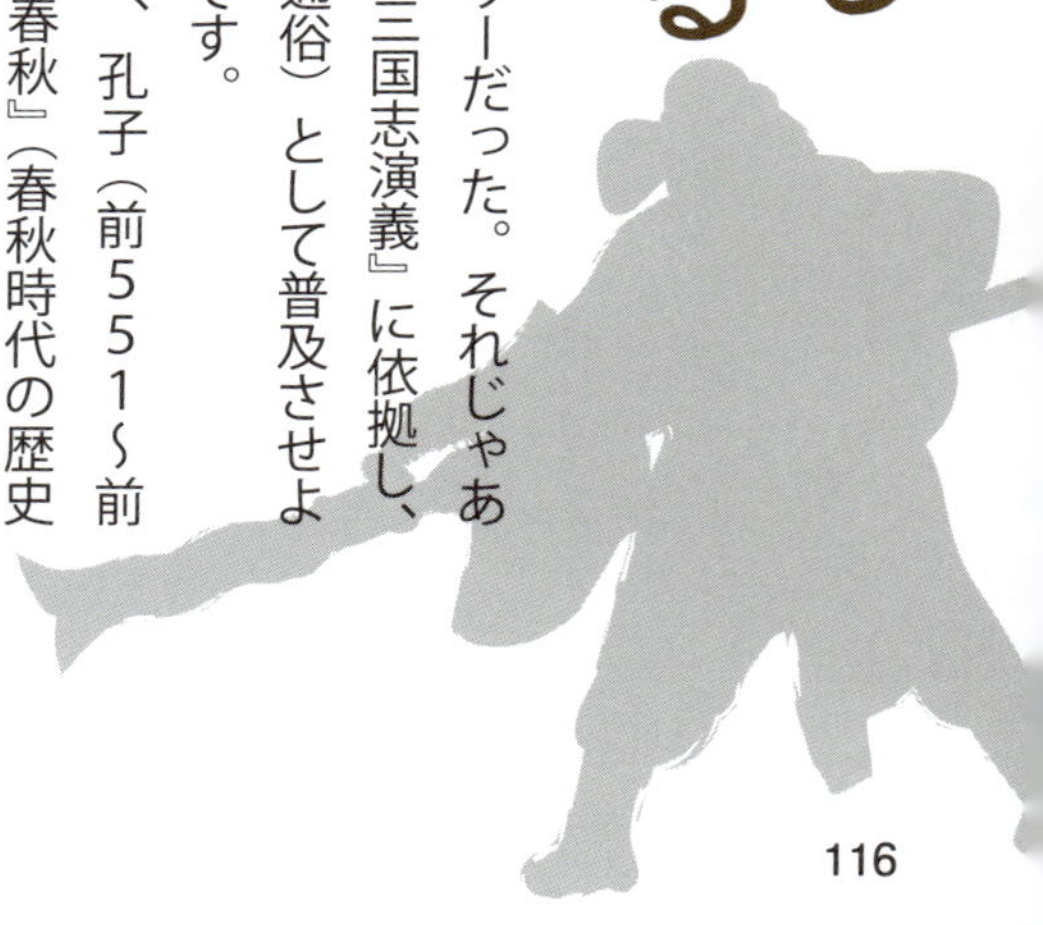

『三国志演義』の成立

『三国志』

陳寿の著した三国の攻防は、史実に基づき魏を正統とする高尚な歴史書。そのために蜀びいきの庶民の人気を得られない。

▶

『三国志演義』

羅貫中は、史実と虚構を織り交ぜて「蜀正統論」を打ち出しながら、「滅びの美学」としての蜀を格調高く謳《うた》いあげることで庶民の人気を博す。

◀

『三国志平話』

蜀を正統とするために庶民の人気は高いが、あまりにも現実から飛躍し過ぎる内容が多く、小説としての完成度が低い。

寸話休題

『三国志演義』

14世紀初頭にまとめられた『三国志演義』は完成度の高い文学作品と評価されている。

中国では儒教的価値観により、高尚な儒教や歴史学に比べて、「小説」とは低俗かつ取るに足らない読み物と位置づけ、「大説」と呼ばなかった。

羅貫中はそうした明朝の風潮に心を配り、儒教的歴史観を底辺に置いて非現実的な箇所を削り、史実に近づけるべく苦心を重ねた。それまでの三国の戦いは講談や語り物、「平話」として庶民に愛されてきた荒唐無稽な説話であったが、歴史とかけ離れている部分は削除し、小説のレベルの底上げを狙った。だから、『三国志演義』は、清の章学誠《しょうがくせい》によって「七分の実事に三分の虚構」と言われるほど、史実中心の小説として成立したのである。

その「三分の虚構」部分は、朱熹の『資治通鑑綱目』で定められた「蜀正統」のために費やされた。ただし、劉備、関羽、張飛、諸葛亮らが大いに活躍するにしても、正義である蜀は魏に滅ぼされる。つまり、描かれたのは「滅びの美学」であったと言ってよく、それによって庶民の判官びいきを引き起こし、情感を打つことになったのだ。

八 「李卓吾本」を毛宗崗が改訂し ついに完結した『三国志演義』

出版競争ともいえる『三国志演義』出版が続きます。中でも**李卓吾**《りたくご》（１５２７～１６０２）の名を借りた通称「李卓吾本」は、わが国で『三国志』が流行するための重要な本となりました。

『三国志』は室町時代に伝えられたそうですが、のちに『三国志演義』も伝わり、江戸元禄期に湖《こ》南文山《なんぶんざん》が翻訳した。底本は「李卓吾本」。吉川英治の大ベストセラー『三国志』が下敷きとしたのは湖南文山の翻訳本だった。この吉川本で「三国志」が日本中あまねく知れわたったわけです。

李卓吾は明（１３６８～１６４４）の衰退期の思想家です。明は、周知のように清（１６４４～１９１２／建国は１６１６年満洲）に滅ぼされます。そして、この清の時代に決定版とされる『三国志演義』が完成するんですね。

清朝初期に毛綸《もうりん》（声山）の跡を継いだ**毛宗崗**《もうそうこう》（１６３２～１７０９）が、『演義』の最終的な改訂をおこなった。康熙《こうき》五年（１６６６）以降と言われます。

一般に二人の改訂本は、息子の名をとって「毛宗崗本」と呼ばれます。底本はそれまでの多数の版本の中から「李卓吾本」を選んだ。毛宗崗は記述や文章の正誤を明らかにし、筋の通らない記述は削除したほか、記載されていなかった魏・蜀・呉の物語も必要であれば挿入した。加えて自分の批評も示したうえで、「三国志」の物語を不都合なく整えたんです。こうした努力によって、『三国志演義』は、文学性をさらに高めた小説として大いなる価値を手に入れた。そうして現在、中国においても、わが国においても、『三国志演義』といえば、この「毛宗崗本」（全百二十回）を指すことになったんですね。

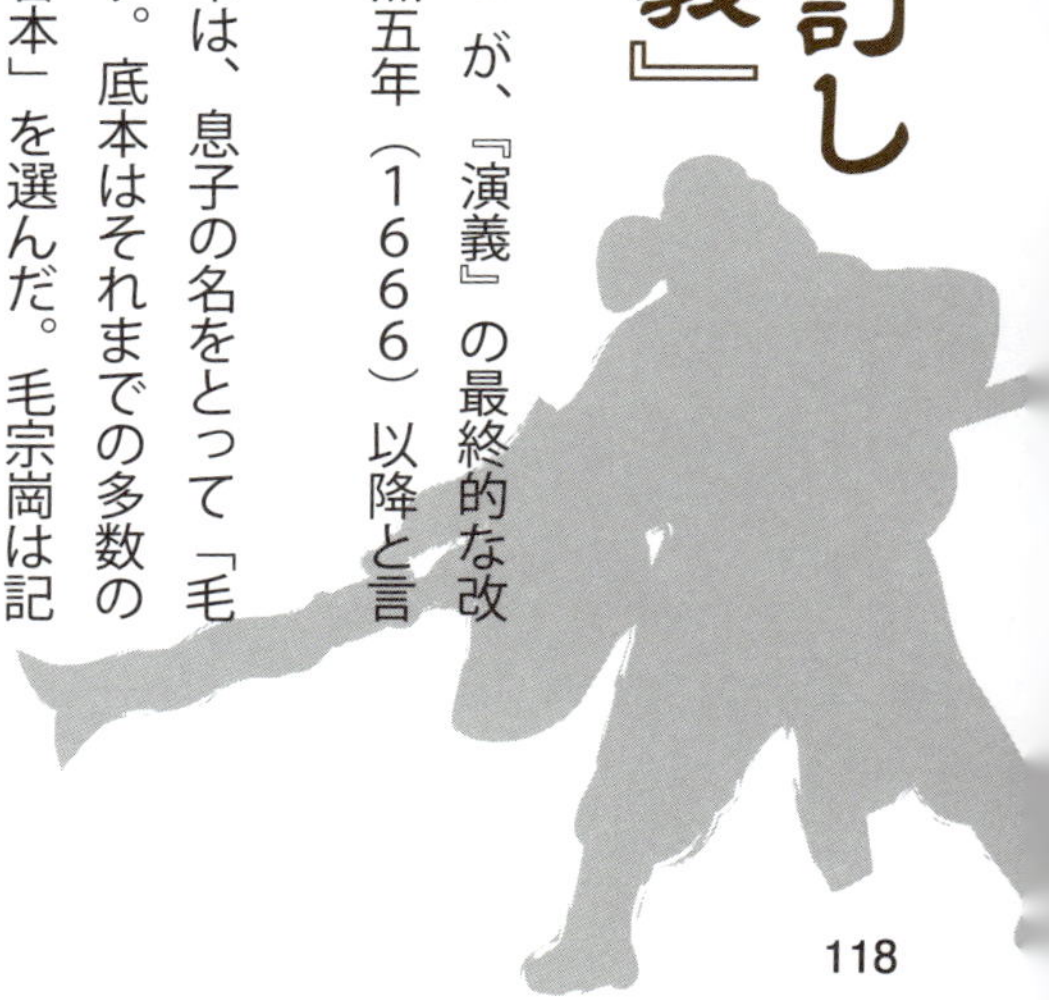

『三国志演義』の系譜

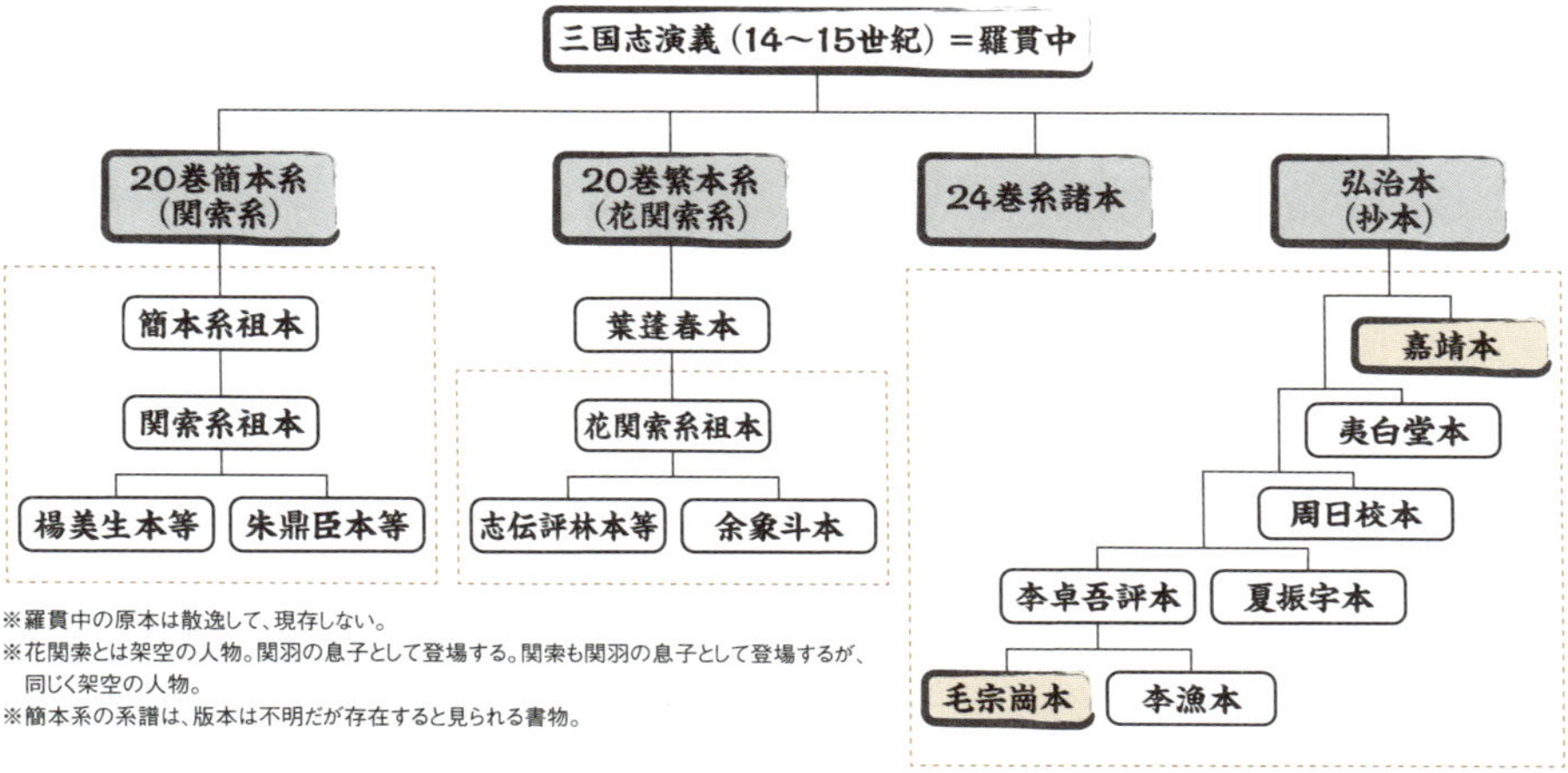

※羅貫中の原本は散逸して、現存しない。
※花関索とは架空の人物。関羽の息子として登場する。関索も関羽の息子として登場するが、同じく架空の人物。
※簡本系の系譜は、版本は不明だが存在すると見られる書物。

寸話休題

『三国志演義』出版競争

明代の嘉靖年間（1522～1566）から万暦年間（1573～1620）にかけて出版ブームが起こった。江南を中心とした印刷業や書店の発展に伴うものである。もちろん、この時代、著作権など存在しないから、人気のある作品とみるとこぞって木版印刷にかけた。しかも、人気小説をそのまま復刊せず、勝手にエピソードを加えたり、改作したりして、少しでも他店のものと差別化を図ったのだ。その一番手が『三国志通俗演義』だったのである。以下がその主要な刊本である。

三国志通俗演義
嘉靖本
刊行年・嘉靖元年（1522）／24巻

新刊按鑑漢譜三国志伝絵象足本大全
葉逢春本
刊行年・嘉靖27年（1548）／10巻

新刊校正古本大字音釈三国志通俗演義
周日校本
刊行年・万暦9年（1581）／12巻

李卓吾先生批評三国志
呉観明本
刊行年（不明）／120回

音釈補遺按鑑演義全像批計三国志伝
余象斗本
刊行年・万暦20年（1592）／20巻

新刻音釈旁訓評林演義三国志史伝
朱鼎臣本
刊行年（不明）／20巻

鍾伯敬先生批許三国志
鍾伯敬本
刊行年・天啓（1621～1627）～崇禎年間（1628～1644）？／20巻・120回

四大奇書第一種
毛宗崗本
刊行年・康熙5年（1666）？／19巻

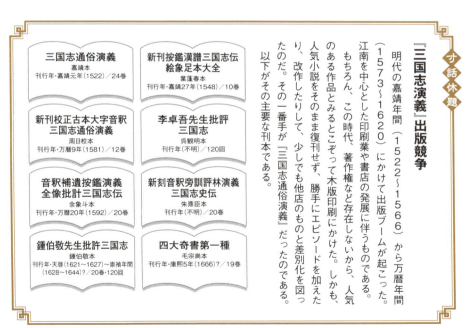

九

『三国志演義』を読むために知っておきたい中央官制

三国物語を読むときに、官職の位が理解できなくて、偉いのか、下っ端なのかわからずにとまどうことがあるんですね。そうすると、スムーズに物語に入っていけないことだってある。なので、この項では三国時代（後漢末）の官僚制度を紹介しておきましょう。

後漢末の中央官制で、もっとも上位にくるのは「司空《しくう》」「司徒《しと》」「太尉《たいい》」で、これを「**三公**《さんこう》」と言います。それに次ぐ高官は「太常《たいじょう》」「光禄勲《こうろくくん》」「衛尉《えいい》」「太僕《たいぼく》」「廷尉《ていい》」「大鴻臚《だいこうろ》」「宗正《そうせい》」「大司農《だいしのう》」「少府《しょうふ》」で、これを「**九卿**《きゅうけい》」と言います。そこで、この最高の官職を合わせて「**三公九卿**」と呼ぶんです。

さて、三公九卿は「集議」という政策決定会議で皇帝の諮問《しもん》に応じて議論をし、大綱を定めていくわけです。

ところが、我の強い皇帝となると、自分の思い通りにしたくてたまらないから、時に三公九卿の意見が気に入らないことがある。そこで、自分の意志を直接政策に反映しようとして、皇帝の直属の官職「**内朝**（内廷）」を設けた。三公九卿たちは宮廷の外の人間なので「**外朝**（外廷）」ですね。

内朝の職制には、「尚書《しょうしょ》」「侍中《じちゅう》」「中書《ちゅうしょ》」があります。彼らは皇帝の威を借りて、しだいに権力を握るようになる。中でも力を持ったのは、後漢では宦官の専任官職となった「**中常侍**《ちゅうじょうじ》」。少府に属する役職でしたが、常に皇帝のそばで取次ぎをおこなうため、絶大な権力を掌握したわけです。

しかも、外戚とともに、後漢が滅びる原因となったのも宦官だった。宦官は私腹を肥やす道義のなさであり、朝廷を自分たちの意に沿うものだけで固めて、ほしいままにしたんですね。

三国時代（後漢末）の中央官制

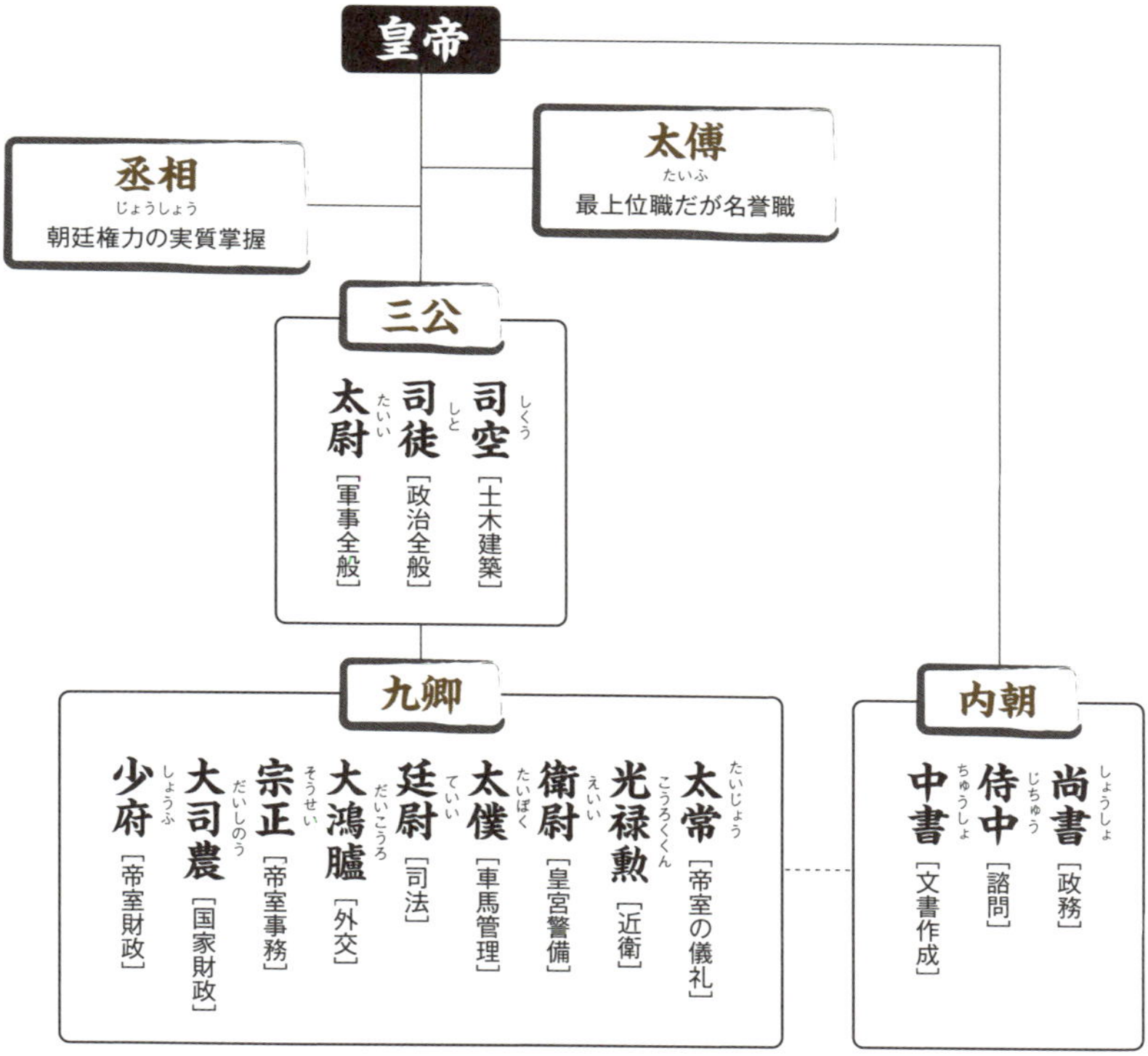

◎太傅とは、前漢では皇帝より金印紫綬を授かる位で、丞相、三公（大司馬・大司徒・大司空）より上位だったが、実権はなかった。後漢でも皇帝即位に際してしばしば置かれたが、録尚書事（尚書の長）を兼任しなければ名誉職に過ぎなかった。

◎丞相とは、三公より上位の官職で、皇帝を補佐して政務を執りおこなう官職。実質的な朝廷の最高権力者である。ただし、後漢では丞相は廃止されていたが、曹操が魏を建国したときに丞相を復活させて、自らその地位に就いた。

◎内朝とは、皇帝の側近の立場であり、皇帝の意を受けて政務を執行することで権力を増大した。ことに中常侍は少府の一員ながら、皇帝のそばに侍るため権力は絶大となった。後漢の永元4年（92年）以降は宦官専任の官職。中常侍は、宦官の官職としては皇后府を取り仕切る大長秋《だいちょうしゅう》の次の位となる。大長秋は曹操の祖父・曹騰が任じられている。

十

『三国志演義』を読むために知っておきたい地方行政

後漢のもっとも大きい行政区分は「**州**」です。国を図のように**十三州**に分け、それぞれ行政長官を置いた。官名は「牧《ぼく》」とか「刺史《しし》」。ただし、漢時代には、牧が刺史に変更されたり、刺史が牧に変わったりすることがしょっちゅうだった。ですが、本来、刺史は汚職摘発の監察官。中国は、むかしもいまも伝統的に汚職が多いんですね。

十三州の中に「**司隷**《しれい》」という区分がありますが、これは首都の洛陽を含む特別行政区で、**司隷校尉**《しれいこうい》が長官として任に当たったんです。地方の長官が牧や刺史、中央の長官が司隷校尉。司隷校尉のほうが格上です。

州の中に**郡**があり、小さい州で五郡、大きい州では十二郡、全部で一〇五郡あったようです。郡の長官は郡太守で、地方行政を担っていました。たまたま郡の中に皇帝の一族が封建されることがあり、その場合の格付けは「**国**」（侯国）。皇帝の一族は「諸侯王《しょこうおう》」と敬称され、その国には「諸《しょ》侯相《こうしょう》」が派遣されて、行政を担った。「国相《こくしょう》」、もしくは「相《しょう》」とも言いました。

実質的な地方行政は、その地方出身者に任せると円滑に回転したようです。実際、そうした郡出身の属吏《ぞくり》が行政を担当した。属吏とはわが国で言うノンキャリア官僚ですね。

属吏の中でも要《かなめ》となるのが別駕従事《べつがじゅじ》で、郡の最高職。その職掌に地方での名声が高い「名士《めいし》」を就官させると、うまくいったと言います。名士については、項を改めて紹介します。

郡の下に**県**がありますが、平均十県ほどが置かれていた。行政官は、大きい県が「県令」、小さい県は「県長」。後漢では一一八〇県あったと言います。基本的には皇帝直属だったんです。

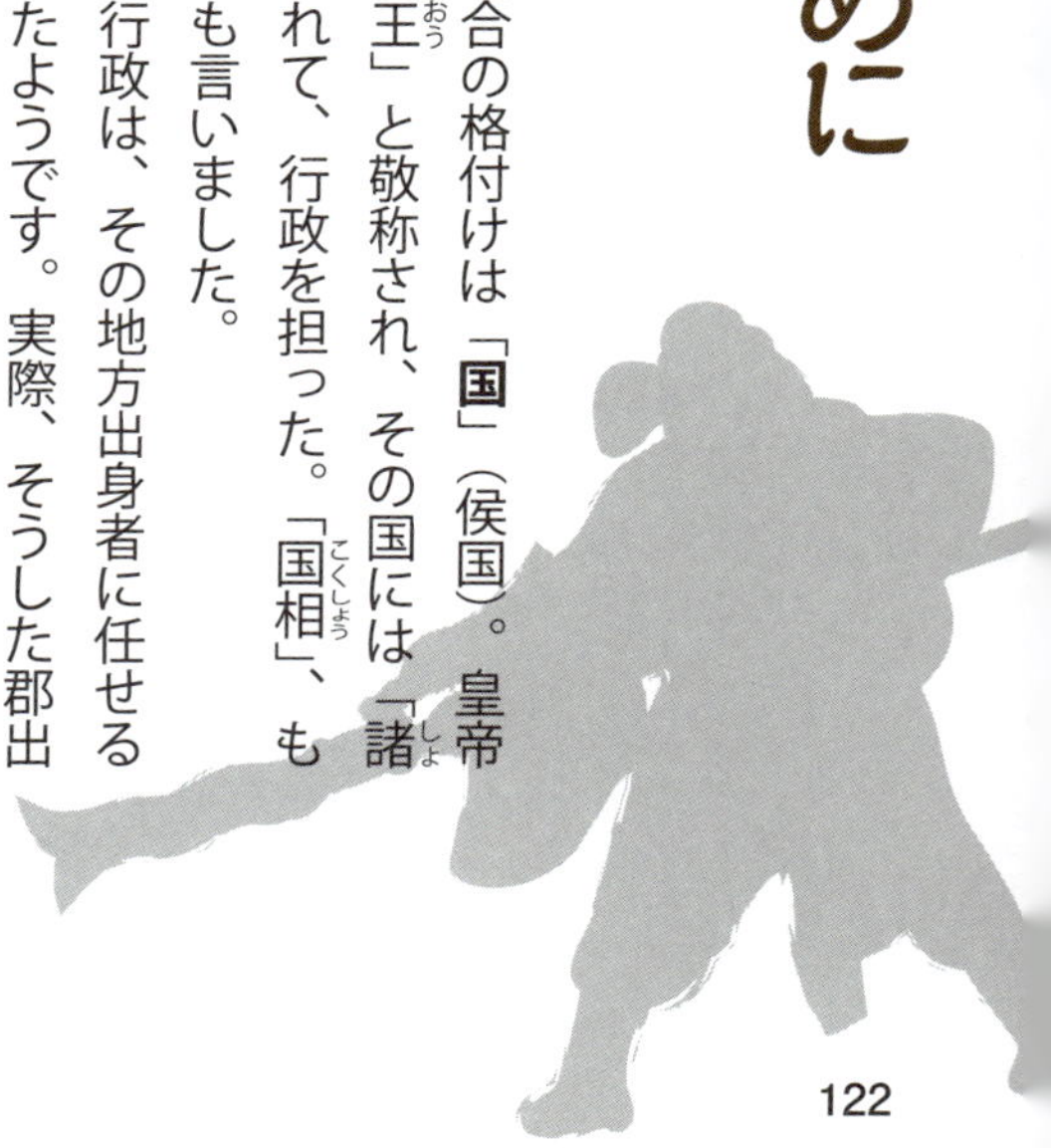

後漢末の国内行政区分十三州

後漢行政区分と行政官

大（上）〜小（下）

行政区分	行政官	
州	州牧《しゅうぼく》	州の全権を掌握する長官
	州刺史《しゅうしし》	当初は監察官、のちに州の長官 ※牧と刺史は政権の都合で何度も官名変更。
郡	郡太守《ぐんたいしゅ》	郡の長官で、地方行政のトップ
県	県令《けんれい》	戸数の大きな県の長官
	県長《けんちょう》	戸数の小さい県の長官

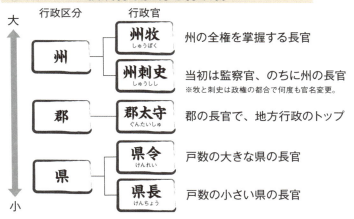

十一

『三国志演義』を読むために知っておきたい軍事制度

国にとって欠かすことのできない重要な制度に軍事があります。いつ襲ってくるかもしれない夷《い》狄《てき》の侵略や反乱を防備・討滅しなければならないからですね。

軍事のトップは、もちろん「将軍」。将軍は武官の最上位にありますが、最上位は**大将軍**で、その下には上位順に驃騎《ひょうき》将軍・車騎《しゃき》将軍・衛《えい》将軍の**三将軍**が続くんです。

大将軍は、軍事だけではなく内政の全権をも膝《しつ》下《か》に置きました。しばしば朝廷の最高権力者が就官したためです。それも外戚が就任することが多く、結果として後漢衰退の一要因ともなりました。三将軍は、前漢後漢を通した伝統的な称号で、中央官制に照らすと三公に等しい。

将軍号はほかにもたくさんあります。三将軍の下に、時に応じて任命されるのが撫軍《ぶぐん》大将軍、中《ちゅう》軍《ぐん》大将軍、鎮軍《ちんぐん》大将軍です。そのまた下に四征《しせい》将軍があり、そのまた下に四鎮《しちん》将軍、四安《しあん》将軍、四平《しへい》将軍が設けられた。将軍号を合わせると百四十一もあったというから驚きです。すべての将軍号を載せられませんが、図を参照のこと。

もちろん、将軍だけでは戦いはできません。なので、階級を付けた兵制があるのはどこの国でも同じ。中でも**中郎将**《ちゅうろうしょう》や**都尉**《とい》という軍事担当を「光《こう》禄勲《ろくくん》」という九卿の一つに所属させたんです。

属官は、兵を率いる五官中郎将、左中郎将、右中郎将、虎賁《こほん》中郎将、皇帝直属の羽林《うりん》中郎将があり、その下に宮中を守衛する中郎、侍郎、郎中が付いた。中郎将と俸禄が同等で郡の兵などを統括する、奉車《ほうしゃ》都尉、駙馬《ふば》都尉、騎《き》都尉もありましたが、いずれも指揮する兵数が将軍には及ばないものでした。

漢時代の官品(官位)と将軍号

高位

皇帝

一品官

大将軍
時に最高権力者が就官

二品官

驃騎将軍・車騎将軍・衛将軍
文官の三公と同格で、武官の最高位

撫軍大将軍・中軍大将軍・鎮軍大将軍
驃騎・車騎・衛将軍に次ぐ武官(非常設)

方面軍司令官

四征将軍
征東将軍・征西将軍・征南将軍・征北将軍

四鎮将軍
鎮東将軍・鎮西将軍・鎮南将軍・鎮北将軍

三品官

四安将軍
安東・安西・安南・安北将軍

四平将軍
平東・平西・平南・平北将軍

従公将軍
左・右・前・後将軍

雑号将軍
征虜※・鎮軍※・鎮護・安衆・安遠※・平寇・平虜・輔国※・都護・虎牙・軽車・冠軍・度遼※・平狄・平難・平戎・護軍将軍
伝統的な将軍号で格式の高い雑号将軍(※印を除く)

四品官

雑号将軍(高官位)
中衛・驍騎・遊撃・左軍・建威・建武・振威・振武・奮威・奮武・揚威・揚武・広威・広武・寧朔・強弩・左積弩・右積弩・積射・領軍将軍

五品官

雑号将軍(二十七将軍)

雑号将軍(四十八将軍)

低位

※将軍が兵を動かすときには、部・曲が設定され、部には校尉、軍司馬が置かれた。部は校尉が率い、その下に曲があって軍候が担い、曲の下に屯が置かれて屯長が統率した。後漢末には皇帝直属の部隊として「西園八校尉(さいえんはつこうい)」が創設され、校尉は高級武官の名称ともなった。

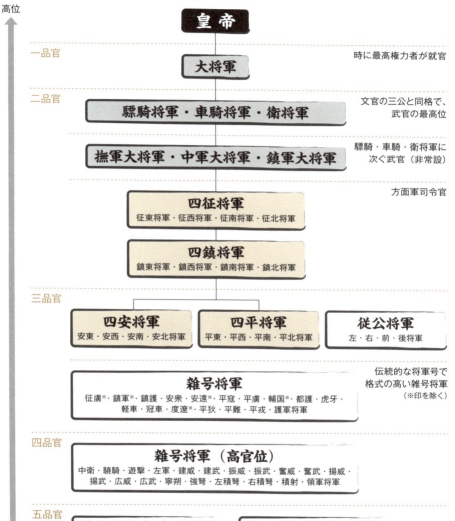

十二

三国時代の権力を知るために欠かせない名士の存在

名士《めいし》とは、ある分野やある地域で名声のある人物の謂《いい》ですが、それだけでは単なるイメージを紹介しているに過ぎない。

では、名士とはなんたるものか？

室町時代前期に伝不詳の沙弥玄棟《しゃみげんとう》が編纂した『三国伝記』に、「彼れ天下の名士なる間、これを害せば人多く毀《そし》るべしと思ひ～」と述された。つまり、名士とはそうした存在で、周囲に強い影響力と信頼を集めていた。三国時代の中国でもまさにその通りで、名士を殺したり、排斥したりする群雄たちは、誹謗《ひぼう》され、信望を失ったんです。

名士は、卓犖《たくらく》しており、知識人たちの中でも名声が知れわたっていた。そこに目を凝らせば、英雄や豪傑が華々しく活躍する場面ばかりに目が行きがちな『三国志演義』でも、曹操や劉備などが勢力を維持するなり、政権を拡大発展させるためには、名士の力添えが欠かせなかったことが見えてくるんです。

もともと名士は土地土地の豪族でした。地域社会では支配階層だった。そこにとどまっていれば、地域社会のボスで終わるわけですが、名士としての名声を得れば、噂は瞬く間に各地に伝播し、さらなる活躍の場も与えられる可能性があった。

しかも、ここが重要なんですが、名士にはいち早く情報を得る独自の仲間社会があり、政情分析、支配者などの人物鑑定を的確におこなえた。だから、そうした名士をどう抱えるか、どう遇するかによって、三国時代の群雄の生殺が決まった、といっても決して言い過ぎではないんですね。

名士とは、そうした存在だったので、群雄の臣下というより、協力者にとどまろうとした。群雄と名士の駆け引きも『演義』の見どころでしょう。

三国時代の名士とは

知識人同士の関係

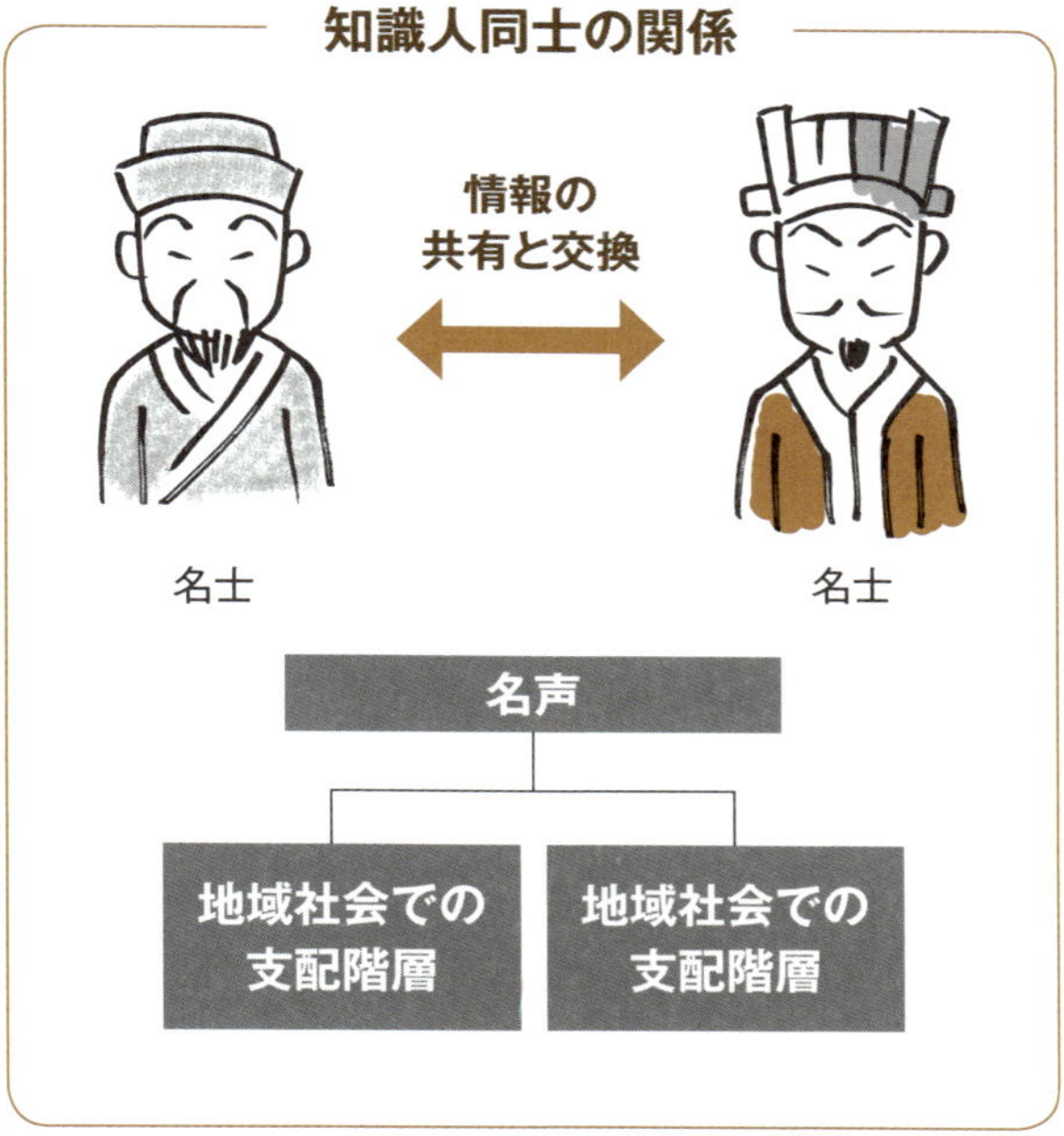

名士とは学識豊かな知識人の中で名声を得た人物。名声により地域社会に支配力を持ち、優れた分析力で群雄の盛衰さえ予見できたといいます。
その存在は三国時代に大きな影響力を持ったようですね。

群雄と名士の関係

群雄と名士の駆け引き

名士の能力と影響力を自らの権力に取り込もうとする群雄は、名士に服従を求めました。一方、群雄の権力強化を補佐する名士は、臣下としてではなく参謀として協力者の立場を望んだのです。

監修者紹介

渡邉義浩（わたなべ・よしひろ）

1962年、東京生まれ。筑波大学大学院博士課程歴史・人類学研究科博士課程修了。文学博士。大東文化大学文学部教授を経て、現在は早稲田大学理事・文学学術院教授。大隈記念早稲田佐賀学園理事長。専門は古典中国。三国志学会事務局長。著書に『儒教と中国―「二千年の正統思想」の起源』（講談社）、『三国志―演義から正史、そして史実へ』、『魏志倭人伝の謎を解く―三国志から見る邪馬台国』、『漢帝国―400年の興亡』（以上 中公新書）、『王莽―改革者の孤独』（大修館書店）、『三国志―運命の十二大決戦』（祥伝社）、『始皇帝　中華統一の思想』（集英社新書）など多数。

著者紹介

澄田夢久（すみた・むく）

北海道生まれ。出版社勤務のあと、2002年に編集事務所を設立し、編集・執筆に携わる。出版社勤務時代は、主に政治経済分野や社史の編集を手掛け、独立後は歴史をはじめ健康、ノンフィクション分野の新書やMOOK、月刊誌の執筆や編集長を務める。

ブックデザイン　室井明浩（studio EYE'S）
編集協力　米田正基（エディテ100）

眠れなくなるほど面白い
図解《ずかい》　三国志《さんごくし》

2019年8月10日　第1刷発行
2023年3月 1 日　第5刷発行

監修者　渡邉義浩《わたなべよしひろ》
著　者　澄田夢久《すみたむく》
発行者　吉田芳史
印刷所　図書印刷株式会社
製本所　図書印刷株式会社
発行所　株式会社 日本文芸社
〒100-0003　東京都千代田区一ツ橋1-1-1 パレスサイドビル8F
TEL　03-5224-6460（代表）
URL　https://www.nihonbungeisha.co.jp/

Printed in Japan 112190730-112230217 Ⓝ05（300018）
ISBN978-4-537-21710-0
編集担当：坂